El capitán Vargas (1846-1848),
novela inédita de Vicente Fidel López

HEBE BEATRIZ MOLINA

El capitán Vargas (1846-1848), novela inédita de VICENTE FIDEL LÓPEZ

Edición crítico-genética y anotada

teseo

Molina, Hebe Beatriz

El Capitán Vargas 1846-1848 : novela inédita de Vicente Fidel López / Hebe
Beatriz Molina y Vicente Fidel López. - 1a ed. - Ciudad Autónoma de Buenos
Aires : Teseo, 2015.

274 p. ; 20x13 cm.

ISBN 978-987-723-040-6

1. Narrativa Argentina. 2. Novela Histórica. I. López, Vicente Fidel .

CDD A863

teseo

© Editorial Teseo, 2015

Buenos Aires, Argentina

ISBN 978-987-723-040-6

Editorial Teseo

Hecho el depósito que previene la ley 11.723

La edición ha sido posible gracias a un subsidio (PIP n° 11220080100006)
otorgado por el Consejo Nacional de Investigaciones Científicas y Técnicas
de la República Argentina (Conicet).

Para sugerencias o comentarios acerca del contenido de esta obra,
escríbanos a: **info@editorialteseo.com**

www.editorialteseo.com

Índice

Nota preliminar 11

1. Importancia y originalidad de *El capitán Vargas* 13

2. Los dos manuscritos 21
    2.1. Noticia sobre el proceso de escritura 21
    2.2. Análisis genético de los documentos 25
    2.3. Interpretación del desenlace 37

3. *El capitán Vargas* 43
    3.1. Criterios de esta edición 43
    3.2. Documento 6884 48
    3.3. Documento 5253 69
    3.4. Anexo: Documento 5451 (fragmento) 263

Bibliografía 267
    1. Fuentes inéditas 267
    2. Fuentes editadas y bibliografía mínima 268

*A Beatriz Curia de Isaacson,
la maestra generosa que
me reveló los tesoros escondidos
en nuestros archivos
y me enseñó a darles nueva vida*

Nota preliminar

El presente volumen continúa nuestro trabajo *Vicente Fidel López: exilio y novela histórica*, de reciente aparición por esta misma editorial. Ambos responden al proyecto "Rescate del patrimonio literario argentino: edición de textos deficientemente editados o inéditos. La realidad del país a mediados del siglo XIX: contraste de voces en la narrativa romántica" (PIP Conicet), que codirigimos con Beatriz Curia.

Agradezco a Adriana Videla y a Carlos Solanes la digitalización de los manuscritos; y a Lorena Ivars su colaboración desinteresada en el cotejo de los manuscritos.

Hebe Beatriz Molina
hebemol@ffyl.uncu.edu.ar

1. Importancia y originalidad de *El capitán Vargas*

Tras un exilio de cinco años en Chile (1840-1845), Vicente Fidel López se radica en Montevideo. Allí el escritor argentino retoma su afición por la novela histórica, luego de haber realizado sus pinitos en Santiago con *Alí Bajá*, en los folletines de *El Progreso* (1843), y los primeros cuatro capítulos de *La novia del hereje*, en *El Observador Político* (1843).[1] Manuscritos y borradores, atesorados en la Colección de los López (Archivo General de la Nación, Buenos Aires), revelan que –a pesar de los vaivenes de su vida privada, profesional y política– no cesa de bosquejar ficciones históricas, con un interés y una dedicación que superan el mero pasatiempo. Como afirma Alicia Chibán, apuesta "a la legitimidad de la conjunción entre lo histórico y lo ficcional" [51]. Lo impulsa un fin didáctico y patriótico: enseñar a sus conciudadanos una lección de historia, para que, a través de ella, entiendan el pasado, aprecien la identidad nacional y se expliquen la situación de inacabable lucha intestina de su presente. Así, durante el largo exilio y a medida que madura sus ideas, va gestando una serie de novelas históricas para analizar la evolución de la sociedad argentina, según comenta al editor Miguel Navarro Viola, en la "Carta-prólogo" de la nueva versión de *La novia del*

---

1   Hemos editado estos dos textos en Molina 2015b, junto con un estudio acerca de esa experiencia del exilio y su relación con la escritura de ficciones históricas.

hereje (1854): "En ella [la novela histórica] habria podido hacerse servicios eminentes á la nacionalidad argentina reponiendo el espíritu de los pueblos, aturdidos por los escesos y las calamidades de las guerras incesantes, á la via sana de su nacionalidad, y de su único desarrollo posible" [1854: II, 152]. Cada novela trataría uno de los seis momentos –para él– cruciales de nuestra historia:

1) La Colonia en general, en *La novia del hereje*, única terminada y publicada;
2) "D. Pedro de Zeballos, y las primeras guerras contra los Portugueses" libradas en Colonia del Sacramento, idea en germen;
3) El accionar de Liniers, en *El Conde Buenos Aires*, romance que "habia trazado y aun empezado á ejecutar";
4) La revolución de Martín de Álzaga, en *Martín I*, en bosquejo;
5) "La guerra esterior y de propaganda llevada por el general San Martin á Chile, y señalada con los famosos triunfos de Chacabuco y *Maipu*", en *El capitán Vargas*, que es la que ha dejado más adelantada;
6) La "insurreccion de las masas campesinas contra los gobiernos centrales, al mando de Artigas y de Ramirez", en *Güelfos y gibelinos*, que tiene "tambien bosquejado apenas" [1854: II, 153].

Por la temática expuesta, podría asociarse *El capitán Vargas* con *La Loca de la Guardia*, la "leyenda" o "cuento histórico" que López publica primero en los folletines de *El Nacional*, de Buenos Aires (del 19 de junio al 8 de agosto de 1882), y que luego, gracias al editor Carlos Casavalle, reedita en volumen (1896), con sustanciales modificaciones. Esta novela narra algunas peripecias del cruce de los Andes y de la campaña libertadora en Chile, entre las batallas de Chacabuco y Maipú (1817-1818). El general José de San

Martín aparece en los capítulos XXIII, XLV, LIV y LV de la segunda edición. En esta, que es la versión conocida actualmente,[2] el narrador-historiador juzga con severidad la decisión del prócer de no regresar a Buenos Aires para apoyar al Gobierno central:

> El general San Martín debió haber obedecido á su gobierno: no incurrir en una negativa que no sólo era un terrible ejemplo, sino que podía ser causa, como lo fue, del desquicio general á este lado de la Cordillera, y de la catástrofe en que sucumbió todo nuestro organismo nacional, bajo la presión de la barbarie litoral sobre un gobierno que había quedado indefenso. [...] Fiel á su mandato [el del gobierno], no debió haber caído en la tentación de hacerse, él también, independiente, personalizando en su persona y en su arbitrio la empresa de libertar á la América del Sur sin bandera y sin mandato [s.f.: 433-434].

Sin embargo, a pesar de lo que informa a Navarro Viola y según los manuscritos conservados, *El capitán Vargas* atiende el período presanmartiniano, sumamente complejo de la historia chilena, entre 1810 y 1814, cuando a las luchas por la Independencia se suman las disputas internas entre el santiaguino José Miguel Carrera, por un lado, y Mackenna y Bernardo O'Higgins, por otro, y cuando las fuerzas militares chilenas resultan insuficientes para frenar a los realistas y deben recurrir al auxilio argentino. La historia de amor es protagonizada por Manuel Vargas, quien se unirá a las fuerzas patriotas, y Teresa, una joven huérfana codiciada por Juan José Carrera.[3] La trama se orienta, finalmente, a defender el proyecto de un único Ejército Libertador de los Andes como la única solución posible para salvar la independencia sudamericana, ante

---

2   Estamos preparando la edición crítica de esta novela ya que las variantes entre los dos *testes* mencionados son sumamente significativas.

3   José Miguel y Juan José Carrera, personalidades destacadas de la historia chilena durante el período denominado de la Patria Vieja (1810-1814), son los antagonistas de la trama política, el primero, y de la sentimental, el segundo.

el nuevo avance español sobre Chile; gesta para la cual San Martín es considerado el militar más idóneo.

Es, precisamente, esta calificación de San Martín como un "genio" uno de los aspectos más interesantes de *El capitán Vargas*, ya que contrasta con las imágenes posteriores del prócer que el propio Vicente F. López configura no solo en las dos versiones de *La Loca de la Guardia*, sino sobre todo en *Historia de la República Argentina: Su origen, su revolución y su desarrollo político hasta 1852* (1883-1893) [Molina 2008a y 2012]. Estas imágenes resultan discordes respecto de las canonizadas por la historiografía y la literatura,[4] por lo que rara vez los textos de López son apreciados en los trabajos sobre las representaciones del prócer. Por ejemplo, en *San Martín en el olimpo nacional: Nacimiento y apogeo de los mitos argentinos* (2002), Mario Nascimbene atiende única y someramente los textos historiográficos, mientras que en *Narrar a San Martín* (2005), Martín Kohan ignora a López porque no contribuye a configurar la imagen heroica del Padre de la Patria. Solo Alicia Chibán incluye *La Loca de la Guardia* en el corpus de "José de San Martín: las ficciones del héroe" (2004). Las causas de este escaso interés se justifican en el hecho de que tanto en la novela, como en la *Historia de la República Argentina*, López no encumbra a San Martín; por el contrario, relativiza su importancia en la gesta independentista. En palabras de Nascimbene:

> el escaso orden con el que trata la evolución histórica de San Martín [en la *Historia*...] se debe en parte a que el interés de López no es tanto desarrollar las acciones e ideas del Libertador cuanto exponer la evolución política general interna del país, razón por la cual asigna tanta importancia a los

---

4   Nos referimos a la literatura del siglo XX, ya que, en la novelística argentina del siglo XIX, la figura de San Martín es casi inexistente (Molina 2011).

acontecimientos precursores y luego a las luchas civiles que se hicieron habituales desde la década de 1820 [136-137].

Y porque al escritor le interesa seguir el desarrollo sociohistórico de una idea –la libertad americana fundada en el progreso civilizador, en lucha permanente contra el despotismo en todas sus formas [Molina 2015b, punto 1.2.]–, la valoración de las ideas y de las acciones de San Martín va siendo modificada según el contexto histórico desde el que aquellas son observadas. Por todo ello, consideramos que el acceso a *El capitán Vargas* –a través de la presente edición crítico-genética– permitirá no solo completar la serie de textos sanmartinianos de López y así analizar los vaivenes de su pensamiento, sino también replantear los estudios acerca de las representaciones del prócer en el sistema literario argentino y sudamericano.

Otro aspecto valioso de esta novela histórica radica en la importancia de las fuentes de información testimoniales en las que se basa el autor, que tienen el mismo peso que las bibliográficas (aun cuando estas sean más propias de la novela histórica decimonónica). A pesar de los treinta años que lo separan de los hechos invocados, López ha podido consultar a un testigo privilegiado de estos: el general Juan Gregorio de Las Heras (1780-1866), radicado en Chile desde 1827. Las Heras ha regresado a ese país en busca de paz, después de verse obligado a renunciar al cargo goberna-dor de Buenos Aires, que ha ejercido entre 1824 y 1826. Es dable suponer que, en las charlas que mantienen bajo el cerro de Santa Lucía (según cuenta López en el primer capítulo de *La Loca de la Guardia* [s.f.: 6]), el militar le ha contado al novelista, con lujo de detalles, todo lo relativo a sus opiniones y al accionar de los Auxiliares Argentinos. Con este respaldo prestigioso, las escenas se cargan de verosimilitud. López no ahorra elogios para con él; elogios puestos en boca no solo del capitán Vargas, sino también de los demás chilenos, incluso los Carrera, quienes modifican los planes de un complot pues reconocen que el honor del militar argentino será un obstáculo insalvable. Las Heras, junto con Juan José Passo,[5] son las figuras argentinas sobresalientes de la novela.

Como lo formulará en sus obras historiográficas posteriores, para el novelista-historiador la tradición viva es la mejor fuente de información y la transcripción de ese testimonio, en consecuencia, la mejor prueba de veracidad [Madero: 5-32]: "Palabras que ahora, en su vegez, repite siempre el General Las-Heras con un entusiasmo [...]" [Doc. 5253[6]: 134, n.]; "tenia una figura soberbia, ~~imponente~~ {dominante,} que solo podran imaginar los q[e]. lo hayan conocido personalm[te]." [Doc. 5253: 112]. Y, entre los que lo conocen personalmente, el autor es el más cercano, hasta donde el pudor de Las Heras se lo permite:

> El Comandante era joven, vivo de génio, alegre de ojo; y nos séria difícil ~~deci~~ decir cual fué la impresion q[e]. hizo en su seño aquella ~~espresion~~ {manifestacion} filial de la gratitud {de} Teresa. Es este **un** secreto sobre el q[e]. nunca lo hemos oido esplicarse [Doc. 5253: 155].

El carácter testimonial se extiende, además, a los protagonistas. Manuel Vargas cuenta por qué respeta la vida de su enemigo: "Despues ha dicho él mismo, que hacia esto p[r] que temia la vergüenza del cepo y de los demas castigos discrecionales que el Mayorazgo puede aplicar á ~~sus~~los subalternos y arrendatários de la Hacienda. Semejante idea, agregaba él, que lo horrorizaba de tal manera q[e]. se habria suicidado si no hubiese logrado evitar esos castigos" [31].[7]

---

5   Juan José Esteban del Passo: así es el nombre original de este jurisconsulto y político argentino (1758-1833). Posteriormente se generalizó la grafía "Paso".

6   Para identificar cada documento inédito, señalamos el número que le colocaron los primeros organizadores de la Colección de los López y que todavía conservan.

7   A pesar de estas afirmaciones, no hemos hallado referencias históricas sobre este personaje.

La confidencia da cuerpo y realidad al personaje; la palabra, primero verbal, luego escrita por el autor, se constituye en una verdad indiscutible. Y el carácter de verdadero lo ratificará cada lector: "Como el seño y rostro de Teresa estaban traspirando por efecto del sueño y de la estacion, la impresion física que la inocente criatura recibió con el golpe de // agua helada fué un extremo sorprendente. Poco hay que decir de la impresion moral **para quien conozca** su caracter altivo y lleno de dignidad" [Doc. 6884: 33-34; el resaltado es nuestro].

También los edificios hablan al novelista. Son restos del pasado con los que López mismo ha estado en contacto y, por eso, puede dar fe de su existencia. Passo, por ejemplo, reside en una vivienda "que hasta hoi se conserva, ~~donde viví y que está allá~~" [Doc. 5253: 94]. Además de las pruebas tangibles, el escritor tiene la fantasía necesaria para ver *más allá*:

> La casita que habia habitado Pedro de Valdivia[1], estaba en su falda, señalando el nido q^e las águilas conquistadoras formaron en el pais tres siglos antes, y recordando los sítios, los asaltos, ~~con tal viveza que~~ y las batallas, entre los # barbaros y los castellanos, que forman el episódio {mas} romancesco de la historia del siglo XVI. E**s** tal la viveza de los recuerdos que aquellos lugares exitan, que una imaginacion un poco ardiente no puede menos que figurarse que vé levant**ándo**se del suelo las tribus feroces y salvages q^e lo habitaban, y q^e los guerr**eros** castellanos, armados de sus ~~moque~~ mosquetes y de sus alabardas, c**u**biertos de sus armaduras y cascos de acero {toledano}, las esperan cubriendo las breñas del cerrito que habian tomado por reducto [62].

La nota al pie de página señala que las "principales piezas" de esa casita han sido "examinadas muchas veces por el autor" [62, n. 1]; pero, sin duda, más que a las ruinas, López debe a su "imaginacion un poco ardiente" la capacidad de haber podido reconstruir un episodio, también "romancesco", de la historia sudamericana del siglo XIX. Ratifica, de este modo, su concepto acerca de que la novela histórica es un suplemento utilísimo de la historiografía pues, como esta –"especie de *linterna májica*" [López 1845a: 233]–, revive el pasado basándose no solo en pruebas tangibles y testimoniales, sino también en la fantasía, esa capacidad humana que permite crear historias verosímiles y amenas, es decir, poéticamente verdaderas [López 1845a: 294-302].

En el siglo de la Historia y del Positivismo, la promoción de la fantasía que realiza este autor –tanto en sus escritos retóricos, como en los ficcionales– lo posiciona entre los escritores más decididos a lograr la tan ansiada libertad de expresión a través de la literatura (uno de los ideales de la Generación de 1837) [Molina 2008b y 2011]. Sin pretender abrir una polémica inconducente, pero sin temor a equivocarnos, afirmamos que, por su concepción teórica y por sus escritos, Vicente Fidel López es el creador más importante en el campo de la novela histórica argentina del siglo XIX.[8]

---

8   Solo José Mármol podría disputarle este mérito gracias a la calidad artística de su *Amalia*, aun cuando no concrete su plan de novelas históricas.

2. Los dos manuscritos

2.1. Noticia sobre el proceso de escritura

La historia de la escritura de *El capitán Vargas* puede reconstruirse gracias a la correspondencia familiar y otros inéditos que se guardan en la ya mencionada Colección de los López. De esta novela, en particular, se conservan dos manuscritos diferentes, identificados como Documentos 5253 y 6884.

La primera mención al texto se halla en la carta de Vicente Fidel López a su padre, fechada el 3 de diciembre de 1846: "En todo este tiempo he trabajado una larga Novela sobre sucesos del año 10 hasta el 17, ~~en chile~~ la escena es en Chile y los personages son los Carreras, Las-Heras, San Martin. &.&. Su título es El capitan Vargas" [Doc. 3983]. Quizás prevea algunos reparos, porque de inmediato le presenta las pruebas de que su creación tiene futuro pues ya ha cautivado a un auditorio distinguido:

> Los amigos mios que la conocen me la han elogiado mucho, mucho; y alguno de un gusto esquisito en estos trabajos me la {ha} juzgado capaz de llevar la firma del autor de Ivanhoe sin desdoro. No sé si los demas me lisongean, y si yo tambien me lisongeo pero digo con toda sinceridad que la creo un buen trabajo, y sobretodo es el primero q^e se hace entre nosotros de este género. Varias noches de llúbia las he ocupado en leerles el manuscrito á Don Luis y toda

la familia en <u>comité literaire</u>, y he conocido que los habia divertido mucho con mi lectura.

El novelista, además, tranquiliza a don Vicente en cuanto a otro aspecto preocupante: "Nada hai en ella que sea de la política de la época". Preparado el terreno, avanza hacia el asunto que le interesa más, el negocio de la publicación:

Me aseguran todos aquí que imprimiéndola en esa [Buenos Aires], podria obtener una crecidisima suscripcion, mas de 12,000 pesos me dicen; y yo lo haria, por tal de pagar con ella los desenvolsos que Ud ha hecho con tanto sacrifício por mi. Me dicen que el <u>Judio errante</u>[9] habia dado en esa mas de 20,000$, y yo supongo q^e. mi trabajo no daria menos, tanto p^r. curiosidad y por el interes q^e inspira una novela á toda clase de lectores cuanto por afeccion y fraternidad con **el f** nombre del autor.

Para esto, requiere nuevamente la ayuda del padre:

Le encargo q^e. haga Ud algunas indagaciones sobre el particular y sobre si esas autoridades no se opondrian á la circulacion de este libro. Puede Ud hacer proposicion^s para vender ~~la~~ el <u>dro</u>[10] de hacer solo la primera edicion, ó de vender totalmente el manuscrito: su estension es como la de Ivanhoe[11] poco mas ó menos; puede ver tambien si seria mejor imprimirla aquí y recoger suscripcion ahí; ó en fin cualquier otro contrato que nos dé algo.

En esta empresa de escribir y publicar, participan todos sus afectos: "Estoi haciendo sacar cuatro copias; ninguna está concluida por eso no le mando una; pero sea q^e. se imprima ó nó le mandaré una de las copias para Uds; estas me las están haciendo unos amigos mios" [Doc. 3983].

---

9   Esta novela de Eugène Sue (de 1844) es traducida al castellano casi de inmediato. Montesinos informa que hay doce ediciones entre 1844 y 1846 solo en España [94].

10   **dro**: derecho.

11   La primera edición de *Ivanhoe: A Romance* (Edinburgh, 1820) consta de tres volúmenes en octavo (198 x 120 mm), que abarcan un millar de páginas aproximadamente.

Don Vicente lee el manuscrito en marzo de 1847. Lo elogia con estas palabras:[12] "Hé leido el Vargas hasta el ultimo de sus 12 Capítulos: la fabula ó el tejido de las anecdotas que he leido me parece capaz de llamar y sostener la atencion, y por supuesto bien concebido para excitar el interes en los lector^{es}" [Doc. 2324], pero le objeta "la exhibicion bien clara de un trato ilícito" entre Javiera Carrera y su capellán: "Cuando se trata sobre todo de una Señora tan principal y bien conocida, esa exhibicion es un escandalo, que no agrada ni importa descubrir: y por otra parte á que acarrearse el odio de muchas familias y tal vez de un pueblo por una cosa como esa?". La segunda objeción se fundamenta en su conocimiento particular respecto del *personaje*:

> Lo mismo me sucede con las opiniones de Passo sobre Voltaire, y sobre la reflexion piadosa de Teresa que esperaba la proteccion de Dios á favor de un hombre que creía bueno, y que la salvaria de los peligros que estaba corriendo. Por que transmitir á la posteridad una opinion de una alma seca y sin jugos de consuelo alguno sobre los males de la tierra en contraposicion de una alma florida que en sus creencias piadosas habla sin raciocinar, si se quiere, pero sintiendo como un corazon humano debe sentir, esos consuelos á <u>nros</u> males?

Una vez más el padre le da una solución: agrega en el manuscrito otro parlamento, más coherente con el sentir del "viejo patriota", que ha sido su amigo. Le propone, pues, escribir:

> «Dichosa V. que halla ese consuelo à <u>ntros</u> males. Yo que creo que el Criador ha establecido sus reglas universales para gob^{no}. del mundo y de la humanidad, y que no hace excepciones á esas reglas á favor d^l bueno ni del malo, pno puedo

---

12   El texto completo de esta carta puede leerse Molina 2015b, punto 1.3.5.

consolarme de ese modo. Si está en esas reglas universales su salv^{cn}. se salvará, si no está, caerá como otros tantos.»

Finalmente, don Vicente amonesta a su hijo a causa del tono con que presenta los hechos, actitud que manifiesta diferencias generacionales:

> Por que echo asi sí de menos ese cuidado de no chocar las opiniones recibidas por nras masas, sino en lo estrictam^{te}. necesario, y eso dulcificandolo? Es que nosotros conservamos los jugos morales de las antiguas doctrinas aprendidas bajo las dulces influencias de una paz imperturbada, mientras en V^d el fuego voraz de la revolucion los hà secado? Yo no lo sé; pero siento que con todo lo que has escrito dejas traslucir un corazon mas dispuesto à herir, que à suavizar [Doc. 2324].

Las próximas noticias sobre la novela aluden nuevamente al problema de las copias. A fines de abril de ese mismo año, el padre le informa a su hijo que ya ha hallado quien las haga [Doc. 2325], aunque todavía no estarán listas seis meses después [Doc. 2339]. Por eso, tal vez, busca otro copista [Doc. 2340]. Alguna de estas reproducciones es enviada al editor Miguel Navarro Viola [López 1854: II, 153].

Además de cambiar de amanuense, el novelista modifica su obra. "Me dices –recuerda el padre hacia agosto de 1848– q^e. no conoceria tu obra del Vargas segun la transformacion que le has ido dando y que piensas hacerla tu obra monumental, aunque sea postuma" [Doc. 2344]. Estas palabras suscitan interrogantes acerca de a cuál de las versiones –la primera, que lee don Vicente, o la segunda, transformada por el novelista– corresponden los dos manuscritos hallados; además, si la narración está completa o no.

Para la corrección, el escritor usa tres técnicas: el tachado y sobrescrito, el agregado (en interlineado o en hoja aparte) y el parche. Incluye, además, algunas indicaciones para el cajista y el editor. Todas estas pistas nos han permitido realizar el estudio genético de ambos manuscritos, cuyas principales conclusiones anticipamos ahora:

-El Doc. 6884 es parte de una de las copias de la primera versión (1846) y contiene solo restos del primer capítulo;

-El Doc. 5253 es la segunda versión (1848), la modificada y corregida por el propio novelista; está incompleta ya que le faltan el primer capítulo y el comienzo del capítulo II;

-Los doce capítulos de la primera versión (esos que lee don Vicente) son transformados hasta alcanzar un total de quince capítulos;

-Puede considerarse que *El capitán Vargas* es una novela incompleta, pero no necesariamente inconclusa.[13]

El trabajo de corrección en los manuscritos demuestra, además, que Vicente Fidel López es un escritor detallista, consciente de la importancia de organizar bien la secuencia narrativa, de buscar la palabra precisa, de animar la narración con diálogos vivaces, acordes con cada escena y con el perfil de los personajes, según su propia caracterización de la novela histórica [López 1845a; Molina 2008b y 2011].

2.2. Análisis genético de los documentos

El Documento 6884 consta de once pliegos doblados (de cuatro páginas cada uno) y un medio pliego, en folio menor. Algunos mantienen la numeración, seguramente puesta por el autor. El total de páginas escritas que se conservan es de cuarenta y cinco. La escritura ocupa la mitad del ancho (la opuesta al doblez del pliego), en ambas caras de cada hoja. La letra es muy prolija y se observa una sola enmienda. Falta el contenido de las dos notas marcadas por el autor.

---

13   En esto corrijo algunas de mis propias aseveraciones anteriores; por ejemplo, las aparecidas en Molina 2015a, que es un anticipo del presente trabajo.

En el margen superior izquierdo del primer folio, está escrito: "Cap^n. Vargas / parte de la conferencia / [d]el joven con el apóstata (El Presbítero Merlo) / He perdido el principio y los capítulos /siguiente[s] – Lo siento bastante!". Esta anotación, por la caligrafía, puede ser atribuida a Vicente Fidel López sin lugar a dudas; en cambio, el texto de la novela parece haber sido escrito por otra persona, calígrafo experto; es, por tanto, una copia idiógrafa.

La "conferencia" –en la que el "maestro" cuenta su evolución espiritual, su interés por terminar con el abuso de los clérigos sobre los indígenas peruanos y el apoyo que recibe del conde de Aranda– ocupa dieciséis páginas (pliegos "2", "3", "4" y "5") y otras dos (el medio pliego "7"), que se conservan sueltas.[14]

Parte del argumento correspondiente a los fragmentos perdidos puede suponerse de acuerdo con los datos biográficos del presbítero Merlos, que López anota en uno de sus cuadernos. Allí registra que ese personaje no es "historico estrictamente hablando – su nombre es tomado de la historia – pero sus hechos han sido agrandados – y idealizados, aumentados p^a. representar en él el espiritu tradicional de la Revolucion Americana – indio primero, filosofico despues" [Doc 5451].[15] En particular, interesa el pasaje en que el autor cuenta la llegada del clérigo a Chile hacia 1807 (la misma época cuando se desarrolla la historia ficticia) y precisa las relaciones que mantiene con quienes serán los personajes principales de la novela:

Cuando Liniers triunfó de Beresford Merlos se ocultó y logró transportarse á Chile – recomendado sigilosam^{te} á personas de influencia – ocultandose bajo otro nombre – fué recogido pr. co apareciendo como un viejo clerigo, enfermo, y misántropo, se retiró á la hacienda de los Carreras, cuyo padre le

---

14   Estas dos páginas han quedado ubicadas al final del documento, sin causa justificada. No se conservan los pliegos "1" y "6" correspondientes a esta parte.

15   Incluimos estas notas en el punto 2.4., "Anexo".

arrendó una pequeña area de terreno, q^e. el anciano hacia labrar p^r. un cholo robusto de 40 años q^e. lo amaba entrañablem^{te} y q^e. era hijo de las victimas del tiempo de Tupac Amaru – Era el patriarca de la Hacienda – hacia una vida retiradisima sola la familia de Vargas lo trataba [Doc. 5451].

El capítulo referido a este personaje concluye en la página 18 del Doc. 6884 (según la numeración que hemos agregado para organizar más claramente la edición). No se puede establecer cuántos de los pliegos siguientes se han perdido. En el resto del material[16] [19-45], la trama se centra en la familia Carrera y en Teresa, quien será la protagonista de la historia de amor. A esta parte de la narración también le falta el comienzo.[17] El registro de un nuevo pliego "6" en la página 35 permite advertir que este fragmento ocupaba los pliegos 2 a 8 de una narración distinta de la de las (ahora) primeras hojas de este documento.

En esta parte, se dan a conocer los antecedentes de la trama sentimental, en particular el recelo entre Juan José Carrera y Manuel Vargas, además del resentimiento de Teresa hacia aquel. Los hechos transcurren en 1802 (llegada de la joven a la hacienda de los Carrera), verano de 1805 (Juan José ofende a la niña, por entonces de diez años) y 1810 (Juan José descubre en Teresa a una bella mujer, a quien codicia lujuriosamente). La joven es descrita con detenimiento; además, el narrador promete para el capítulo siguiente la presentación del enamorado Manuel. Estos pasajes se relacionan más directamente con el argumento desarrollado en el otro manuscrito; por eso, es dable opinar que las páginas 19 a 45 del Doc. 6884 se conservan porque podrían haber sido incluidas en el

---

16   Conviene aclarar que los pliegos referidos a Merlo están ubicados primeros dentro del documento (que constituye una sola pieza, guardada entre dos tapas de cartón, atadas mediante una soga fina), pero que no se puede saber si ese orden corresponde al criterio del novelista o de quien ha recopilado el material.

17   Es muy posible que en las páginas faltantes se contase cómo y por qué Teresa, por entonces una niña de siete años, ha quedado bajo la custodia de Javiera Carrera.

capítulo I de la versión corregida; aún más, que pueden leerse como el comienzo de la novela.[18]

El Documento 5253 es una copia autógrafa, al parecer de primera mano, corregida luego por el mismo autor. Consta de ciento ochenta y un folios, numerados desde el 16 al 194, con dos alteraciones: falta el folio 50 y, a continuación de la página 142, se agregan otras dos, con las siguientes aclaraciones: "(Sigue la foja 142 – N° 1°)" y "(Sigue la foja 142 – N° 2°)". En el reverso de los folios 49, 90 y 98 el autor ha escrito algunas frases en borrador, mientras que en el del 182, el texto que el editor debe agregar donde se le indica. Las hojas se hallan cosidas, formando fascículos (algunos, numerados); no es posible determinar la autoría de tal procedimiento, aunque sí es evidente que el cosido se ha realizado cuando el texto ya estaba revisado por el novelista.

El estado de conservación es bueno, aun cuando varios folios están rotos en sus extremos, por lo que han quedado huecos en la transcripción.

Seguramente no ha sido escrito de corrido, según evidencia el hecho –entre otros, que iremos señalando– de que hay pasajes muy pulcros, casi sin abreviaturas –sobre todo de la conjunción "que"–, mientras que en otros la caligrafía es descuidada y aparecen abreviadas muchas palabras de uso frecuente.

Las correcciones abarcan tachaduras, enmiendas y agregados. Muchas de ellas no tienen más finalidad que aclarar la letra, para que el cajista no tenga dudas: remarca sobre todo las letras 'rr' y 'm', cuyas grafías podrían confundirse; si no alcanza a escribir una sílaba al final del renglón, tacha y vuelve a empezar el vocablo en el siguiente; por eso, muchas veces lo sobrescrito dice lo mismo que lo testado. Por ejemplo, en el folio 146, corta la palabra al

---

18   Por este motivo, transcribimos primero el Doc. 6884 y luego el 5253, sin atender a la numeración puesta por los archivólogos.

final de renglón, pero al iniciar el otro nuevo se equivoca y escribe un nuevo vocablo; como se da cuenta del error inmediatamente, sobrescribe lo que correspondía: "vi-/ ~~yvaz~~ y". Algunas pocas veces corrige la ortografía: "~~hizó~~ izó" [Doc. 5253: 149].

Los tipos de enmiendas permiten determinar la ocasión de las correcciones:

-La mayor parte son inmediatas, en el momento mismo de escribir; tacha y sigue. Ej.: "su ~~apari~~ {exhibicion}"; "~~su decidido~~ {un} afecto decidido".

-Otro tipo de correcciones se produce después de concluir un pasaje, cuando al avanzar observa que está repitiendo alguna palabra –a la que reemplaza por otra más apropiada– o que puede usar otras frases más precisas. Cuando decide cambiar el comienzo de un párrafo y necesita agregar algo al anterior, achica la letra para que el nuevo contenido quepa en el espacio libre. Otro caso: en el cap. VII [Doc. 5253: 87], en la carta de O'Higgins a Lastra, advierte al comenzar el tercer párrafo (casi al final de la hoja) que no corresponde el tratamiento "Ud" sino "V. E."; entonces, sobrescribe el correcto acentuando el trazo de la pluma.

-Un número menor de modificaciones resulta de la revisión postrera, con el capítulo ya escrito. Esto se evidencia sobre todo en los agregados en el margen. Otro ejemplo muy claro se da a partir del capítulo VIII, cuando descubre que ha modificado el nombre del negro sirviente del doctor Passo; entonces tacha "Manuel" (diez enmiendas en los caps. VIII, IX, XI y XII) y deja "Antonio", el primer nombre dado [95], excepto en los folios 97 y 125. Esta corrección es necesaria, además, para no confundir este personaje secundario con el protagonista, Manuel Vargas.[19]

---

19 No obstante, esta fluctuación en el nombre del personaje es un caso de difícil análisis pues no puede saberse con certeza si el novelista la ha corregido en el momento o cuando ha modificado toda la novela.

La narración del Doc. 5253 abarca desde el capítulo "II" hasta el "XV". Contiene, además, dos indicaciones para el editor y veintinueve notas; la mayoría, numeradas y puestas al pie de página; pero –a partir del folio 159– apaisadas en el margen izquierdo y señaladas mediante letras o un asterisco.

Algunos capítulos han tenido una primera paginación provisoria, a veces testada cuando el autor ha ordenado definitivamente las hojas; otras, no, por lo que puede reconstruirse la agrupación primigenia.

En definitiva, de acuerdo con los fascículos, este manuscrito se estructura de la siguiente manera:

Fascículo	Capítulo, páginas (cantidad de folios)	Contenido
"1°"	II, pp. 16-32 (17 ff.)	Setiembre de 1810. Vargas espera que su padre logre la autorización para casarse con Teresa. 14 de julio 1811: Juan José los descubre en un encuentro secreto, los varones pelean, Manuel huye.
[2°]	III, pp. 33-49 (17 ff.)	Llegada de José Miguel Carrera a Santiago; asume el poder. Vargas, ahora oficial del ejército patriota, rapta a Teresa, tras una nueva pelea con Juan José.
"3°"	IV, pp. 51-59 (9 ff.)	Resumen de las luchas independentistas, y del ascenso de Carrera al poder y su posterior descenso (1812-1814). Por su valerosa actuación, Vargas es promovido a capitán y es muy apreciado por O'Higgins y los demás patriotas.
	V, pp. 60-73 (14 ff.)	23 de julio de 1814: Luis Carrera y José María Benavente se encuentran secretamente en el Tajamar de Santiago; la partida de Vargas casi los descubre.
	VI, pp. 74-82 (9 ff.)	Los tres hermanos Carrera y sus hombres organizan un complot para derrocar al director Lastra.

"4°"	VII, pp. 83-92 (10 ff.)	Vargas y una carta de O'Higgins alertan a Lastra y a Las Heras sobre las actividades sospechosas de los Carrera, pero no esperan novedades para esa noche.
	VIII, pp. 93-100 (8 ff.)	Los revolucionarios empiezan a tomar la ciudad. Passo, por miedo, no quiere abrir la puerta a Teresa, hasta que llega Las Heras.
	IX, pp. 101-108 (8 ff.);	José Miguel envía un emisario hasta el cuartel de los Auxiliares Argentinos para reclamar unos presos. Las Heras se niega y luego se dirige a la casa de Passo.
[5°]	X, pp. 109-115 (7 ff.)	Las Heras discute con José Miguel sobre la legitimidad de su nuevo cargo, hasta que Luis Carrera trae a Lastra, quien renuncia.
	XI, pp. 116-124 (9 ff.)	Vargas y Teresa son recibidos por Passo, quien les da asilo por esa noche.
	XII, pp. 125-133 (9 ff.)	Diálogo amoroso entre los dos jóvenes.
[6°]	XIII, pp. 134-156, más dos intercaladas (25 ff.)	Al día siguiente, Las Heras visita a Passo. Este se muestra pesimista respecto del progreso y la libertad en Sudamérica; revela al militar el proyecto sobre la reunión de los ejércitos chileno y argentino bajo las órdenes de San Martín.
	XIV, pp. 157-173 (17 ff.)	Discurso de José Miguel ante el pueblo, desvalorado por los comentarios irónicos de un santiaguino. Ante el avance realista, Luis le propone la grandeza de aceptar un pacto con O"Higgins. Vargas y Teresa serán los mensajeros.
[7°]	XV, pp. 174-194 (21 ff.)	Reunión diplomática entre José Miguel Carrera y Juan José Passo, en la cual este tratará de convencer al altivo chileno de que acepte a San Martín como general en jefe de un solo ejército sudamericano. Carrera no acepta. Passo regresará a Buenos Aires para informar lo ocurrido.

Tanto el análisis pormenorizado de enmiendas y parches, como la comparación entre los manuscritos y las alusiones a diversas escenas que don Vicente comenta en la carta antes mencionada [Doc. 2324] permiten afirmar que este Documento 5253 es la versión modificada y definitiva. Nos basamos en dos tipos de pruebas:[20]

a) Pruebas genéticas

-El manuscrito comienza por el que habría sido el "Capítulo II" de la primera versión pues el título original y algunas oraciones están tachados, y en la primera frase, "Vargas, q^e. era sagaz y hábil, **lo** habia previsto" [16; el destacado es mío], falta el referente de la anáfora. Además, la paginación empieza por "16". Indudablemente, el escritor pensaba agregar otros antecedentes a la acción narrada en lo que ha quedado de este capítulo.

-El "Capítulo III" conserva su ubicación estructural anterior, aun cuando el autor ha modificado el encabezado mediante un parche, el cual no impide leer la primera versión. Además, en el reverso del último folio, el "49", hay un epígrafe y el borrador de una fórmula de casamiento. Si a esto sumamos la falta del folio 50, podemos inferir que el novelista suprime un episodio: el del casamiento de Manuel y Teresa, que habría bendecido "el sacerdote q^e. lo educaba", mencionado en el cap. II [16]. Al omitir la boda, el narrador dedica luego algunas frases para justificar la convivencia de los jóvenes, sin perjudicar su moralidad: "Decir q^e: **sim**plemente q^e. eran amantes, **ser**ia, quizá, hacerles injúria; decir qe. eran esposos, ~~era~~ seria muy poco" [Doc. 5253: 117].[21]

---

20   Estas podrán ser mejor observadas y valoradas en la edición crítico-genética, más abajo.

21   Véanse, además, los capítulos XI y XII.

-Tercer fascículo: el capítulo IV no tiene marcas especiales; tal vez el autor lo ha escrito para la segunda versión. Está dedicado al resumen de los hechos históricos y a la participación de Vargas en ellos. Por las similitudes en varias frases, es evidente que López se basa en su propio *Manual de la istoria de Chile* (1845), que ha preparado para las escuelas primarias. En el cap. V, a partir de la sexta página [65], se observa que se ha corregido la paginación anterior en diez páginas (de 55 a 65, y ss.), aparentemente las que se han sumado con el *nuevo* capítulo IV (más el folio 50, que falta). Capítulo VI: el encabezado ha sido reemplazado por medio de un parche, sin que se conserve la versión desechada; continúa la secuencia narrativa del V.

-Cuarto fascículo: los tres capítulos tienen una paginación corrida propia, aparte de la general. No obstante, el VII continúa con naturalidad al VI; en cambio, los capítulos VIII y IX contienen numerosas modificaciones. Es evidente que se ha cambiado el orden del material, como lo prueba esta incoherencia diegética: al final del VII, Las Heras se acuesta, en el VIII el mismo personaje aparece en la residencia de Passo; en el IX se narran los hechos que explican por qué el general ha debido levantarse y dirigirse a la casa del diplomático argentino, pero hasta la penúltima página de este capítulo no se relacionan esos hechos ("Hé aquí **por** q^e **era** q^e. el Comandante Las-Heras habia ido á **gol**pear las ventanas del Diputado de Buenos Aires" [106]). La última página del VIII termina con dos palabras testadas y la raya de final de capítulo está puesta justo en el borde inferior (como agregada posteriormente); el encabezado de IX es un recorte pegado sobre otro encabezado, "Capítulo VII".

-Quinto fascículo: la última página del IX termina con un texto reemplazante de otro no conservado, en tanto que el encabezado del X está emparchado, por lo que ambos capítulos podrían haber estado integrados en uno solo. Apoyaría esta hipótesis el hecho de que, al final del

X [115], había sido escrito el encabezado de un capítulo "VIII", luego testado; en consecuencia, IX y X podrían ser el capítulo VII de la primera versión.

En cuanto al XI, la letra más pequeña en el folio 116 y la paginación secundaria de los siguientes descubren que la primera página ha sido cambiada y que se han suprimido tres más. Y, como en el capítulo anterior, al final del XI [124] está tachado el encabezado de un capítulo "IX", por lo que el XI podría haber sido el VIII de la primera versión.

El encabezado del capítulo XII también está emparchado, sin que pueda conocerse el original; por el contenido, continúa con naturalidad la secuencia narrativa del XI.

-Sexto fascículo: hay correcciones y números de páginas que parecen hechas con lápiz y con otra letra. Podrían tratarse de enmiendas efectuadas por otro corrector o por el mismo autor pero un buen tiempo después. En el capítulo XIII el novelista agrega dos páginas [142-1 y 142-2] que aumentan el diálogo entre Las Heras y Passo, en las que el diplomático explicita sus ideas. En el XIV, el encabezado y los primeros renglones [157] han sido reemplazados; al final [173], un nuevo encabezado, "XII / La Batalla de {las} frases, ó sea – conferéncia diplomatica", sugiere que el XIV habría sido el capítulo XI y el XV, donde se libra la trascendental batalla retórica entre Passo y José Miguel Carrera, sería el último de los doce capítulos que ha leído el padre.

En síntesis, proponemos la hipótesis de que el novelista ha realizado las siguientes modificaciones estructurales (sin contar los cambios de menor envergadura):

primera versión	versión modificada
cap. II	II (incompleto)
III	III
--	IV
IV	V
	VI
V	VII
VI	VIII
VII	IX
	X
VIII	XI
IX	XII
X	XIII
XI	XIV
XII	XV

b) Modificaciones ideológicas

La más llamativa es la concerniente al "apóstata (El Presbítero Merlo)". El tono de su "conferencia" [Doc. 6884: 1] nos lleva a suponer que la primera versión habría contenido una fuerte crítica contra las prácticas escolásticas e inquisitoriales heredadas de la Colonia española, como la que se observa en los pocos capítulos de *La novia del hereje* que López publica en Santiago en 1843. Las alusiones a ese personaje se mantienen en el Documento 6884, pero se diluyen en el 5253. En el primero, se insinúa que el clérigo será una influencia decisiva en el accionar revolucionario de Vargas:

> — Sabe U. que no veo al viejo Vargas? él y su hijo son los únicos que faltan. Me sorprende el orgullo tenáz y taimado de esa gente. [...]
> Es buena gente; pero son como U. dice demasiado altívos para ser buenos inquilinos [...]. Y la intimidad que tiene con ellos el Taíta, ese espécie de Apóstol, misántropo iluminado,

que su padre de U. ha establecido en el terreno del lado, contribuye mucho, me parece, á que Vargas y su familia tengan esa estraña conducta [Doc. 6884: 22-23].

Un poco más abajo, el narrador anticipa que el capítulo siguiente será dedicado a conocer al protagonista: "Si escusasemos de detallar su educacion, los hábitos de su familia, y las doctrinas bajo cuyo influjo se habia criado, ningun interés podria inspirarles su suerte, ni hallarian la razon específica de su conducta" [44]. Estas palabras y el dato sobre la relación de Merlos con la familia Vargas [Doc. 5451] hacen innegable la inferencia de que, en la primera versión, el protagonista habría tenido una participación más decisiva en tanto líder transmisor de ideas revolucionarias (liberales), que la meramente militar con la que aparece en el Doc. 5253. En este, en cambio, Merlos es mencionado indirectamente en un agregado –"y al ver á Manuel tomado de la mano del sacerdote qᵉ. lo educaba" [16]–.

En la misma línea, se observa que el novelista atiende los consejos de su padre y modera las relaciones entre Javiera Carrera y el capellán. En la segunda versión solo se dice: "tenia un sacerdote // joven á su lado qᵉ., al parecer, disfrutaba de un gran favor con ella" [Doc. 5253: 23-24], y no se lo vuelve a nombrar.[22] Como única nota ofensiva queda una referida a la posibilidad de que Teresa sea hija ilegítima de Javiera: "¿Será la hijita de Doña la.....?" [41].

En cuanto a la otra objeción de don Vicente, respecto de la actitud desconsiderada de Juan José Passo hacia la creencia religiosa de Teresa, el novelista no hace caso a su padre y no agrega el comentario que le ha sugerido; por el contrario, la escena se lee en el capítulo XI [Doc. 5253: 118-122]; no obstante, el autor agrega una nota en el capítulo

---

22   En la *Historia de la República Argentina*, López retoma el asunto, esta vez sin tapujos: "la famosa doña Javiera Carrera acompañada de numerosos niños y sin más guarda que el canónigo argentino doctor Tollo que jamás la desamparaba" [1926: VI, 387].

XIII acerca de las firmes convicciones del personaje: "No puede haber argentino q^e. ignore la antipatia del D^r. Passo á las creencias religiosas de España. Todas las influencias de familia y de amistad no bastaron, en sus últimos momentos á [reconcil]iarlo con el catolicismo, y bajó dignamente al sepulcro con sus dogmas de filosofo, bendecido y respet[ado] por cuantos le conocian" [142-1, n. 1].

2.3. Interpretación del desenlace

En algún momento del proceso de corrección, López decide cambiar el enfoque de la novela. Deja de lado la crítica anticlerical –en definitiva, filosófica– y se concentra en la política pues, aun cuando le haya asegurado a don Vicente que en el texto no había "nada" de la época, las connotaciones acerca de la situación argentina hacia 1840 y del exilio que padece el escritor son constantes (como en toda novela histórica, que es un modo de leer el pasado desde el presente).

Del escenario político chileno, al novelista le interesa sobre todo las luchas intestinas por el poder central entre los santiaguinos y los del sur (especialmente los de Concepción y Talca). Los Carrera representan el "despotismo feudal" [Doc. 5253: 17; 69, 73], en consonancia con los caudillos federales argentinos. El novelista ha podido revisar los diferentes enfoques historiográficos chilenos acerca de esta figura tan difícil de justipreciar (como lo es la de Juan Manuel de Rosas): "Don José Miguel, el hermano mayor de los Carreras, destinado á hacerse famoso en nuestros anales revolucionários dejando una reputacion **tan** trágica como dudosa para algunos y criminal para los mas" [Doc. 5253: 34]. Pero, además de "la versión romántica que dedicara Benjamín Vicuña Mackenna al 'ostracismo de los Carrera'", por un lado, y, por otro, el estudio cuidadosamente

documentado de Diego Barros Arana acerca de "las res-
ponsabilidades del líder chileno en el fracaso político e
institucional de la Patria Vieja" [Bragoni: 15], López conoce
las peripecias y el destino final de estos hermanos en tierra
argentina: Juan José y Luis son fusilados el 8 de abril de
1818, mientras que José Miguel, después de integrar "la
coalición de jefes federales del litoral que avanzaron sobre
la emblemática ciudad de Buenos Aires en febrero de 1820"
[Bragoni: 16] =entre otras acciones=, también es ejecutado
en Mendoza, el 4 de setiembre de 1821.

Además de mostrar a Carrera como un político intempestivo y autoritario, que pretende haber sido elegido
por la voluntad popular cuando solo hace manejo astuto
de las masas (cap. XIV), López propone la superioridad
geopolítica de Buenos Aires:

> y como en Buenos Aires, que era entonces el pueblo que daba
> la norma y dictaba la ley en materia de administracion á los
> demas gobiernos revolucionários de la América del Sud, se
> habia puesto término al gobierno de Juntas subr**og**ándolo
> por el de un Director Supremo; en Chile tambien se hizo lo
> mismo, y la Junta Gubernativa entregó el mando al Coronel
> Don Francisco de la Lastra [Doc. 5253: 55].

Esta medida política, por ser imitación de una argentina, será inaceptable para Carrera y una de las razones
para imponer una junta de gobierno, que él manejará a su
antojo: "Mi nombre suena ya p^r. el mundo con rasgos muy
conocidos. No quiero, no busco, # no admito término médio
entre la muerte ó ser el gefe de la revolucion chilena, y le
juro á Ud mi amigo q^e. no me he de separar un momento
de esta resolucion" [Doc. 5253: 66].

Las luchas internas entre los Carrera, por un lado,
y O'Higgins, Martínez de Rozas, Mackenna, por otro, se
asemejan a la guerra civil argentina pues el meollo del
problema es el mismo: "las pasiones de los partidos y de
las facciones son brutales y ciegas; **qu**e renuncian á todo,

á la patria y á la dignidad, por tal de conseguir {su} objet**o**; y {q^e} sacrifican **los** [~~naciones~~]**pueblos** á la sed de mando y á las ambiciones mas vulgares y mezquinas. Asi es la lógica y el proceder de los partidos" [Doc. 5253: 181]. Los *o'higginistas* se parecen a los unitarios; los *carrerinos*, a los federales. El resultado será similar. Advierte Passo a José Miguel: "El partido contrário á V. E opondrá la <u>legalidad</u> ~~del~~ // de las autoridades Directoriales á la <u>popularidad</u> en q^e. V. E pretender [sic] apoyarse: estas dos palabras encenderan la hoguera" [185-186].

El pasado se continúa en el presente. El novelista vive en carne propia las consecuencias de las luchas facciosas. La realidad histórica y la actualidad del exilio se cuelan en la novela cuando Juan José Passo profetiza:

> Algo peor q^e. el olvido nos espera, Señor Com^{te}.! la ingratitud, ~~el olvido~~ el vitupério, la calumnia, la maldicion!....
> –Oh! Señor Doctor!....
> –Si, Señor!!.... la maldicion! Ud mismo, yo mismo, lo hemos de ver! [137].

La ingratitud y la calumnia recaerán no solo sobre Passo[23] y Las Heras, sino también sobre el novelista, quien –además del exilio– padece la incomprensión de quienes han sido sus primeros huéspedes (según hemos explicado en Molina 2015b). A través de los miedos de Passo, López confiesa su enojo:

> ¿Y cree Ud q^e. el desgraciado, el mas digno, el mejor, el virtuoso {el proscripto} podrá lisongearse con la esperanza de hallar simpatias entre los sud-americanos?..... No, **pai**sano!...

---

23   Después de su misión diplomática en Chile, Passo participa en el Congreso de Tucumán, que declara la independencia argentina, y en otros congresos constituyentes. Abandona la actividad política después de 1827. Quien sufre más la ingratitud de su pueblo es el brigadier Bernardo de O'Higgins, quien muere el 24 de octubre de 1842, en Lima. Desde el periódico que escriben juntos, López y Sarmiento reclaman el reconocimiento que no ha tenido en vida ["Jeneral O'Higgins"].

no las hallará!!!... –Si lleva sobre su frente el sello del mérito, será mil veces peor pª. él [...] Los méritos de la patria y los de su persona suscitarán contra él ~~todas~~ las furias del ódio ~~publico~~ {local} [138].

En el presagio del diplomático, además, el novelista une su destino al del bravo militar: "Es muy probable qᵉ. Ud, destinado á vivir mucho si no lo atraviesa una bala ó una espada, los sufra [estos males] al lado de ~~muchos jóvenes~~ {aquellos} que tal vez no han nacido todavia" [Doc. 5253: 139]. Vicente Fidel López nace el 24 de abril de 1815, es decir, justo nueve meses después de esta (ficcional pero verosímil) conversación; con Las Heras (ya sesentón) compartirá refugio en Santiago de Chile. Así, por medio de las cavilaciones de un hombre desesperanzado, el novelista hábilmente narra el futuro desenlace de algunos personajes.

En el último capítulo, en la entrevista con Carrera, Passo se muestra eximio orador y diplomático muy astuto. Explica con claridad la propuesta argentina para enfrentar mancomunadamente a los realistas. Como es de esperar, el general chileno no acepta subordinarse a San Martín. La decisión del embajador de regresar a Buenos Aires, con el objeto de recibir nuevas instrucciones de su gobierno, produce la suspensión de la secuencia narrativa.

La historia sigue de este modo, según la cuenta el mismo López en su *Manual de la istoria de Chile*:[24] José Miguel y O'Higgins se reconcilian –tal como ha recomendado Luis Carrera, con el apoyo de Las Heras (cap. XIV)–; O'Higgins es vencido en Rancagua (1-2 de octubre de 1814), donde Carrera no se hace presente según se esperaba. Ambos, con sus soldados y sus familias, cruzan los Andes y se refugian en Mendoza. San Martín, "ombre de una razon

---

24   Los personajes y los hechos políticos y militares que menciona Vicente F. López, tanto en la novela, como en su manual para los niños chilenos, son verídicos, si bien simplificados en función del tipo discursivo; lo controvertible, como en todo discurso histórico, es la interpretación que de ellos hace el narrador.

tan perspicaz i pronta como fria i política [...] se resolvió a proteger abiertamente la parcialidad de O'Higgins i a perseguir la de Carrera" [López 1845b: 138]. En enero de 1817, el Ejército de los Andes cruza la cordillera y libera a Chile del poder realista –tema de *La Loca de la Guardia*, que, como hemos dicho, es la última novela histórica que López publica–.

Si se analiza el capítulo XV de *El Capitán Vargas* en relación con la historia conocida, puede afirmarse que la conferencia entre Passo y Carrera es el desenlace de la novela, porque con ella concluye la participación argentina en este episodio histórico. Los protagonistas, Vargas y Teresa, se hallan seguros bajo la protección de O'Higgins. Lo que sigue –la huida de los chilenos hacia la Argentina y el destino dispar de ambos bandos– es parte de la historia chilena, que seguramente no habrá interesado al novelista. Piénsese que, en el plan de novelas ideado por López, la acción continúa en el Río de la Plata. En el manuscrito queda manifiesto el objetivo de destacar la importancia sustancial del gobierno de Buenos Aires en la resolución de las guerras independentistas, sobre todo a partir del momento que aprueba el plan estratégico ideado por San Martín [Doc. 5253, 151]. Para defender "los principios politicos de progreso y de libertad {q^e. son la base de la revolucion}" [138], es suficiente con la trama contada hasta los acontecimientos ocurridos entre el 23 y el 24 de julio de 1814.

Por todas estas razones, afirmamos que el Doc. 5253 de *El Capitán Vargas* es una novela incompleta (pues faltan las dieciséis primeras páginas y, por ende, el comienzo de la historia), con un desenlace relativamente abierto en cuanto al destino de los protagonistas, pero no en cuanto a los hechos históricos que el autor se ha propuesto novelar.

3. El capitán Vargas

3.1. Criterios de esta edición

a) Diagramación espacial

Signos usados:

// cambio de folio

1 número de folio puesto por el autor en el borde superior de la hoja

[1] número de folio agregado para esta edición

/ corte de renglón; se señala solo en caso de necesidad, como –por ejemplo– en las citas marcadas con comillas al comienzo de cada línea (al estilo de la época).

(a)(*) en las notas a pie de página, se agregan los signos usados por el autor a los números volados propios de esta edición.

b) Agregados

En el manuscrito 5253 la ubicación de los agregados es señalada mediante cruces; en esta edición, se recurre a las llaves:

{} interlineado hacia arriba

{} interlineado hacia abajo

/{}/agregado en el margen, apaisado o no.

╪ ╪ agregado escrito sobre un parche

╫ ╫   agregado escrito en el dorso de la página anterior

c) Correcciones

-Se destacan mediante negritas las voces o las sílabas sobrescritas en el original, generalmente a causa de una corrección inmediata. Ej.: "lo **quiera** impedir".

-Se mantiene el tachado del original. Ej.: "~~El amor brutal~~".

-Cuando el sobrescrito permite leer la primera escritura, se transcriben sucesivamente el texto testado (entre corchetes) y el corregido (en negrita). Ej.: "pater[~~nal~~]**na**" (tacha "paternal", deja "paterna"); "ricos[~~;~~]. [**t**]**Todos**" (cambia la puntuación y, por ende, la letra inicial de la nueva oración); "campo[~~,~~] en" (suprime la coma).

Signos usados:

tachado ilegible; con la cantidad de numerales se intenta graficar la longitud (cantidad de palabras) del testado.

¿? lectura dudosa de un fragmento tachado

[ ] reconstituido por rotura mínima del original o por omisión de autor

[¿?]   imposible reconstituir por rotura amplia del pliego

‖⊢‖   texto desechado por el autor, que ha quedado debajo de un parche

Marcas para el cajista:

↑↓_↑ copiar las palabras en orden invertido; ej.: "↑robusto↓negro↑" debe ser reemplazado por "negro robusto"[25].

~ continuar el texto (punto y seguido).

d) *Cuestiones tipográficas*

-Se mantienen los subrayados, que sin duda serían indicación de cambio de tipografía para el impresor. Ej.: "<u>casas</u>" para que fuera reemplazado por "*casas*".

-Se respetan las diferencias en algunas abreviaturas; por ej: "p<u>a</u>" y "pa." (para). En cambio, por cuestiones tipográficas, no se coloca el punto bajo la 'e' o la 'r' volada, como en el original, sino después; ej.: "qe." (que) y "pr." (por). Tampoco se ha podido mantener la raya escrita arriba de la abreviatura, para indicar su carácter de tal; la suplantamos por el subrayado; ej.: "<u>Sor</u>". A las terminaciones 'iones/ones', el autor las abrevia mediante una especie de rulo volado, que reemplazamos por el signo '˘'; por ej.: "pasion˘."; no obstante, a veces es más evidente que ha usado la letra 's' volada para tal abreviación: "los escuadron^s.".

-Se mantiene la cantidad de puntos suspensivos y aun los errores de puntuación evidentes; ej.: "golpe; Mas".

-Se separan las palabras unidas por el trazo continuo de la pluma, para una lectura más ágil.

e) *Cuestiones ortográficas*

-Se respeta la ortografía del manuscrito, habitual en esa época: uso frecuente de 'g' en lugar de 'j' ("muger" por "mujer"), uso de la 'b' en la conjugación del pretérito

---

[25] No hemos podido reproducir el movimiento curvo que pasa sobre "robusto" y subraya "negro", signo habitual aún hoy en la corrección de pruebas de imprenta.

perfecto simple y del pretérito imperfecto del modo subjuntivo de 'estar' ("estubo"), 'tener' ("tubiera") y sus derivados ("obtubo"); simplificación del grafema 'x' en 's' ("estraño"), metátesis de la 'h' en "alhago" y sus derivados.

-Ante la dificultad para diferenciar el punto largo –por exceso de tinta o por movimiento más extendido de la mano– de la tilde y atendiendo a los usos propios de la época que se observan en los impresos, se considera tilde solo el rasgo recto, firme y, por ende, evidente sobre la vocal. Registramos los casos de tildes tachadas por el propio autor.

-Se conservan las fluctuaciones en la grafía de los nombres propios –por ej.: "O'Higgins" y "O'higgins"; "Mackenna" y "Mackena"– y de los tratamientos –por ej.: "Señor" y "señor"–; también en los barbarismos inexplicables –como, por ejemplo, "digo" (por "dijo"), "viego" (por "viejo"), "hinvierno", "ambrienta"– y la diéresis delante de a –"mengüa"–.

f) Cuestiones morfosintácticas

-Solecismos: cuando pueden confundir al lector, se señalan mediante la aclaración "[sic]".

Entre las particularidades del idiolecto, se destacan:

-Objeto directo de persona: suele omitirse la preposición 'a'; ej.: "Luis distinguió un hombre".

-Locuciones adverbiales y preposicionales, conjunciones. Se observan tres puntos críticos en relación con los usos actuales:

a) "Sinembargo"[26] aparece casi siempre como una sola palabra.

---

[26] Afirmamos sin lugar a dudas que "sinembargo" es considerada una sola palabra pues, por ejemplo, en el folio 52 el autor marca con claridad el corte de sílabas al final del renglón: "Sin-/embargo" (rr. 18-19). En el *Diccionario panhispánico de dudas*, se reconoce que esta grafía es "usada ocasionalmente en algunos países de América" [*s.v.* 'embargo'].

b) Uso vacilante de "porque" / "por que" (grafía preferida), "demodo que" / "de modo que", "apesar de" / "á pesar de", "sobre todo" / "sobretodo".

c) Barbarismos esporádicos: "enfin", "antetodo", "demanera".

-Preferencia por "entretanto" y por "al rededor" (grafía todavía vigente hacia 1846, según los diccionarios de aquella época).

g) Cuestiones léxicas

Significado de abreviaturas frecuentes:
-"ntro" o "nro": nuestro
-"dro" o "d<u>ro</u>": derecho
-"fha": fecha
-"f<u>za</u>": fuerza
-"S<u>or</u>": Señor
-"D<u>or</u>": Doctor
-"-m^{te}": terminación adverbial 'mente'
-&: etcétera
-U.S: 'Vuestra Señoría'
-S. E: 'Su Excelencia'

h) Notas

Dado que el novelista ha tenido la previsión de incluir numerosas notas de diverso contenido –señaladas como "[N. del A.]"–, hemos reducido nuestra anotación a aquellos datos históricos, geográficos o bibliográficos que pueden no ser conocidos por un lector culto. En cuanto a las dudas semánticas, aclaramos solo las acepciones vigentes a mediados del siglo XIX, que no se conservan en los diccionarios actuales.

3.2.Documento 6884

[1][27]
2.[28]
/{Cap[n]. Vargas / parte de la conferencia / [d]el joven con el
apóstata (El Presbítero Merlo)[29] / He perdido el principio y
los capítulos / siguiente[s] – Lo siento bastante!}/

[...] me encontré embarazado en medio de tantos datos
fraccionarios, estrechos y estériles, como él me suminis-
traba. Agudezas singulares, magnífico y sutíl ingénio para
dominar el movimiento de las frases, copias sorprendentes
de las pasiones y de los vicios del corazón; arte encantador
para narrar y entretener el alma; sentencias más o menos
sesudas, más o menos airosos recursos, es cierto que todo
esto encontraba; pero todo esto me dejaba un vacío des-
consolador, porque nada veía que bajára rectamente de
Dios al hombre, nada que fuera una doctrina de deberes
fundada en la revelación del destino humano. El lado pueril
y mezquino de todos esos trabajos me fatigaba; yo quería
saber para que había nacido yó, cual era mi sol y mi destino, cual el del universo, y el de los pueblos. La litera-//
[2]
tura latina era para mi muda; ó no la sabía yo interpretar,
ó nada decia ella del Dios uno creador é inmanente como
principio del principio de la vida y de luz que yo llevaba en
mi alma de un modo intintivo y confuso. Siempre bella é
ingeniosa en la forma, pero siempre egoista y terrenal en
su sentido. Cuando me encontré un poco maestro en su

---

27   Numeramos los folios del documento 6884, para facilitar a los lectores la tarea de
      localizar las páginas.
28   Número de pliego, puesto –al parecer– por el propio autor. Falta el pliego "1".
29   **Merlo**: Gregorio José de Merlos, cura de San Pedro de Macha (Potosí, Bolivia), uno
      de los sacerdotes que apoya la rebelión de Tomás Catari y del Inca Túpac Amaru
      II (1780).

idioma, tomé con una ansiedad palpitante los líbros morales y filosóficos de Ciceron, dejando á un lado sus discursos de circunstancias, de actualidad, desde sus ataques contra Catilina hasta sus filipicas, porque esas obras de pura pasion personal, de mero talento, no convenian entonces con las necesidades del alma que me preocupaban. Leí las dos séries de sus Académicas y aunque //

[3]

encontré vasta instrucción sobre el secreto de las acciones del hombre, esa eterna controversia sobre la naturaleza finita y fenomenal, que jamás era atravesada por un rayo de la luz del cielo, que jamas ponia en transparencia el principio universal é inmanente de las ecsistencias relativas, me fatigaba dejándome inquieto como siempre. Igual desengaño me causaron sus demas discursos á pesar de las pretenciones de los títulos; siempre controvérsia entre causas secundarias y fenómenos insignificantes. ~ Cuando mas, como en las Tusculanas la espresion de las mismas dudas y ansiedades que á mi me agotaban. Acudí á su Naturaleza de los Dioses, obra que me causaba espanto por su título; pues me parecia la mas audáz de las empresas; la lei venciendo mi fastídio; pero que en

[4]

contré al fin? nada mas que el romance teológico de los antíguos: nada que fuese un conocimiento algo exacto siquiera del verdadero Dios: los sabios que el autor me hacia hablar, me parecian tristes sombras devoradas por la duda, alucinandose á si própios con el ruido de sus frases y con el tejido artificial de su lógica industriosa. Yo veía con dolor que no habian sacudido la idolatría grosera del paganismo, sino para caer en las sutilezas fastidiosas y vacías de la controversia y del indiferentismo que agitaba sus escuelas. No podia yo entonces apreciar el gran lado de todos estos trabajos; que despues he conocido — el

servir por sus errores mismos á revelar los caracteres de la civilizacion antigua. //
[5]
3.
Sabía yo muy poco para poder percibir los destellos que de ella remontaban hasta los problemas de los tiempos primitivos. Yo, como todos lo que entonces estudiabamos y leiamos, leia solo para aprender la letra de lo que leía; carecíamos del conocimiento de los documentos históricos, ignorabamos la marcha especial de los pueblos y de las predicciones propias de cada uno; la historia q^e se nos enseñaba era una árida y absurda novela que solo nos servía para cargar nuestra memoria con hechos fabulosos, falsos, contrarios á la naturaleza que depositaban en nosotros una especie de pedantismo de escuela que viciaba nuestro bien sentido y hasta el carácter de nuestras propensiones. Nuestras lecturas eran por decirlo asi, empíricas; porque eramos incapaces de //
[6]
tomarlas en el sentido relativo que sugiere la crítica aquella que va á parar á lo central y dogmático. Teniamos erudicion sin ciencia.

Si entonces hubiera conocido yo, como conocí despues, el tormento de las pasiones políticas, ó hubiera sabido apreciar la corrupcion atróz de nuestro estado moral, habria comprendido lo que hay de grande y bello en las poesías iracundas de Juvenal, y de eminentemente social y regenerador en los escritos históricos de Tácito.

Los deberes del estado que habia yo abrazado me impusieron tambien el estudio de lo que llamamos la Filosofía y la Teología. Es imposible caracterizar la pasmosa vaciedad que yo hallé en semejantes ejercicios. Una ma-//
[7]
sa informe de nociones arbitrarias y oscuras sobre el mundo físico, completamente reducidas al embrion y al misterio,

envuelta en formas traviesas y falaces de raciocinio; una monstruosa aglomeracion de controversias estériles, de palabreria chocante y bastarda, fundada siempre sobre textos mal comprendidos y jamas sobre el juicio propio, sobre la observacion estudiosa de las cosas, ó sobre el buen sentido; una gerigonza gerundiana en vez de método y de debate racional; un idioma bárbaro, que jamas habia sido el de ningun pueblo, en vez de estilo literario; hé aquí hijo mio el yunque de trabajo en que nuestros maestros amolda-ban nuestras míseras cabezas. Oh! y cual petulancia la que desenvolvian en esta tarea! Eran sabios por que apren-//
[8]
dian á hablar sin que nadie los comprendiese sobre lo que ellos mismos no comprendian! Eran sabios que trabajaban siempre sobre las hipótesis imaginarias de la ignoráncia, y jamas sobre las observancias del buen sentido y del estudio directo de los hechos.

Eso era lo que nos regalaban como solucion de los problemas de <u>Dios</u> y del <u>Hombre</u>, bajo los nombres de Metafísica, Física, Ética, Retórica y Teología. Figuraos lo que seria todo este absurdo sistema de educacion científica y moral en manos de frailes groseros, mediócres y soberbios que retirados en el oscuro fondo de los conventos, apenas podian tener otra facultad intelectual que la de la memória para repetir siempre la misma contro-//
[9]
4.
vérsia con la misma solucion; de hombres esclavos del-/ teito[30] muerto y material– retirados del movimiento social, y que creídos en su sabiduría miraban como un crimen el mínimo acto que la pusiera á prueba dando algún paso

---

30   ¿**del-/teito**?: suponemos que aquí se ha producido una haplografía y que el autor habría querido escribir "del deleite".

mas allá del círculo sabático en que los atormentaban el dominio del orgullo y de la vaciedad.

Devorado yo del deseo de saber, me lanzaba con avidéz á todos estos egercicios; sobresalía en ellos; pero allá en el fondo de mi conciencia yo sentia un escozor raro que parecia revelarme que si bien mi memória estaba repleta de reglas, mi corazon carecia de creencias definitivas y mi razon carecia de principios fundamentales de critério moral y científico. La reputacion misma de sábio que ya ha-//
[10]
bia ganado, y que con el prestigio de mis hábitos sacerdotales me atraian el respeto de todos, me cansaba una mortificacion interna y punzante. Yo no sabía, por cierto, que aquello no fuese todo lo que habia que saber en el mundo; pero si examinaba mi conciéncia y mente yo la encontraba vacía de soluciones sobre la vida y su principio, y me anonadaba ante esa vaciedad. Me parecian usupados los respetos que se tributaban al saber que se me suponia; me parecia que engañaba prometiendo dar lo que no tenia; mis mismos triunfos de escuela y de controversia me dejaban frio en el fondo de mi alma; porque veia que eran efecto de un mecanismo torpe, que resultaban de la flaqueza de los otros y no de mi fuerza, y que eran conseguidos, en //
[11]
fin, por astucia y no por sabiduria.

Yo empero debia sostener mi posicion y hacia siempre el sabio.

Solo un libro había encontrado hasta entonces que me complaciera, que me enseñara – el <u>De Civitate Dei</u> de San Agustin; porque apesar de ser tambien controvertista,[31] hallaba en él creencias, y aspiraciones de la mente al orden superior y perenne de la esfera divina.

---

31   **controvertista**: controversista.

¿Creereis que hasta entonces y haciéndo ya algunos años que era sacerdote, nadie me habia aconsejado el estudio genuino del Evangelio? Creereis que nadie lo hacia tampoco por vocacion, ni para comprenderlo? Pues así era! y así es! (agregó el <u>Maestro</u> con emocion) asi es tambien el fruto; así es tambien la doctrina moral de nuestros pueblos!

Tenia yo una vez que pre-//

[12]

dicar un sermón, y tomé una de las epístolas de San Pablo para buscar al acaso un texto. Sin saber porque, abrí el Capítulo 3.° de la segunda Carta á los Corintios y me puse á leer. Siento derrepente que me hallo trasportado al Cielo; me parece que veo un rayo de luz que partiendo de Dios alimenta y verifica el principio pensante del hombre; y cuando en los últimos renglones léo que <u>el Señor es espíritu, y en donde está el espíritu del Señor, allí hay libertad</u>,[32] siento un no se que de grande, de hermoso, que me trasporta á las regiones de una sabiduria eficaz y práctica que hasta entonces me había sido desconocida. <u>Así</u> (contínuo leyendo) <u>todos nosotros registrando á cara descubierta la gloria de Señor, somos transformados de claridad en claridad en la</u>//

[13]

5.

<u>misma imagen; como por el Espíritu del Señor.</u>[33] Cuando acabé este trozo me quedé absorto en una meditacion imperiosa y profunda. Aquello era para mí una revelacion: recien venia á percibir confusamente que todas las conquistas de la sabiduria debian ser reflejos, de mas en mas claros traidos de Dios sobre nosotros que somos su imagen en cuanto espíritu inteligente. Mil cosas se me aclararon; y ya me entusiasmé de tal modo por la lectura

---

32   2 Cor 3,17.
33   2 Cor 3,18.

del Evangélio que lo hacia todos los dias con un encanto cada vez mas ardiente y esclusivo. Empezó entonces en mí una revolucion; la venda comenzó á caerseme de los ojos, y comprendí que había fabrica humana en lo que hasta entonces habia tenido por divino.

A medida que progresaba en esta senda concebí //
[14]
una profunda aversion á las controversias teológicas de la escuela, gérmenes de orgullo y de esterilidad, dándome todo entero á la doctrina de la caridad práctica que el libro santo me recomendaba; y cuya grande eficácia para producir bienes, mi razon alcanzaba bien. Yo estaba sin embargo muy confuso todavia; tenia presentimientos y habia fijado mis simpatias; pero carecia de un sistema claro y decisivo de principios y de creencias; por mi mente no sabia comprender la doctrina del puro y único cristianismo.

Una de las primeras cosas que provocó mi abomi-nacion al mirar al rededor con los ojos del cristiano, fué el miserable estado en que el despotismo civil y religioso tenia seducidos á los indios desgraciados del //
[15]
Perú. No solo eran matados por los ricos como animales de trabajo, como seres abyectos cuya vida no tenia senti-do ni importancia sobre la tierra; sino que eran al mismo tiempo presa de sacerdotes voraces que se apoderaban de sus personas y familias, que hacian vil é infame tráfico de las prácticas de la mas brutal idolatría, para estar hora por hora, como vampiros sedientos, chupándoles el miserable fruto de largos años de tarea. La diabólica destreza con que les estraviaban las ideas, envileciéndoles el alma, é inspirándoles el terror en vez del amor, con esa su bárbara enseñanza y secandoles hasta el último germen de luz que hubiera podido esconderse en su corazon, había comen-zado á indignarme; y como yo tenia acceso y crédito para con mi Obispo, logré que abrazase con //

[16]

ardor (porque era un buen hombre) el proyecto de interesar al Rey en que variase las formas de la administracion á este respecto, garantiéndo la situacion doméstica y la regeneracion mental de los índios. Era este proyecto un poco peligroso; porque á haberlo sentido nuestro clero y los mandones, se habrian fabricado en contra suya, y para ruina nuestra, poderosas é irresistibles intrigas. Teniamos pues que tenerlo reducido al secreto y que ejecutarlo con misterio.

Quedó decidido que yo iria á España bien premunido de todos los datos y documentos de que necesitabamos para ilustrar el espíritu del Rey y mover su corazon en favor de un pueblo entero de desgraciados! //

[17]

7.³⁴

[en]tonces un cenáculo de hombres distinguidos, que bien convencidos de la degradacion moral á que habia caido su pais, se habian concertado para regenerarlo al favor de la filosofía. Aranda y Florida Blanca³⁵ estaban á su cabeza; el Rey los apoyaba; pero hubieron de rendir sus esfuerzos; el mal era incurable por entonces; la obra de abominacion estaba consumada. Logré yo relacionarme con Aranda, y hacerme amar por el ardor candoroso y síncero con que me habia entregado á las ideas liberales en que ellos me iniciaban. Por su conducto traté de obtener una licencia para pasar á Francia, cosa extrictamente prohibida á un americano entonces. Como yo anhelaba realizar ese viaje á causa de lo que oí sobre las maravillas y los progresos intelectuales de la Francia, y como un sábio protector aplaudia mi anhelo de apren-//

---

34   Falta el pliego "6"; además, el "7" es medio pliego pues solo abarca dos páginas.

35   Pedro Pablo Abarca de Bolea, conde de Aranda; y José Moñino, conde de Floridablanca; ambos propulsan la expulsión de los jesuitas; son reformistas ilustrados.

[18]

der, simpatizó con mi proyecto, y obtuvo para mi la licencia necesária.

Pasé á Francia; y de cierto que me encontré en otro pais, pero nó en el pais de luz y de libertad que yo habia soñado. El movimiento intelectual era grande, y era libre sin por eso ser consentido por las autoridades.

[19][36]

[...] tados; y decidió volverse á su querida Haciénda.[37]

En consecuencia de sus órdenes, una bellísima madrugada del mes de Agosto amaneció á su puerta una lujosa caleza, con un gran número de sirvientes campesinos, dos carretillas para el bagaje y multitud de caballos ardorosos destinados á remudar los que atados á los carruajes estaban listos para partir.

Los dos mil inquilinos de su Hacienda estaban preparados ya para recibirla. Rara vez solía ausentarse de entre ellos y por esto su regreso era siempre en aquel campo una fiesta, que si bien no era la espresion del amor tierno ó del entusiasmo que inspirára la arrogante y sobérbia Chilena,[38] era al menos una manifestacion oficial y aduladora en que todos querian tener parte para no incurrir en su desagrado: era el entusiasmo del miedo, que es la mas sólida ba-//
[20]
sa y la mas útil regalía de los poderes despóticos y personales. Como los Campos llanos de la Hacienda estaban

---

36   Está roto el ángulo superior izquierdo del folio, donde ha aparecido anotado el número de pliego en los casos anteriores.

37   **Hacienda:** Hacienda de San Miguel, en la provincia de Talagante, Región Metropolitana de Santiago.

38   Se refiere a Javiera (o Xaviera) Carrera y Verdugo (1781-1862), la mujer más destacada de esta familia influyente de la política chilena; tras la derrota de Rancagua, junto con sus hermanos, emigra a la Argentina desde 1814, hasta 1824. Como ellos, es una figura controversial. Virginia Vidal la nombra "madre de la patria" en el título de su biografía novelada. Véase, además, Micale.

divididos en potreros y sembrados, cercados casi todos de tápias, se entraba á ellas por anchos callejones, á cuyos lados estaban repartídas las chozas de sus <u>inquilinos</u>. Numerosos arcos triunfales formados de ramas frondosas y adornados de lindas flores silvestres, se hallaban colocados en el centro del callejon de la entrada, que desde el camino real iba al patio de la Hacienda cubriendo el paso de la calesa. En los techos de los ranchos, levantadas en altas cañas, flameaban banderas de colores vivos; y todos los subditos del fundo, en grupos de á caballo, y repartidos á las puertas de las felices chozas que se hallaban en aquella entrada estaban de festejo esperando á Doña //
[21]
Javiera al bello sol de igual dia que hacia brillar las nieves diamantinas de los Andes.

Cuando los que estaban apostados á la puerta del camino <u>real</u> alzaron el grito de haber descubierto el carruage, corrieron todos á sus caballos, haciéndo un ruido prolongado con las espuelas; y en los desordenados grupos del alborozo; azuzando los fogosos potrillos que montaban, y dando vívas y grítos de alegria, se lanzaron á recibir la comitiva que regresaba de la Ciudad; y se pusieron á <u>dar riendas</u> (1)[39] remolineando gallardamente al rededor de la caleza.

La señora asomó su rostro por uno de los postigos del carruage y saludó á sus inquilinos con la mano del modo grave y altívo que era inherente á sus modales y característico de toda su persona.

Teresa habia venido hasta entonces sentada en el piso
//

---

39   Falta el contenido de la nota puesta por el autor. **Dar riendas:** dar rienda suelta, dar curso libre.

[22]

del carruage y con su cabeza medio reclinada en las rodillas de Doña Javiera, que parecia consentir con gustoso disimulo la postura que la niña habia tomado impensadamente por el cansancio y el sueño de las cinco horas de viage. Al oir ésta la festiva algazara y el ruido de los inquilinos, se incorporó, y tomada del borde de uno de los postigos, presenció aquella triunfal escena, llena de gusto y de sorpresa, hasta bajar en el corredor principal del caserio en medio de redobladas manifestaciones de bien venida.

Miéntras andaban por el callejon de la entrada, Doña Javiera, que observaba cuidadosamente á todos los que la rodeaban dijo, al Capellan que iba con ella en el carruage: — Sabe U. que no veo al viejo Vargas? él y su hijo son los únicos que faltan. Me sorprende el orgullo tenáz //

[23]

y taimado de esa gente; y si no fuesen tan honrados y escrupulosos para pagar el arriendo de su terreno, ya habria hecho que se fuesen á otra parte.

Es[40] buena gente; pero son como U. dice demasiado altívos para ser buenos inquilinos; creo que hasta tienen barruntos de nobleza. Y la intimidad que tiene con ellos el Taíta,[41] ese espécie de Apóstol, misántropo iluminado, que su padre de U. ha establecido en el terreno del lado, contribuye mucho, me parece, á que Vargas y su familia tengan esa estraña conducta.

Doña Javiera no respondió al pronto; pero despues de un rato que estuvo pensativa, dijo:

–Temo formar un juicio propio sobre ese estraño clérigo, que ni el trage usa de tal; por que no quiero contrariar á mi señor Padre: –Sin embargo, su padre de U. no lo ha tra-//

---

40   Falta la sangría de comienzo de párrafo y la raya de diálogo pues el que habla ahora es el capellán.

41   Se estaría refiriendo al presbítero Merlos, personaje de las primeras páginas.

[24]

tado jamás; y creo que si se han saludado alguna vez habra sido por que la casualidad los habrá hecho encontrar en el mismo camino:

–Es cierto, pero mi Señor Padre lo trajo aquí; él lo puso en ese terreno, él le hizo construir esos ranchos; y él lo sigue consintiéndo en nuestros campos; por eso no quiero indagar lo que debo pensar de ese anciano singular, que, de cierto, me ha inspirado siempre muy pocas simpatias.

En esto llegaron á las casas; y se reinstaló, por decirlo así, Dª Javiera en su domínios.

Sin embargo de todas estas pompas, pasados los primeros dias de la novedad, Teresa estuvo muy lejos de sentirse alagüeñamente impresionada por este cámbio de domicilio. Tenia esta niña un génio altívo y exigente que se habia desenvuelto con libertad al lado de la po-//

[25]

bre nodriza que la había criado. Y no podia encontrarse á gusto, teniendo que vivir en la rica casa de Carrera bajo la perpétua presion de la etiqueta respetuosa y grave que allí regía, y entre personas que le eran estrañas. La Señora tenia una voluntad austera vijilante y caprichosa, y se hacia tanto mas efectiva y pesada para la niña, cuanto que partia de una region encumbrada y misteriosa para su tierna fantasia. Lejos de cambiarse en esta atmósfera su carácter, se hizo mas marcado, y adquirió con la esperiencia de esta vida oprimida, aquella concentracion del sufrimiento, con aquella capacidad de resistencia muda y puramente moral, que distingue el grado sublime de la energia.

Sería tambien injusto decir – que Teresa tuviese sufrimientos materiales al lado de Doña Javiera. Por el con-//

[26]

trario: los criados la agazajaban, porque sabían que con estas atenciones dirijidas á la niña alagaban á la ama. Esta émpero, jamás le habia hecho directamente cariño alguno, ni demostradole la mínima ternura; pues habia sabido siempre limitar sus manifestaciones de interés, á la altiva proteccion que un poderoso dispensa á un desvalído, disimulando toda otra clase de sentimientos. Teresa pues desherada[42] de toda afeccion tierna y amorosa en aquella casa, y concentrada por lo mismo en si misma, tenia no obstante una region interior donde fortalecía prácticamente las inclinaciones enérgicas y dominantes de su alma naturalmente impulsiva, audáz y voluntariosa.

Cualquier observador sagáz que la hubiese comparado con la Señora, ha-//

[27]

bría notado una singular aunque no definida identidad de aire personal y de carácter. Era claro apesar de esto, que Teresa tenia mas esquisita sensibilidad y ternura que Doña Javiera; pero, aparte la diferencia de las edades y del desarrollo, ambas eran igualmente bellas, igualmente audáces, igualmente enérgicas, igualmente orgullosas, y amba[s] arcades[43] por lo excelso de sus fantasias y de su buen gusto.

Los tres hermanos[44] de Doña Javiera miraban á Teresa con completa indiferencia, muy cercana del disfavor; los amigos de la casa la trataban como sirvienta de accidental distinción. Y efectivamente: Teresa tenia tan equívoca situacion en aquella casa, que participaba de todas las situaciones sin mostrar la faz exclusiva de ninguna de ellas. Servia muchas veces, y no era criada. Gozaba de muchas re-//

---

42 **desherada**: haplografía por "desheredada".
43 **arcades**: árcades, de Arcadia; en sentido figurado: bellezas paradisíacas.
44 Los tres hermanos varones de la familia Carrera, que tienen actuación política y militar, son: Juan José (1782-1818), José Miguel (1784-1821) y Luis Florentino (1791-1818). Por ser varios y de actuación conjunta, solía denominárselos "los Carreras", poniendo en plural el apellido.

[28]

galías, y no era hija conocida de la familia. Era cuidada esmeradamente por la Señora, sin recibir ni haber recibido jamás una muestra de ternura. Cierto es que en la edad que ella contaba, no podia todavia darse cuenta del sinsabor inherente á todas estas ambigüedades; pero lo sentia sobre el alma, lo llevaba en ella por intuicion; y era infelíz, como lo puede ser un niño de siete años. Establecida en la Haciénda, Doña Javiera la puso al cuidado de una muger llamada Lorenza, que debía servirla y atenderla. Tenia esta mujer un hijo llamado Pedro; cuyo carácter, así como el de la madre, era algo ruin; muy sumiso, muy adulon, y muy diestro para captarse amigos y protectores entre sus amos. Con una inteligéncia bastante despejada, //

[29]

y no pocas aptitudes para prevenir a favor suyo, Lorenza y Pedro habian logrado muchas distinciones de la familia; lo cual les habia dado una respetable situacion entre los demas campesinos de aquel fundo y múcho acceso para con sus patrones; circunstancia que tuvo no poca influencia en los sucesos que voy á narrar, y que por lo mismo recomiendo á la memoria del lector.

Hacia ya tres años que Teresa vivia así cuando tuvo lugar un suceso doméstico, que aunque insignificante al parecer, hubo de abrir una série de consecuencias estraordinarias en la suerte de esta bellísima criatura.

En una noche muy calurosa del verano de 1805 estaba reunida la familia de los Carrera en el comedor principal de la Haciénda conversando en rueda con muchos [de] sus huespedes y amigos al claro de las estrellas, sobre los grandes sucesos //

[30]

que traian entonces agitado al mundo. El nombre de Napoleon y sus gigantescas hazañas suministraban la materia del debate; y como el primogénito de la familia se hallaba ya sirviéndo en España, tan complicada entonces en los acontecimientos políticos provocados por aquel grande hijo del siglo XVIII, la conversacion tenia un interés directo y personal para los que las sostenian; pues relacionaban mil congeturas de glória y de éxito brillante con el porvenir del caro José Miguel; que eran pª. ellos como alhagueños relámpagos en médio de las magníficas tiniéblas que envolvian entonces al mundo civilizado.

Teresa tenia entonces diéz años, y era una preciosa niña. Estaba en esta noche vestida con esmero, como siempre, con cierto género //
[31]
blanco que le brillaba. Como lo tenia de costumbre, cabeceaba negligentemente y medio dormida, sentada á los pies de la Señora.

Juan José, que estaba al lado; sintió sed, y moviendo á Teresa con el pié para despertarla, le pidió un vaso de agua.

Durante el verano, es de costumbre universal en Chile servir el agua echando dentro del vaso pedazos proporcionados de nieve para enfriarla; de modo que se convierte en una bebida deliciosa, por que es literalmente helada. Juan José, que tenía apetitos proporcionados á sus atléticas y colosales dimensiones, se ponia furioso cuando los criádos le servían el agua en los vasos ordinarios; y mil veces habia hecho sentir su enojo á los que se habian olvidado //
[32]
de traersela en un vaso enorme que él habia señalado como el suyo. Tantas veces habia tenido este enfado con los criados que había venido á tener por punto de honor el no perdonarles jamás semejante olvido.

La pobre Teresa, ya por somnolencia, ya por estar poco acostumbrada á este servicio, fué al comedor, tomó un vaso ordinario y llenándolo de agua helada, se lo trajo á Juan José. Estaba este casualmente preocupado en aquel instante con la conversacion, y concluia con calor algunas frases. Teresa llena de descuido y de candor lo esperaba parada delante de él. Tenia la criatura un no sé qué de tríste y angelical producido por el sueño de que habia sido privada; sus //

[33]

ojos estaban lánguidos y húmedos, sus mejillas rosadas; y de sus encarnados y entreabiertos labios se escapaba un resuello franco é infantil que parecia venir acompañado de toda la pureza de aquel corazon inocente que lo causaba.

Cuando Juan José acabó su discurso tomó maquinalmente el vaso de agua que la niña le presentaba, pero no bien le sintió el peso cuando obedeciendo al impulso espontaneo de su ira, lo vació entero con todas sus fuerzas sobre el rostro y el pecho de la pobre niña, salpicando á los circunstantes, y dándoles así tambien parte en la injuria. Como el seño y rostro de Teresa estaban traspirando por efecto del sueño y de la estacion, la impresion física que la inocente criatura recibió con el golpe de //

[34]

agua helada fué un extremo sorprendente. Poco hay que decir de la impresion moral para quien conozca su caracter altivo y lleno de dignidad. Aturdída por el golpe y por la impresion del hielo, permaneció un momento inmovil y muda; pero á medida que se despejaba en su alma la idéa de la injúria que había recibido, la palidez de la cólera se mostraba en sus labios y mejillas. Su naturaleza altiva estalló al fin; y por un movimiento maquinal como el de su agresor arrojó al suelo el plato que tenia entre las manos y soltó el llanto á gritos.

Doña Javiera estaba profundamente irritada por la excesiva grosería que su hermano había cometido; pero demasiado sagáz y //

[35]

6.

cauta para olvidar todo el peligro que habia en dirijirle en aquel momento la mas lijera reconvención, descargó su enojo sobre Teresa pretestando la necesidad de corregir su soberbia. Tan triste fué la impresion que esta rápida é inesperada escena hizo en los circunstantes, que ya fué imposible reponer la conversacion al tono animado que antes habia tenido.

Nadie dirijió á Juan José la menor palabra; mas como el conocia que ninguno dejaba de reprobar la brutal insolencia que habia cometido, por despecho y por altaneria, amenazaba en su aire que descargaría una borrasca sobre el primero que se atreviese á reconvenirle. Otra prueba de su torpeza.

Desde aquel dia Teresa odió á Juan José con un rencor mudo y profundo, no obstante que siguió prestándole todo el respeto que convenía //
[36]
á su posición y á su edad.

Juan José se olvidó probablemente de un accidente tan comun para él como este. Pero Teresa lo recordaba siempre como si acabase de suceder: era un punto negro que tenia en la niña de sus ojos y que veía delante de todo.

Pasaron algunos años, y ella creció poniéndose mas bella á medida que se desarrollaron sus formas mugeriles. Llegó un dia (tenia entonces diez y seis años) en que Juan José se apercibió por primera vez que la niña se habia trasformado en una joven de peregrina hermosura. La condicion pobre y subalterna en que habia vivido no habia estorbado, por cierto que su alma fuera tan bella como su figura. De todas sus facciones, de todos sus ademanes y modelos, traspiraba cierta fragáncia indefi-//
[37]
nible y esquisita de cultura, de gracia y natural amabilidad. Era un nardo, una de esas flores de tallo esbelto, de color puro y modesto, de aspecto rico y risueño, cuyas labores

finas y delicadas parecen ser obra del arte mas prolijo empeñado en pulirlas con esmero sobrehumano. Hasta por
ese no sé qué de sentimental y de festivo que tenia Teresa
en todo el aire de su figura, revelaba cierta analogía con
esas gallardas flores que en un lenguaje mítico saben llenar el corazon de afectos morales retratándoles las gracias
puras de la niñez en union con las pasiones ardientes de
la juventud. Quien haya viajado lejos de su querida, los
habrá levantado mil veces con una mano cariñosa para
contemplarlos como un retrato de la que suspira por él á
lo lejos. Si se pretende analizar la se-//
[38]
mejanza, huye á confundirse entre las lucubraciones del
misticismo; pero visible é impalpable como un fuego fátuo,
reaparece brillante y rápida cuando en vez cuando en vez
[sic] de el raciocinio se consulta la voz tierna del corazon.

Teresa era como ellas, delicada y pulida; pero algo
silvestre. Era inteligente; y el poder de su fantasía y de su
voluntad tintillaba[45] por decirlo así en su viváz y noble mirada. Graciosa, jovial, modesta y dulce, poseia las dotes de
aquella coqueteria espontánea é inocente que nada tiene
de parecido á las pretenciones galantes, ni á las maneras
convencionales de que las mugeres de rango hacen uso
para brillar en el mundo refinado de las capitales. Como
era alta y delgada, su cuerpo era flexible y airo-//
[39]
7.
so como el tallo de una verde caña; pues estaba formado
de contornos redondos de superficies esféricas y llenas que
venían todas á ceñirse en una cintura angosta y gallarda
como el cuello de los cisnes.

Solo un esfuerzo de fantasia podría reproducir aquella espalda encantadora y robusta que sostenia los dos

---

45   **tintillaba**: tintinaba; de tintinar o tintinear ('producir el sonido especial del tintín').

hombros esféricos y pulidos de que pendia el turgente seno, sosteniéndolo á la vez el cuello mas galano que se puede imaginar. La frente unida y tersa, formaba de las cejas á la raiz del pelo una línea inclinada ácia atrás. Los ojos grandes, rasgados y agudos al extremo esterior de los párpados, imperceptiblemente dormidos y un tanto prominentes; las pestañas larguísimas y negras que los velaban; las cejas rectas, tiradas á cordel y unidas en la raíz de la nariz, denunciaban en aquella joven pasio-//

[40]

nes profundas y durables, vehementes y francas, que unidas á la esquisita sensibilidad de su alma, la harian tal vez incapáz de la prudencia necesaria para moderar sus impulsos. Vigorizaba esta sospecha el desorden con que se juntaban las cejas sobre aquella nariz perfilada y sutíl que daba el <u>aire griego</u>[46] á la fisonomía. Las pestañas largas dulcificaban un tanto la expresion ardiente del rostro; denotaban al ménos que ese ardor se aplicaba tan solo á los sentimientos simpáticos del alma, y que el amor y la amistad serian la vida entera para esta muger, lo único grande é imperecedero, lo único sublime y santo. Su color era tal vez pálido, tal vez moreno; pero distinguido por cierta limpieza y fineza de téz que lo realzaba. Sus labios finos y descoloridos pa-//

[41]

recian siempre dispuestos á sonreir con simpatía á los demas; y esa promesa de sonrisa perenne sobre su rostro que rara vez llegaba á la realidad, tomaba cierta espresion indefinible á causa de esas dos sombras misteriosas que se llaman ogeras, y que parecen nubes que cubren en el rostro la luz de la alegría que es el sol del alma. Para complemento

---

46   **aire griego**: perfil griego, cuando la frente y la nariz forman una línea recta; considerado modelo de armonía y belleza, nobleza y dignidad.

de hermosura, Teresa tenia un lunar pequeño y renegrido al lado izquierdo de la boca entre el lábio superior y la nariz.

Apesar de estas bellezas de proporcion así reunidas, veianse en Teresa rasgos indescifrables que daban á su persona algo de inculto de injénuo, que parecian revelaciones de una naturaleza singularmente audáz é independiente, casi imprópia de las condiciones de su sexo; y en //
[42]
fin, <u>como era rosa tenia sus espinas</u>.

Tal era la muchacha que el joven Juan José Carrera miró un dia con codicia!!! Hombre de apetitos que no admitian valla, no bien apercibió en Teresa las formas incitantes de la pubertad, cuando no pudo resistir al deseo de perderla. El deseo pasó á ser proyecto; y el proyecto pasó muy pronto á ser pasion. Ridículo seria en este caso haber hablado de amor; por que Juan José era incapáz de tener esa pasion del sentimiento, de la simpatía, tan diversa de la <u>pasion del proyecto</u>, que era la única que fermentaba en su cuerpo dia por dia á la vista de Teresa.

No había llegado Teresa á la edad en que la hemos retratado sin haber encontrado á quien amár. Teresa amaba; y como bastan dos dias //
[43]
para convertir en pasion las simpatias de la muger, Teresa estaba tocando en la pasion, y no necesitaba mas que de una contrariedad, de un ataque, de un sacudimiento cualquiera, para que la tempestad envolviera su vida.

El amado de Teresa se llamaba Manuel Vargas, á quien el lector no conoce todavia, ni podria conocer cumplidamente sin que pasásemos de aquí á revelarselo en su físico y en su moral. Mas, como la tarea es de peso, usando del privilegio de hablar á parte con los lectores que tiene el novelista, y de que hasta el gran Escosés (1.)⁴⁷ ha usado pródigamente en su obra gefe, nos permitiremos rogar á los nuestros que nos atiendan por un momento.

Para que comprendan al amante de nuestra Teresa y puedan explicarse sus he-//
[44]
chos y su carácter necesitan conocerlo á fondo como á ella. Si escusasemos de detallar su educacion, los hábitos de su familia, y las doctrinas bajo cuyo influjo se habia criado, ningun interés podria inspirarles su suerte, ni hallarian la razon específica de su conducta. Si pues nos prestan la atencion que les pedimos para los detalles que tenemos que atravesar en provecho de nuestra historia, serán al fin compensados por el acrecimiento del interés que ella inspirará una vez que hayamos salido de aquellos. Por otra parte: de nada minucioso y pueril nos permitiremos ocuparlos; les aseguramos que todo vá á ser profundo y sério porque vamos á tocar altisimos puntos del destino del hombre y de los pueblos que son esenciales al grave objeto con que escribimos este libro. Si algun lector livia-//
[45]
no se fastidiase, le pedimos de nuevo que se sobreponga á su fastidio, que disimule si fuese necesario las imperfec-ciones de la egecucion de nuestra obra, que no olvide que todo principio es pesado, y que no pueden dejar de serlo los detalles que deben servir de informacion preliminar para fundamentar el interés posterior y vivo de la narracion.

Si con esta advertencia reverente, hubiesemos conse-guido persuadir á los benévolos y vencer á los renitentes, estariamos aptos yá para meternos detrás del telon y prin-cipiar con nueva gente nuestro capítulo próximo.⁴⁸

---

47   Falta el contenido de esta nota del autor. **El gran Escosés**: se refiere a Walter Scott, autor escocés (1771-1832), cuyas novelas históricas pronto se convierten en prototipos de este género.
48   La cuarta página de este pliego está en blanco.

3.3. Documento 5253

/{1°}/[49]

16

~~Capítulo II~~
~~El amor brutal y el # al que se t#{# la parte trágica de la~~
~~vida.} bastan~~
   ~~-{el momento trágico de la vida}~~
   _____
                                        ~~ya ##~~
   ~~Era imposible qᵉ. los amores de Vargas y Teresa con-~~
~~tinuasen mucho tiempo siendo un secreto.~~
Vargas, qᵉ. era sagaz y hábil, lo habia previsto; incapaz
de abandonar su bellísima querida por ningun motivo
humano, habia sentido la responsabilidad inmensa qᵉ.
tenia con respecto á sus padres, cuya suerte era tan de-
pendiente de la voluntad de los Carreras. Un dia quiso el
joven prevenirlos, y tentar si era posible separar su suerte
de la de ellos. Franco y generoso como correspondia á la
elevacion y honradez de su alma no les disimuló el motivo
de su confidéncia, ni tampoco los riesgos que le ocasionaria
su intencion. El padre, aunque muy viejo, tenía una alma
enérgica y digna de la del hijo. La Madre lo idolatraba como
~~una~~ idolatra una madre al hijo de todas sus esperanzas. Con
aquella sagacidad, que solo las madres tienen pª adivinar
en el niño las dotes del hombre eminente, habia formado
en su corazon esta buena anciana una conviccion firme,
arraigada desde muchos años atras, de que su hijo valia
mucho, de que estaba destinado á subir hasta las primeras
gradas de la gerarquia social. Muchas veces, al ver el orgullo
y la pompa con que los jóvenes Carreras se criaban en la

---

49   Este agregado, puesto en el margen izquierdo, ha sido escrito con una tinta más
     clara. Sin duda, es una indicación para o del editor. Parece tratarse del número
     de fascículo.

hacienda pater[nal]**na**, /{y al ver á Manuel tomado de la mano del sacerdote qᵉ. lo educaba}/ habia oido ella en el fondo de su conciencia una voz misteriosa, pero sonora, que le decia –"Tú" "tambien tienes un hijo que valdrá mas qᵉ. estos dora-/"dos retoños del despotismo feudal". Una espécie de intuicion le habia mostrado el porvenir lleno de sacudimientos y de sucesos estraños, á cuyo favor pensaba qᵉ. su hijo se habia de [¿?] hasta vivir entre los gigantes [¿?]. Así es como las [ma-]//

17

dres suelen adivinar al traves de sus hijos los grandes acontecimientos del mundo social. Ambos viejos amaban á Vargas con una ternura ilimitada; ambos tambien querian á Teresa tanto como á una hija, aún antes de tener la menor sospecha de que era la escogida del su gallardo Manuel. El cariño con qᵉ. miraban á Teresa no puede esplicarse sino por una de aquellas luces misteriosas y reveladoras qᵉ. la mano divina de la providencia suele introducir en la tenebrosa alma del hombre. Es verdad tambien, qᵉ. Teresa era tan solícita y tan constante en manifestar su decidido {un} afecto decidido á los padres de Vargas, y en establecerse para con ellos en la situacion de una hija, que no era estraño qᵉ. los viejos se hubiesen dejado ganar candorosamente por las simpatias, dando en su corazon un ancho lugar al afecto de Teresa, sin relacionarlo en nada todavia con la suerte de su hijo.

Cuando Manuel reflexionaba sobre las resistencias y la lucha {en} qᵉ. sus amores lo iban á empeñar contra la pudiente familia de Carrera, y contra las pasionˇ. sobérbias é irrefrenables de Juan José, no podia menos de caer en momentos horribles de dolor y desmayo. Sacrificar á Teresa, por conservar su quietud y el bien estar de su familia; dejarla abandonada á la ignominia con que la amenazaba Juan Jose, y en la que probablemente caeria si se veia abandonada por el hombre á quien ella amaba;

~~parecia~~ era p^a el joven Vargas un consejo bajo, vil, infame. Aborrecia el egoismo, como al mas repugnante de los vícios morales; y, sinembargo, no podia determinar cual era el camino que la generosidad y la abnegacion le aconsejaban seguir. ~~Por que~~ [p]Pensaba tambien que era inícuo con-servar [¿?] su dicha, hacerse feliz uniendose á Te-[resa] [á c]osta del descanso y del bienestar de los [¿?] de sus dias, que siempre habian esta-//

18

do prontos á sacrificar todo, hasta la vida, por él.

Un dia formó Vargas, por fin, el proyecto de acabar con estas tribulaciones q^e. destrozaban su alma; decidido á declarar á sus padres su situacion y sus resoluciones, esperó á que el anciano hubiese vuelto de sus tareas, á la caída del sol, y se hubiese sentado al lado de su virtuosa muger, para ponerse por delante y decirles:

–¿Sabe Ud padre, q^e. hace mucho tiempo q^e. deseo decirle á Ud, delante de mi madre, una cosa q^e. me pasa y que es del mayor interes para nosotros?

–Y por que no me la has dicho hijo?

–Por que me costaba señor hablarle á Ud de amores míos, que, sinembargo, agregó con un aire grave, se hallan compli-cados de un modo sério con el bienestar de todos nosotros.

–Yo te habia juzgado incapaz, dijo el padre con cierta seve-ridad, de hacer calaveradas de aquellas que comprometen la quietud de las familias. Y eso q^e. me dices, no solo me desengaña sino q^e. me alarma mucho.

–Ud se equivoque mi padre. Jamás he dejado de ser lo q^e. Ud ha querido siempre q^e. sea. Todo cuanto tengo q^e. decir á Uds se reduce á hacerles saber q^e. estoi enamorado de esa niña Teresa q^e. vive en las <u>casas</u> con la Señora; y que, como ella me quiere tambien, estoi resuelto á casarme con ella.

–Oh! hijo! eso es otra cosa, dijo el viejo, y te doi la enhora-buena p^r. la eleccion. Tanto, tanto me alegro, como tú no lo puedes imaginar; y te aseguro q^e. lo mismo piensa Maria ¿no es cierto hija?

–Con todo mi corazon lo digo, respondió la ~~muger~~ madre haciendo sentar á su lado al hijo.

–Bien, padre! bien, madre! dijo este; pero nuestra suerte, la mia, va á ser muy desdichada. Uds saben q^e. yo no tengo un médio real, Uds son muy pobres tambien. Estoi cierto q^e. aunq^e. {no lo} fuesemos //

19

tanto, la Señora Doña Javiera se opondria á que se casase Teresa **conmigo** conmigo; y luego q^e. descubra q^e. nos queremos, es indudable que me impedirá la entrada en las casas. Y a pesar de eso, añadió Vargas con una resolucion enérgica, yo estoi dispuesto á todo antes que á ceder, y quieran ó no quieran ellos me he de casar con mi querida. Si el respeto no me cerrara los lábios les referiria a Uds las infamias que {don} Juan Jose comete con mi Teresa.

Los ojos del joven arrojaron una chispa de furor que indicaban cual era la rabia q^e. despertaban en su pecho estos recuerdos.

–Ah! hijo, ¡que vergüenza! que vergüenza! Ya lo sabemos todo; la pobre niña se lo ha referido á tu madre!

–Ya Ud ve, mi querido padre, á todo lo q^e. tengo q^e. hacer frente. Yo soi pobre; ellos son ricos[;]. [t]Todos los conocen, los adulan y los sirven, á ellos; mientras q^e. á mí, nadie me conoce y apenas habra quien quiera escucharme si me atrevo á **le**vantar la voz contra alguno de los Carrera. Es preciso no formarse ilusiones, y estar ciertos de que vamos á padecer mucho el dia q^e. nuestros patrones, nuestros amos hubiera debido decir, vean que hai un inquilino en la hacienda capaz de ponerse en lucha con su autoridad. Por fortuna, mi querido padre, ha sucedido, segun acabo de saber, una gran cosa en Santiago. Los hijos del pais se han sublevado contra los españoles, asegurando que ya no ~~nos~~ han de gobernar en Chile {los} gallegos sino los criollos puros, los chilenos. Parece que se trata de armar tropas del pais, por si acaso los españoles de Lima, ó los mismos de aquí, quisieren negarse á esta justícia. El dia dieziocho # de este mes*[50] han formado un gobierno de paisanos nuestros, que ha empezado p^r. llamar á toda la juventud á las armas p^a. que lo defiendan: ya no //

20

se necesita comprar grados para ser militar, basta ser chileno, y ser valiente y honrádo. Yo no puedo consentir en q^e. Uds sufran por mí, ni en q^e. los persigan ó perjudiquen los Carreras por mis amores con Teresa; así pues, voi á tomar parte en el movimiento de Santiago, voi a hacerme oficial; y luego q^e. lo sea, me caso con Teresa, aunque el mundo entero me lo **quiera** impedir. De este modo no tendré q^e. volver jamas á la hacienda, ni ellos tendrán p motivo p^a mezclar á Uds en mis cosas y en mis acciones. Y si hai guerra por defender nuestro pais, he de pelear **tan** bien, q^e. he de ascender hasta un buen grado, y con el sueldo q^e. reciba mantendré mi familia hasta q^e. el tiempo nos reconcílie.

–Tu proyecto, hijo querido, es digno de tu corazon y de tu alma. No creas q^e. haya aquí quien pueda oponerse á él, ni quien no comprenda la verdad de tus palabras; pero me parece exagerado é intempestivo. Los extremos no se deben tocar antes de haber ensayado médios mas moderados. La carrera q^e. te propones abrazar es brillante y grandiosa, pero va á llenar de amarguras nuestros dias; si hai guerras, te veremos expuesto á las balas y á las lanzas, y esta desgracia es cruel p^a. un viejo como yó, **cruel** para una muger afectuosa y tierna como tu madre; las glorias q^e. puedas ganar con tu valor y tu delicadeza ¿compensarian en tu ánimo los dolores q^e. nos ocasionarías? Yo quisiera verte seguir la vida pacífica y feliz q^e. yo he tenido; verte labrar nuestro campo, y recoger la cosecha, p^a sostener á tu

50   *Setiembre de 1810 [N. del A.].

familia. Es verdad q^e. así no brillarás; pero viviras tranquilo y feliz. En cuanto al médio de obtener la mano de Teresa confia en mí, y en **tu** madre, que ambos abrazamos este proyecto con un afecto profundo; y ambos haremos cuanto sea posible p^r. hacer q^e. lo logres en paz y con toda felicidad. Maria hablará mañana mismo con Teresa; y yo te //

21

prometo q^e. á fuerza de dulzura y de paciencia lograré vencer las repugnancias de Doña Javiera en el caso q^e. las tenga, y hacer cambiar los sentimientos de Don Juan Jose.

El joven permaneció un rato en siléncio y meditando, hasta q^e. dijo, por fin:

–Muy {bien} Señor! consiento en lo q^e. Ud me aconseja; pero conozco tanto á esta família q^e. tengo la certeza de q^e. Ud se engaña en sus esperanzas. No hemos de obtener nada sino persecuciones y enemistades.

Despues de esta conversacion, Maria habló con Teresa, la ~~hablo~~ aceptó como hija y le prometió toda clase de servícios y favores p^a. su amor. La pobre niña fué, ~~desde aquel dia,~~ feliz sin igual desde aquel dia; por q^e. pudo sostener con Vargas una correspondencia continua, inocente y segura. Apoyada en los dos viejos, dirigida p^r. sus ~~sensatos~~ consejos **sens**atos habia llegado hasta olvidarse de q^e. Juan Jose la perseguia como una ave de rapiña, instigad~~a~~o p^r. apetitos azusados diariamente y **que** en verdad eran insaciables.

Mientras q^e. el anciano padre de Manuel echaba prudentemente sus redes p^a obtener sus fines; Juan Jose, que era hombre astuto, esperimentado, centuplicaba sus médios y sus preparativos, de un modo insensible y subterráneo: # incapaz de comprender los principios ideales y nobles de la vida humana, tenia una malícia refinada p^a sorprender los secretos del corazon en la vida doméstica, determinando causas materiales para cada rasgo de virtud que presenciaba. Convencido de que la resistencia de Teresa era invencible, y de q^e. habia en **el** aire {de esta muchacha}

cierta seguridad y altivez que parecia desafiar sus maqui-
naciones, concibió q^e. alguno la aconsejaba o la apoyaba;
que Teresa amaba á otro, y q^e. por eso le re-//

<u>22</u>

sistia á él. Tocado de esta sospecha se propuso paralizar
completamente sus ataques, hacerse el olvidado y espiar
á Teresa con la mayor cautela hasta sorprenderla.

La niña estaba muy lejos de sospechar las luces infer-
nales de q^e. disponia el alma de su perseguidor; y como
estaba muy enamorada no pensaba en otra cosa q^e. en
ver á Vargas, y creia haber llegado al grado sublime de la
astúcia cuando lograba decirle una palabra ó darle una
mirada segura de {no} ser descubierta. Vargas no estaba
menos enamorado; #y# #n#**asi** era, que no se sentia capaz
de proceder con toda la vigilancia y prudencia que su padre
le habia prescripto; y cegado mas y mas p^r. la fuerza de la
pasion, tenia con Teresa entrevistas contínuas en las que
no dejaba de correr grandes riesgos de ser descubierto y
castigado.

~~Poco tiempo bastó á Juan José para llegar á un punto~~
~~perfecto de seguridad acerca de la sospecha que habia~~
~~concebido: le faltaba tan solo descubrir cual era el obgeto~~
~~de la pasion de Teresa. Al fin lo consiguió: ved aquí como.~~
~~Acostumbrada Doña Javiera~~

Algunos meses se pasaron sin resultados efectivos y
sin que las realidades hubiesen correspondido á las esperanzas de unos y otros; por que asi son las cosas, marchan
siempre mas lentamente q^e. las combinaciones mentales q^e.
hacemos sobre ellas. Pero Juan José habia llegado entretanto
á tener una seguridad completa sobre la sospecha de q^e.
Teresa amaba á otro. Le faltaba tan solo descubrir cual era
el obgeto de su pasion. Al fin lo consiguió: ved aquí como.

Acostumbraba Doña Javiera, todos los sábados por la
noche rezar una <u>salve</u> y un <u>rosário</u> solemnes en la Capilla
de la Hacienda; ~~eran invi~~-//

23

todos los inquilinos y arrendatários tenian la obligacion de concurrir, y eran llamados á la piadosa devocion con repetidos toques de campana que empezaban una hora antes de la señalada pª. el rezo. Esta fiesta era para Teresa la ocasion mas dulce de sus entrevistas; ~~por Vargas~~ por que ~~su~~ Vargas, disfrazado de muger y favorecido pʳ. la poca luz que habia en la Iglesia, se confundia con los quinientos ó mas inquilinos ~~qᵉ.~~ # de diversos sexos y edades qᵉ. allí se reunian y se situaba al lado de Teresa, un poco atras de la Señora. Lo romancesco de la situacion; la luz vacilante y empañada que daban las ocho velas colocadas en el frente principal de la capilla, al rededor de la imagen santa que representaba al patron celestial de la familia y de la hacienda; que apenas bastaban pª desparramar una vislumbre claro-oscura en todo aquel recinto; el ruido que formaban las voces qᵉ. entonaban las santas preces; todo, en fin, hacia qᵉ. aquellas entrevistas tubiesen pª. Teresa un atractivo inexplicable y encantador. Asi era que el sabado, despues de comer, se vestia con esmero, se adornaba, cantaba, ~~bali~~ bailaba, y hacia ver en todos sus ademanes –que estaba en su hora feliz, y que el placer rebosaba en su alma. Juan José lo habia observado muchas veces, y habia ~~adver~~ deducido al fin que Teresa tenia citas amorosas en la Capilla.

Un sábado, que si no estoi olvidado fué el 14 de júlio de 1811, ~~se prepara~~ estaba reunida ~~reunida~~ toda la família Carrera en el Comedor acabando de almorzar. Doña Javiera ocupaba la testera⁵¹ de la mesa; tenia un sacerdote //

24

joven á su lado qᵉ., al parecer, disfrutaba de un gran favor con ella; ~~cuando~~ y los demas de la familia, contando á Juan Jose #{entre} ellos, ocupaban los demas lugares. Entró en esto una criada trayendo varios paquetes de cartas y avisando

---

51   **testera:** "La frente ó principal fachada de una cosa". *DRAE* (1843).

q^e. habia llegado de la ciudad el peon llamado <u>el viagero</u> en las haciendas de aquel pais, por q^e. es el q^e. se ocupa fijamente en ir y venir á la ciudad á evacuar las diligencias de la casa. Cuando acabaron de almorzar comenzó cada uno á abrir sus cartas y á leerlas sin levantarse de sus sillas: poco rato hacia que ~~J~~ estaban así cuando Juan Jose, que leia tambien, hizo un ademan de sorpresa y un ruido con los labios que indicaba haber leido una cosa extraña.

–¿Que hai, Juan Jose? le preguntó con interes Doña Javiera.

Juan José siguió leyendo sin satisfacer inmediatamen[te] á esta pregunta, y despues de un rato se dirigió á su hermana diciendole:

–Que no te dicen á tí lo que ha habido en ~~Santiago?~~ Santiago?

–No; no he leido todavia las cartas de Luis[.]

–Pues él me escribe, y me dice q^e. las sesiones del Congreso se han ~~int~~ interrumpido; que todos los diputados de las provincias del Sud se han salido de la sala protestando que no obedeceran al gobierno de Santiago; y que, encabezados p^r. Don Juan Martinez de Rozas, por O'Higgins y Mackenna, se han retirado á sus provincias con el ánimo de hacerse independientes de la Capital.

–Que picardia! dijo la Señora ¡quieren que nuestro Chile se divida en dos gobiernos! Si yo fuera //

25

hombre y mandara milicias como Uds iria ahora mismo á sostener el gobierno de Santiago.

Teresa **entraba** en este momento al comedor y Juan José dijo con voz alta y con un deseo evidente de que la niña se fijára en sus palabras:

–Por cierto! yo me voi ahora mismo á la ciudad á ponerme bajo las órdenes del gobierno.

–Cuando menos, dijo otro de los circunstantes, esos tontos pret**end**erán q^e. Concepcion[(1)][52] nos gobierne á los de Santiago[.]

–Yo ya lo me te**m**ia, dijo Doña Javiera; por que el tal Martinez de Rozas es mas revoltoso.....! y si se ha juntado con ese mozalvete de O'Higgins, han de pretender hacerse dueños de todo. Siento mas que no esté Jose Miguel.....! si él estubiese, ya los pondria á todos á orden!

–¿Y que harán ahora, dijo uno de los de la mesa, los miembros del gobierno de Santiago?

–Deben perseguirlos, contestó Juan José, mandar un piquete de soldados detras de los tales diputados y traerlos á todos á la Carcel.

–Oh! señor Dn Juan Jose, dijo el clérigo que estaba al lado de Doña Javiera, eso no es tan fácil; no ve Ud que ellos han de armar gente en sus províncias y que ~~no han de~~ pueden resistir?

–Fácil ó no facil, Señor; eso es lo que yo ~~lo~~ haria. Teresa! dijo entonces dirigiéndose á la niña, llámame á uno de los peones de semana[(2)].[53]

Cuando este se presentó, Juan José le ordeno ensillarle uno de sus caballos diciendo q^e. se iba para Santiago. Y efectivamente montó en él pocas horas despues, y se ausentó de la Hacienda. //

26.

Teresa tubo un gran gusto al verlo partir, porq^e. así quedaba enteramente libre de todo temor y aprehension, para su gustosa entrevista de la Capilla.

Cuando llegó la hora del rosário y estubieron reunidos los devotos, Doña Javiera hizo abrir la Capilla y encender las luces de la imagen Santa; poco rato despues entró seguida

---

52   1 [~~Pro~~]**Cap**ital de la prov.^a de Penco [N. del A.].
53   2 Los inquilinos á quienes les toca por semanas hacer el servicio inmediato de la Hacienda. [N. del A.].

de sus criadas y se colocó en una tarima alfombrada puesta en un lugar distinguido como competia á su condicion y ~~pod~~ autoridad. Vargas, vestido de muger, se {habia} mezclado con el séquito de la señora, y se colocó al lado de Teresa, favorecido por algunas criadas que estaban en el secreto y que los protegian[.]

–¿Me quieres mucho, mi vida? le dijo Teresa así que la tubo á su lado.

–¿Y tú me lo preguntas hijita? le respondió él. Mírame y dime si no conoces q^e. te amo con toda mi alma, si no conoces que no hai en mi cabeza otra idea que tu imagen, otro sentimiento que el amor ardiente y sublime q^e. me has inspirado. No sé si los demas querran tanto como yo, lo que sí sé es que nadie puede amar con mayor pasion ni {con} mas fuego que el que yo siento por ti. Yo te idolatro, Teresa; yo te adoro.

Una mirada angelical fue la recompensa que {el} ardoroso joven recibió por tan alagüeñas palabras, dichas mientras que todos los asistentes recitaban el coro de las oraciones q^e. Doña Javiera pronunciaba con una voz grave y tranquila.

–Yo estoi desesperada Vargas; el tiempo pasa y pasa sin que adelantemos un poco; tu padre tiene mucha calma, todo lo quiere hacer despácio, con prudencia, y no reflexiona lo que nosotros sufrimos entretanto. Esto es un martírio; yo ya no puedo disimular y sufrir. //

27.

–Hoi mismo he hablado con él sobre todo esto; porque á mí me pasa lo mismo. Vivo ~~desesper~~ desesperado, sumido en la mas profunda tristeza. Le he dicho, que si no me dá motivos para formar pronto una esperanza mas segura, vuelvo á mi primer idea, que era hacerme militar y sacarte de aquí quieran ó no quieran los Carreras ¿Que dices tú?

–Yo, mi alma? y me lo preguntas? puede haber nada que yo ~~tan~~ rehuse como sea para ir á pasar mi vida á tu lado?

Yo estoi cierta que aquí nadie consentirá en nuestro ma-
trimónio, asi es que lo que anhelo es verte independiente
para que puedas exigirles sin peligro una cosa qᵉ. para mí
es mas querida que la **vid**a, mil veces mas, te lo juro Vargas!
–Pues bien! ya he tomado mi partido; seré militar. En
Santiago ha habido muchos alborotos; el S<u>or</u> O'Higgins
y otros gefes de categoria se han peleado con el gobierno
y se han ido á Talca. Es muy probable qᵉ. los Carreras se
ladearan á uno u otro partido, y yo me adheriré al contrário
que ellos tomen, para tener quien me proteja, y sacarte de
aquí aunqᵉ. sea por la fuerza. Si yo logró [sic] distinguirme
en las tropas y adquirir algun crédito como oficial..........
–Mira! mira! dijo Teresa con ~~alarma~~ {terror} y dirigiendo
la vista de Vargas acia la pared de **en**frente; allí esta Don
Juan José y nos ha visto! añadió disimulando en todo lo
posible, y fingiendo que rezaba.

Vargas miró con cautela y distinguió efectivamente á
Juan Jose parado enfrente de él, y mostrando con su sonrisa
feroz que habia hecho un descubrimiento largo tiempo //

<u>28</u>

deseado.
–No te muevas, ni des vuelta para atras, fueron las únicas
palabras que Vargas dirigió á Teresa con una voz breve ~~y~~
é imperiosa.

Juan José no habia pensado en ir á la ciudad aquel dia;
y si lo habia dicho y aparentado, habia sido por descuidar
mejor á Teresa; p[ara]or averiguar si era cierta su sospecha.
~~Cuando calculó~~ Pasó todo el dia cerca de la Hacienda, y
cuando calculó que ~~ya~~ era {ya} la hora de que los devotos
estubiesen reunidos en la Capilla, se acercó con siléncio
~~algru~~ al grupo de caballos que habian dejado en la puerta
de ella y desmontándose se introdujo en la Iglesia en puntas
de pié. Logró acomodarse á la sombra del confesonário, no
sin haberse dejado ver y conocer por algunos campesinos,
que estrañaron muchísimo su venida, por que jamas se

habia visto que los jóvenes Carrera asistiesen á practicas religiosas. Luego que estubo frente al confesonário pudo distinguir el grupo que formaba Doña Javiera con sus sirvientas y descubrió á Teresa visiblemente, conversando con una muger que tenia á su lado; de da**to** en dato fué subiendo su ~~seguridad~~ certidumbre hasta que no dudó de que la interlocutora de Teresa era un hombre disfrazado. Salió entonces de la sombra del confesonário y se adelantó por la paralela hasta ponerse enfrente de Vargas y de Teresa. Cuando esta lo ~~vio {se} se quedó~~ vió se quedó fria de terror, como he visto, al reparar la espresion de fisonomia con que Juan Jose la miraba. Vargas comprendió que se hallaba amenazado de un lance terrible, inevitable; queriendo evitar que este tubiese lugar á la salida de la concurrencia, por que entonces el escándalo habria sido ~~inmenso~~ estremo, dirigió á Teresa las breves palabras que antes //

<u>29</u>

pusimos y se levantó sin volver la vista siquiera ácia Juan José. Su salida de la Capilla escitó algun asombro en los concurrentes, por que, delante de Doña Javiera eran poco acostumbrados **se**mejantes actos de independéncia, y solo en casos de enfermedad se atrevian los inquilinos á salir de la Iglesia **antes** que la Señora hubiese recitado su oracion final, y salido seguida de su séquito de sirvientas respetuosas[.]

Juan José, ciego de fúria, salió detras de Vargas. Sintiendo este que Juan José lo seguia, levantó una hacha que al pasar por el corredor vio parada contra la pared, y mientras continuaba ~~caminando~~ retirándose con ligereza sacaba el hierro del mango para quedarse con el garrote solo y evitar así toda ocasion de herir ó matar á Juan Jose, en el caso que lo agrediese; por que, á pesar de la profunda enemistad que le profesaba, no podia dejar de mirarlo con [~~un~~]**el** respeto sumo, que todos en la hacienda prestaban á los hijos de aquella pudiente y antigua familia.

Juan Jose venia como un tigre ~~del~~ siguiendo á Vargas y cuando se le aproximó un poco, le gritó:

–Párate ahí, canalla!

Vargas lo oyó, pero siguió caminando {ligero}, huyendo siempre.

Luego que Vargas bajó del corredor, trató de ganar un callejon que daba al campo. Juan José corrió entonces furiosamente sobre él, y como el joven trataba de alejarse cuanto podia de las <u>casas</u>, corrió tambien huyendo de Juan José. Alentado éste con esta ~~aparenta~~ aparente cobardia de su enemigo se lanzó detras de él gritándole:

–Párate! parate ahí, canalla!

Vargas era valiente como un plebeyo y altivo como un príncipe, y hacia tiempo que iba avergonzado ya de su prudencia; obedeciendo entonces á un movimiento ~~digno~~ de amor própio, se paró //

<u>30</u>

de improviso y se quedó firme frente á frente de Juan Jose.

–Quien eres tú, ladron? le dijo este con los ojos hinchados de rábia[.]

–Soi tan hombre de bien como Ud, Señor Don Juan José! soi Vargas!

Juan José, ciego ya de cólera, levantó la mano; y mientras Vargas, con una voz llena á la vez de angústia y de ira, le decia: – "Conténgase Ud Señor, por Dios!"– le descargó un golpe formidable sobre la cara.

Hemos dicho que era un atleta, asi es q^e. Vargas fué tambaleándose á caer á cuatro varas del lugar en que habia recibido el golpe; Mas, como era ágil y nervioso, apenas habia tocado la tierra cuando ya estaba en pié: un torrente de sangre le corria de la boca y de las narices, y apesar de la oscuridad de la noche se le veian brillar los ojos con un fuego rojo que inspiraba espanto. La indecision en que por respeto habia estado para **des**cargar él el primer ~~golpe~~ golpe sobre Juan José, lo habia perdido; el palo se le habia

salido de las manos al caer, y nada le habia quedado con
que equilibrar las fuerzas hercúleas de su contrário. El,
sinembargo, no pensaba en esto, no tenia mas idea que la
de su vergüenza, ni mas pasion que la de la venganza. Se
lanzó como un rayo sobre su enemigo; pero este lo recibió
con **un** feliz puntapié, calculado con toda la frialdad y el
placer que le ~~daban~~ {inspiraban} la seguridad de la victória y la primer caida de Vargas. Este puntapié hizo rodar
de nuevo al ~~joven~~ amante de Teresa, y Juan Jose se lanzó
detrás de él para apretarlo en el suelo; en el momento en
que se le echaba encima, Vargas se levantó con una agili-
dad inesperada; de modo que Juan José cayó al suelo por
haberle faltado //

31

el obgeto sobre que se habia arrojado. Vargas entonces
lo dominó con un movimiento lleno de destreza, y al ~~fin~~
{cabo} de algunos esfuerzos, logró ponerle las rodillas sobre
los brazos, y agarrarse de la corbata con las dos manos, ~~p~~
apretándole furiosamente el cuello. Juan José lanzo entonces un ahullido horrendo, feroz, mil veces mas retumban-
te que el bramido de un toro herido, que desparramó la
alarma por /{~~Por que~~}/ todo el caserío **inm**ediato. Vargas
era incapaz de sostenerse en aquella situacion ventajosa,
por que no tenia músculos para subordinar los esfuerzos
pujantes que Juan José hacia para librar sus brazos, y acabar por deshacer**lo** entre ellos como se deshace un panal.
Vargas lo comprendia bien, y todo su anhelo era ahogar
á Juan José con la corbata antes de que pudiese desasirse
de sus rodillas.

Estaban en esta terrible lucha cuando llegaron algunos
peones ó inquilinos atraidos por el ahullido de Juan José;
sin saber, estos, quienes eran los combatientes, se arrojaron
sobre ellos para separarlos. Vargas soltó inmediatamente
á Juan José, dominado todavia por el respeto que tenia
á la família; y como si obedeciera maquinalmente á un

instinto poderoso de temor pedia con ánsia un caballo. Despues ha dicho él mismo, que hacia esto p^r que temia la vergüenza del cepo y de los demas castigos discrecionales que el Mayorazgo puede aplicar á [sus]los subalternos y arrendatários de la Hacienda. Semejante idea, agregaba él, que lo horrorizaba de tal manera q^e. se habria suicidado si no hubiese logrado evitar esos castigos. //

<u>32</u>

Uno de los peones que habian acudido, lo to**mó** del brazo en médio del **albo**roto, y lo arrimó á un caballo, mientras que Juan José hacia rodar á patadas y á golpes á cuantos le querian sugetar ó impedirle que agarrase á Vargas. Luego que este subió á caballo, desapareció como un relámpago. Llegó á su casa, y mientras se quitaba los vestidos de muger, tomando los suyos y armándose con un puñal y un par de pistolas, referia bre**vemente** á sus padres lo que habia acontecido, y hacia que le ensillasen pronto su mejor caballo para huir de la hacienda y evitar las persecuciones de la familia pudiente de los patrones.

El padre le oyó con mucho pesar, pero tomó al momento un aire enérgico y resignado[.]

–Ahora, le dijo, todo ha cambiado: la providencia divina nos ha hech echado por otro camino!

–No hai mas que uno, Señor! uno solo! el de la carrera militar. Yo voi á echarme en él con toda mi alma! Cuando tenga la cucarda de la patria y la espada con que debo defenderla, veremos si hay algun osado que levante su mano para ponérmela en la cara, como ha hecho esta noche ese demónio.

Vargas pronunció estas últimas palabras con los ojos llenos de lágrimas de rábia.

La madre se acercó entonces á él, y con un gesto lleno de altivez, de rencor y de tristeza le dijo.

–Anda, hijo mio! **and**a! nosotros te bendecirémos desde aquí, y te responderemos de Teresa!

Manuel le beso la mano con un respeto profundo, y despues de haber hecho lo mismo con su padre, montó á caballo y se ausentó. //

33

‖Capítulo III

Como se liga la vida de un pobre oficial y los amores de una joven Americana con los grandes acontecimientos y con las grandes biografias.

Todos creian que Juan Jose iba á desatarse en persecuciones contra Vargas; pero se engañaron. No solo no pronunció su nombre sino que se obstinó en no dar la mas mínima esplicacion sobre el acontecimiento q^e. acabamos de referir. Esto era una astucia; un disimulo se dirigia al porvenir.

B###‖

‡Capítulo III

—

Sorpresa y Rapto

══════

Even now, very now, an young ram
Is tupping your white ewe. Arise, arise;
Awake the snorting citizens with the bell,
Or else the devil will make a grandsire of you.
Arise, I say.
Shakspeare. <u>Othelo, the Moor of Venice</u>[54]

══════

Todos creian q^e. J.^{n} J.^{e} iba á desatarse en persecuciones contra Vargas; pero se engañaron. No solo no pronunció

---

54 Fragmento de la escena 1ª del Acto I; parlamento de Iago. En el original se lee: "Even now, now, very now, an old black ram" [Shakespeare: 4]. López modifica el primer verso para adecuar el contenido ("old black", 'negro viejo') a la edad del protagonista ("young", 'joven').

su nombre sino que se obstinó en no dar la mas mínima esplicacion sobre el acontecimiento q^e. acabamos de saber. Esto era un nuevo golpe de astúcia: su disimulo se dirigia al porvenir.

{Grandes fueron}⸸

B#####que############y de###fueron las angústias {de} ~~que sufrió~~ Teresa desde que vió salir á Vargas seguido de Juan José, hasta q^e. oyó el grito y el tumulto que felizmente puso fin á la lucha. Solo el temple de alma firme y estoico que tenia pudo salvarla de un desmayo, y darle fuerzas para continuar disimulando. Apesar de todo; todos, y Doña Javiera la primera, comprendieron que Teresa tenia una parte principal en este drama; y aunque nadie llegó á descubrir hasta donde llegaba su culpa, la señora comenzó á mirarla con grandes prevenciones y á usar con ella de una grave y severa vigiláncia. Poco á poco, como sucede siempre, se acreditó la opinion de que este lance, y el ódio que Vargas y Juan José se profesaban, nacian de {su} que Teresa tenia amores con el primero exitando los celos del segundo. Doña Javiera, {cuyo génio austero y exéntrico} ~~que~~ no era capaz de disimular lo que ella llamaba <u>escandalosos extravios de la muchacha</u>, la acusaba de practicar con los hombres una coqueteria infernal, y empezaba ya á mostrarse muy fatigada de las incomodidades q^e. la presencia de Teresa ocasionaba en la família. Juan José que ya la habia conocido dirijió todas sus maniobras á hacer q^e. su hermana alejase á Teresa de su casa, por que presumía que entonces le seria mas fácil rendirla. Este hombre, como tantos otros cínicos, profesaba la maxima de que no hai virtud de muger capaz de resistir á la energia {y constáncia del} ~~del~~ ataque. //

34

Despues de este suceso, Doña Javiera puso á Teresa bajo la inmediata guarda de una criada vieja que tenia dadas muchas pruebas de austeridad. La Señora conocia bien todo el cuidado que era preciso **ten**er con la niña; pero como tenia un génio independiente y altivo, y como vivia concentrada, segun convenia á su antojo y humor, no gustaba de que nádie observara de cerca sus acciones y las juzgase, lo que infaliblemente habria hecho Teresa si hubiese estado constantemente á su lado como cuando era niña. Fué por esta razon, que encomendó esta tarea á la criada de quien hemos hecho mencion. Se llamaba esta Lorenza, y tenia un hijo llamado Pedro, trabajador de la Hacienda de San Miguel y bastante amigo de Vargas.

Todas estas cosas, y mas que todo la ausencia de Vargas, hacian insoportable la vida para Teresa. Este joven se habia dirigido desde el princípio á Santiago; y despues de algunas diligencias y buenos certificados, habia ~~oten~~ obtenido el grado de Alferez en un cuerpo de caballeria que el gobierno patriota levantaba en aquellos dias[.]

Hacia seis dias que Vargas era oficial, cuando llegó de España ~~el famoso~~ # Don José Miguel, el hermano mayor de los Carreras, destinado á hacerse famoso en nuestros anales revolucionários dejando una reputacion **tan** trágica como dudosa para algunos y criminal para los mas. Vino á Chile con el grado de Capitan de Húsares, vestido con una chaqueta color de grana riveteada de cueros renegridos y peludos, llena de cordones amarillos y de vistosos alamares, ~~de relumbrante galones~~ y sobrepuesta en el hombro izquierdo por medio de dos cordones con borlas de oro q^e. la ataban al cuello del caballero y que caian con grácia p^r. el lado ~~dre~~ derecho. Un ~~pantalon~~ {calzon} blanco de casimir, con anchos y relumbrantes galones hacia resaltar su figura elegante y perfecta, á lo que contribuia mucho tambien una bota granadera ~~cuya~~ que sobrepuesta al calzon subia hasta la rodilla. La espada, el <u>porta-pliegos</u>, las espuelas, todo era rico //

<u>35</u>

y salido de las mejores fábricas europeas.

Para quien recuerde, ó sospeche, el atraso en que se hallaban ~~estos~~ nuestros pueblos en los pri**meros** años de su revolucion, y lo desconocidos que eran los obgetos de lujo que producia la indústria europea, no será dificil concebir el alboroto y el furor **que** ~~causó en el oscuro pobre Chile~~ el joven Don José Miguel causó con su sola presencia en el pobre y oscuro Chile. Unido á todo esto el nombre, la reputacion y la influencia de su família, vino á ser una verdadera revolucion la que ocasionó en los ánimos; y con su solo su [sic] presencia, su garbo, su petuláncia y sus arreos, atrajo toda la autoridad á su persona. Así es que andaba por las ~~calle Don José Miguel tenia~~ {calles} rodeado de un gran número de jovenes, que lo admiraban, que festejaban bulliciosamente sus dichos, y que recogian sus palabras con un apresuramiento carac-~~terístio de~~ terístico de la adulacion. Sus maneras sueltas y liberales, su lenguage facil, liviano, algo licencioso y <u>andaluzado</u>, le daban una voga estraordinaria, formándole un círculo esténsi[si]mo de aduladores, y llevando su popularidad hasta la plebe de la ciudad. Cuando Vargas lo vió rodeado de tantos prestigios, sintió un desaliento profundo, y se dejó dominar por la tristeza; no queria ni salir á la calle á mostrar sus tristes ~~galones de alferez~~ {insígnias de alferez} por no encontrarse con el séquito pomposo y deslumbrante de Dn Jose Miguel, y sin saber por qué vivia avergonzado de sí mismo.

|-El jóven Carrera tenia un carácter osado, lucido, petulante: **er**a un verdadero fátuo ##### **La** osadia {de sus aspiraciones y la ligereza de sus juicios lo hacian} un hombre de revueltas y [¿?] de desorden: ########## {Le faltaba el seso y la madurez de ideas propia del personaje politico; no tenia <u>discernimiento</u>} para moderar los ímpetus ~~y~~ {altaneros de su génio} y estaba completamente desprovisto de esa preciosa cualidad mental que se llama <u>prevision</u>; #############{y que} result**ando** de una fuerte capacidad reflexiva {ó bien de la con}centracion vigorosa

del alma sobre [¿?] {el úni}co ege robusto######### {sobre que puede girar sin nom [¿?] ####################### #######################‖

✝El joven Carrera tenia un caracter osado, lucido y petulante: era un verdadero fátuo. La osadia de sus aspiraciones y la ligereza de sus juicios lo hacian un hombre de revueltas, de bullas, de palizas, de puebladas y de desorden. Le faltaba el seso y la madurez de ideas propia del personaje político; no tenia discernimiento para moderar sus ímpetus, y estaba completamente desprovisto de esa preciosa cualidad mental q^e. se llama <u>prevision</u>, y que, resultando de una fuerte capacidad reflexiva, ó bien, de la concentracion vigorosa del alma sobre sí misma, es el único ege bastante robusto para sostener sin romperse la voluntad inflexible y radiante q^e. debe distinguir al verdadero hombre de Estado. Las pasiones de Carrera eran vio-✝[55]//

36

{lentas} y desarregladas; ~~y~~ su génio era díscolo, desigual y exigente. La educacion que habia recibido desde ~~su~~ niñ[ez] o habia fortalecido de un modo increible las buenas y las malas cualidades de su caracter[;]: despues de haber sido muchacho mal criado y regalon, habia sido <u>Señorito</u>[(1)56] mimado[;]: **habiendo** pasado ~~al poco~~ {mas tarde} á servir como oficial de caballeria [~~del~~]**en** los egércitos españoles ~~durante la guerra de Napoleon,~~ {que rechazaban en la Peninsula la invasion de Napoleon,} habia agregado las cualidades del <u>calavera</u> rico de ~~un~~ cuartel á las propensiones ~~de su alma~~ indómitas y arroja**das** del <u>Señorito chileno</u>, del joven mayorazgo ó heredero presunto de la <u>Hacienda</u>.

Apenas llegó ~~ese jóven~~ á Santiago fue elevado por un movimiento espontáneo de la opinion pública á la altura

---

55   Este parche sobresale de la hoja base, alargándola.
56   1 El nombre que todos le daban respetuosamente en Chile era ~~el de~~ el Señorito [N. del A.].

de primer personage político del pais[;]: de capitan pasó
á ser generalisimo de los egércitos futuros de la naciente
República. Sus hermanos, Juan José sobretodo, adquir**ieron**
un ~~grado~~ alto grado de influencia, mientras nuestro pobre
Vargas, con su grado de alferez, comenzaba á **preveer**
amarguras y desdichas que no habia soñado y que echaban
por tierra sus proyectos de ascensos y de independencia.
Habia entre Don José Miguel y Don Juan José una relacion
singular de respetos y de condescendencias recíprocas. Don
Juan José miraba á Don José Miguel como un prodígio de
capacidad y de talento, y en este sentido le rendia un verdadero homenage; pero como tenia una naturaleza violenta
é impulsiva, no abdicaba en ese homenage las cualidades
esenciales de su caracter; y asi era que Don José Miguel,
que lo tenia por su adicto y admirador, lo lisongeaba dándole toda clase de distinciones y teniendo para con él //

37.

toda clase de condescendencias[.]

Muy pocos dias se habian pasado cuando una noche
se presentó Vargas en el rancho de sus padres seguido de
un ~~asistente~~ {soldado}. Entró y saludó á los viegos [sic] con
un aire triste y preocupado.

–¿Que es esto Manuel? le dijo el padre, algun motivo triste
te ha traido aquí.

–Don José Miguel y sus hermanos, contestó el jóven con una
voz ronca y baja, han hecho en Santiago una revolucion;
han derrocado el gobierno y se han puesto á la cabeza de los
negócios. Yo he huido y trato de esconderme; por que Don
Juan José tiene ahora un gran poder, y lo aprovechará para
vengarse de mí. Tendré que irme á las provincias del Sud.

Cuando los dos viejos oyeron esta sencilla respuesta quedaron consternados y por largo tiempo guardaron
siléncio.

–Salas! dijo Vargas saliendo á la puerta del rancho y llamando al asistente que lo habia acompañado, desensilla

los caballos; es preci-/[so] que ocultemos en lo posible nuestra venida.

–¿Quien es este Salas? le preguntó el padre.

–Un bravo y leal soldado, Señor, que me quiere como á un hermano.

La madre se enjugó algunas lágrimas que le había arrancado la situacion del hijo qᵉ tanto amaba, y le dijo:

–Tén paciencia y fortaleza, hijo mio! confia en la providencia divina que sabe siempre proteger á los buenos.

–Ha visto Ud á Teresa, madre?

–Muchas veces, Manuel, muchas veces; te idolatra y vive para tí como siempre.

–Es preciso que yo la vea antes de irme al Sud: quien sabe cuanto tiempo vamos á estar se-//

<u>38</u>

/{Lopes L Lo Lopez}/[57]

parados!

Mil otras reflexiones inagotables siguieron alimentando la conversacion de este hijo con sus padres, que creemos inutil exponer aqui.

Entretanto, Juan Jose que habia persistido siempre en perder á Teresa con una constáncia diabólica, habia logrado al fin de muchos esfuerzos corromper á Lorenza, la criada que la cuidaba, y a Pedro, el hijo de esta criada. Su gran proyecto era promover un grande escándalo en la casa de su hermana, por para que esta, aburrida al fin, arrojase de su lado á la muchacha, y traerla así al alcance de sus garras. Pedro era, como ya lo hemos dicho, un pobre trabajador de la hacienda; Juan José lo habló, lo aduló, lo protegió, y ayudado de los irresistibles prestígios de amo consiguió al fin resolverlo á traicionar á Vargas, su amigo, comprometiéndolo en algun conflicto desesperado.

---

57   Estas pruebas caligráficas de una firma están ubicadas en el margen izquierdo, apaisadas.

Mientras que ~~el hijo~~ {Pedro} trabajaba con este fin, la madre se insinuaba diestramente con Teresa, ~~y la hablaba~~ {hablándole} siempre del mérito de Vargas y de sus otras nobles prendas. La niña habia desconfiado al princípio; pero, alhagada en lo que tiene de mas débil una muger –en sus afectos, se dejó ganar de tal modo por Lorenza que se acostumbró á mirarla con aquel amor y gratitud profunda que se tributa á una madre.

La vieja era astuta; y apesar del calor que mostraba en sus simpatias, no habia dejado ~~de~~ concebir á Teresa la menor esperanza de que fuese posible hacerla consentir en favorecer una entrevista con Vargas. Pero Teresa se entregaba mas y mas á la confianza; y la vieja se hacia de dia en dia mas debil y condescen-//

39

diente con ella.

Cuando Juan José supo la llegada de su hermano fué á la ciudad á recibirlo, y tubo así una preciosa ocasion para seguir los pasos de Vargas. Elevado á un alto rango político, por el prestígio de Don Jose Miguel, creyó indecoroso para él descender hasta exigir una reparacion personal del oscuro alferez que poco antes habia sido <u>inquilino</u> de su hacienda; ó hasta comprometerse con él en una reyerta individual[;]. ~~pero~~ Pero estubo muy lejos de renunciar á su venganza, ni á los consejos de su rencor. Seguro de subir al poder con su hermano se propuso aniquilar y humillar á Vargas hasta encontrar pretestos para hacerlo aparecer con un caracter criminal cualquiera, y descargar sobre él castigos que lo inutilizasen para siempre.

Lo primero que hizo despues de la revolucion que colocó á su hermano en el poder, y que tantos médios le daba á él para egercerlo tambien, fué indagar el paradero de Vargas. Cuando supo que habia abandonado su escua-dron y que habia desaparecido, congeturó q⁰ era imposible que dejase de tentar una entrevista con Teresa. Juan Jose montó á caballo y se introdujo en la hacienda San Miguel sin dejarse sentir ó ver [por] alma viviente. Pedro lo impuso al momento de que Vargas habia llegado y de que Teresa hacia grandes empeños para que Lorenza la dejase tener una cita con su amante.

–Famoso![58] famoso! dijo el atleta; y ordenó á Lorenza por médio de Pedro que condescendiera con Teresa.

La pobre muchacha cayó en la red, y no bien obtubo el permiso de su guardiana para //

<u>40</u>

la entrevista cuando se lo hizo avisar á Vargas previniendole todas las señales que deberia observar para conducirse.

Vargas era valiente, amaba con toda su alma, y, aunque temia algun lance terrible, aceptó con resolucion la oportunidad de ver á Teresa. Llevaba un proyecto que no se habia atrevido todavia á examinar con detencion y que sinembargo esperaba realizar ~~sin hab~~ sin querer reflexionar sobre los médios y los resultados que pudieran ofrecérsele. Pensaba nada menos que en robarse á Teresa y llevársela á las provincias del Sud; por que estaba desesperado, loco; la pasion lo cegaba, y no veia sino una sola cosa en toda la vida. Pero se habia guardado muy bien de hablar una **sol**a palabra sobre esto con sus padres.

Cuando llegó la hora de la empresa, hiz**o que** Salas {ensillase} su mejor caballo, {y le} ord**enó** ## ~~este soldado~~ que lo acompañase. Se puso dos pistolas en la cintura, y acomodó la hoja de su sable entre las <u>caronas</u> de su apero, abandonando la vaina para que no metiese ruido. El soldado iba armado de la misma manera. Desde que supuso que eran las diez de la noche se dirigió á las casas de la hacienda dominado p^r. pensamientos sombrios, pero

---

58   **Famoso!:** "Familiarmente, bueno, perfecto y excelente en su especie. – Aplícase a hechos o dichos que llaman la atención por su chiste o por ser muy singulares y extravangantes" [Caballero: 628].

terribles y decididos. Juan José lo esperaba; por que habia sido advertido de todo por la vieja; asi es que le seguia todos los movimientos.

Vargas se dirigió á una tápia rodeada de malezas altas y espesas que circunvalaba la <u>arboleda</u>[(1)59] contígua á la casa y **se** apeó en un lugar sombrio donde podia ocultar muy bien sus caballos.

–Salas! (dijo Vargas en voz baja, dirigiéndose á su asistente, que se habia quedado á caballo) fíjate bien en lo que te voi á prevenir; por que cuento contigo mas //

41

que con un hermano.

–Bien Señor! ya Ud sabe como lo estimo.

–Es cierto, hijo; y te lo agradezco tanto mas cuanto que no seria estraño que nos viesemos en un lance amargo.

–Por lo que es eso no hai q^e. tener cuidado Señor! dígame Ud lo que he de ha**c**er, y despues me dirá Ud si me he sabido portar como un hombre.

–Te conozco bien, Salas; y sé de todo lo que eres capaz[;] por eso es que me he fiado en tí para acompañarme. Mira! en esta Hacienda vive una muchacha á quien quiero mas que á mi vida.......

–¿Será la hijita de ~~Doña~~ la.....?

–No lo sé, hijo; ni quiero averiguarlo ahora, dijo Vargas interrumpiendo con brevedad á Salas; lo que hai de cierto es que un malvado, que aquí lo puede todo, la quiere ultrajar y robarla á mi amor. Yo la amo tanto, amigo mio, que esta desgrácia me haria renunciar á la vida. Quiero hablar con ella, verla, por que hace mucho tiempo que no la veo: si me descubren me atacaran, y si está aquí mi rival trataran de matarme......

–Bueno, Señor! entonces con cuatro sablazos y una bala le damos pasaporte para el infierno[.]

---

59   1 El terreno destinado á los arboles frutales [N. del A.].

–Eso seria poco: el diablo es que si hai alboroto, mi pobre muchacha no puede quedarse aquí entre esta madriguera de tigres, por que la martirizarian y la perderian al fin.

–Llevemosla, pues Señor!

–Tal vez tengamos que hacerlo; y por esto quiero darte mis instrucciones[.]

–Corriente[60], mi alferez; vamos al caso!

–Quédate aquí cuidando los caballos; y tén bien preparadas las pistolas y el sable. Si alguno te descubre, cualquiera que sea, tira un pistoletazo al aire, y defiéndete un momento si te atacan[,] que en dos segundos estaré yó á tu lado para protegerte; montaremos á caballo y nos iremos dejando para otra vez la realizacion de mi proyecto. Si nadie te descubre, tén bien atento el oido á lo que suceda allí en las Casas; por que ~~pueda~~ {pudiera} //

42

ser que yo me viese apurado y que te grite: cuando me oigas, montas ligero ~~a~~{en tu} caballo, y llevando el mio te introduces al pátio de las casas, siguiendo por esta misma tápia. No trates de defenderme; métete en el corredor ó donde veas mugeres, diciendo fuerte –Teresa! Teresa! La niña está advertida, y ha de venir en el momento que la llames.

–Hola! mi alferez; entonces, la cosa está mas madura de qᵉ. Ud me quiere dar á entender; dijo Salas con malícia.

–Asi que la veas, la subes en tu caballo y me gritas – "Alferez! ya me voi!" y **tomas el** camino de Concepcion; á escape, eh?

–Si Señor; ya entiendo.

–No te cuides de mí, que yo he de montar á caballo y me he de reunir pronto contigo[.]

–Muy bien, Señor! la cosa es hecha.

Juan Jose habia seguido la marcha de Vargas con un gozo indecible hasta que lo vió meterse entre las malezas de

---

60 **Corriente**: "adv. m. con que se muestra aquiescencia, conformidad" [*DRAE*, 1869].

la tápia. Ya le parecia que veia al pobre alferez maniatado á sus piés; ya le parecia que le estaba dando los trescientos [~~ca~~]**azo**tes que le destinaba, y cada minuto se le hacia un siglo; por que las pasiones de la venganza tenian **un** ardor espantoso en el pecho de este hombre. Cuando vió salir solo al **al**ferez, y que la ordenanza quedaba al cuidado de los caballos, se mordió los lábios de rábia, y rompió con las manos algunas ramas de los arbustos entre que se habia ocultado para espiar á Vargas –"No importa! esclamó despácio, no logrará salir del pátio"!

Vargas caminó á pié á lo largo de la tápia y cuando llegó á esa esplanada abierta y estensa que se llama pátio en las haciendas de Chile, se dirigió á un pesebre situado frente á frente de las piezas principales de la casa, des-//

43

de donde se veia el cuarto de Teresa situado en un extremo del corredor. Introducido en el pesebre Vargas se ocultó entre un abultado monton de pasto seco, para esperar allí la hora convenida para la entrevista. Las habitaciones estaban iluminadas todavia, demodo que Vargas podia distinguir desde su escondite los movimientos de todas las personas que estaban en la casa pudiendo reconocer individualmente á cada una[.]

Cuando Juan Jose vió á Vargas entrar al pesebre y ocultarse, se volvió acia atras, y saliendo á uno de los callejones de la hacienda se introdujo en las casas sin que nadie lo sintiese y se encerró en su cuarto. Pudo hacer esto facilmente, por que tanto él como sus hermanos estaban acostumbrados á hacer una vida sumamente libre é independiente; nádie sabia las horas á que **en**traban o salian y llevaban siempre consigo las llaves de sus cuartos[.]

Juan José no queria solo ~~perder~~ vengarse de Vargas, sino perder a Teresa, y lograr de este modo con mayor ~~tenacidad~~ {facilidad} su proyecto tenaz y ardiente. **S**e proponia azotar y vilipendiar al alferez; queria hacerlo aparecer con un carácter criminal cualquiera, y echarlo en una prision larga y vergonzosa. Por desgrácia de los dos amantes, todo habia concurrido á favorecer los planes de Juan José, y no le faltaba ya sino un momento insignificante para ver logrado su triunfo completo. Esta era la razon por la que estaba muy lejos de intentar cosa alguna contra Vargas mientras estubiese en el pesebre: no se contentaba con perder á uno de los amantes; queria hacerse dueño de los dos, es decir, una venganza completa, esquisita, como la ambicionan siempre las almas repletas de pasion[s] y de voluntad.

No tardó mucho en llegar para los morado-//

44

res de la hacienda la hora de recogerse, y entonces todos se retiraron á sus viviendas, las puertas se cerraron, y las luces desaparecieron quedando enteramente solos el pátio y los corredores de la hacienda. Hubo un **momen**to en que el pecho de Vargas palpitaba con tal fuerza que casi se ahogaba; toda su sangre se habia agolpado al corazon, que de hinchado é inquieto parecia pronto á reventar. Este momento pasó: la serenidad y el corage del joven se sobrepusieron á este impulso puramente físico, ~~quedando~~ dejándolo tranquilo y resuelto aunque aquejado de cierta tristeza, que él mismo no se podia esplicar y que tampoco podia sacudir a pesar de los esfuerzos que hacia para desimpresionarse.

Habian pasado como dos horas de reposo y de siléncio, cuando Teresa abrió su puerta con estremada cautela é hizo arder una mechita fosfórica q[e]. apagó al momento soplándola con sus bellísimos lábios – Esta era la señal convenida.

Vargas salió del pesebre y se dirigió por lo mas oscuro á encontrar á su amada; llevaba el sable colgado en la muñeca. Habia acabado ápenas de abrazarla con toda la delicadeza y toda {la} ternura propias de ~~su~~ una pasion sincera y profunda, cuando Teresa, tirándolo por el brazo, lo introdujo en el ~~eu~~ cuarto. Sintió Vargas un ruido casi **im**perceptible en uno de los rincones del corredor; en el momento de entrar, y como estaba alarmado y lleno de desconfianza se echó instintivamente ácia atrás, ~~sin tomarse tiempo para pronunciar una sola palabra~~ para observar la causa sin tomarse tiempo para pronunciar una sola palabra. Se encontró entonces delante de Juan José, que, creyéndolo adentro yá, venia ~~cor~~ corriendo como una pantera sobre la victima. El placer, la rábia, la satisfaccion bri**llab**an en su rostro; tenia una pistola en una mano y un sable en la otra. Al ver á Vargas retrocediendo y delante de él cuando lo creia descuidado dentro del cuarto de Teresa, se sorprendió, //

45

y maquinalmente le descargó el pistoletazo. Teresa, confusa con el primer movimiento de Vargas para retroceder, se habia precipitado tambien al corredor; ~~que~~ ## se quedó aterrada al ver á Juan José con su aire # feroz y su cuerpo colosal, mas tubo aliento para arrojarse entre ambos enemigos en el momento {en que} Juan José descargaba su pistola, asi es que la bala le tocó brazo pasando á embutirse en la pared inmediata. Teresa caia al suelo cuando Juan José levantaba sobre Vargas su brazo fornido armado del sable. Este, que se habia egercitado mucho en el manejo de esta arma estaba libre de todo temor; poseido de rábia, de furor, y sin saber hasta donde llegaba el daño **que** Teresa habia recibido, pensaba solo en vengarse, y se lanzó sobre su enemigo como se lanza un perro de raza noble sobre la fiera que escita su adversion. Ni se recordó siquiera de llamar á **Sa**las, ni tenia mas idea que la de matar á Juan José. Paraba con una destreza llena de lucimiento los golpes tremendos que este le descargaba, y dominado por esa rábia fria que es el grado sublime del corage comenzó á estrechar á Juan José de tal modo que parecia inevitable su pérdida.

Salas habia oido el pistoletazo y no creyó oportuno esperar la voz de su alferez, montó á caballo y se introdujo en el pátio. Dirigido por el ruido de los sables se metió en el corredor llamando á Teresa en el momento mismo en que esta se levantaba del suelo bañada en sangre y con el cabello todo suelto. La tomó, loa puso á caballo y gritó: Alferez! ya me voi!"

Vargas estrechaba mas y mas á Juan Jose; pero el pistoletazo y los sablazos habian alborotado toda la casa. Las puertas todas se abrian para dar paso á críados y á mugeres desnudas que salian despavoridas á los corredores á saber la causa de aquel espantoso bullício. La Vieja Lorenza estaba aterrada dentro del cuarto de Teresa; Juan José se sen-//

46.

tia vencido por la destreza de Vargas, y temiendo á cada momento que el sable de su enemigo abriese su cuerpo, gritaba con furor "–Rodéen á este pícaro! –échenle un lazo! –traigan palos!"[.] Vargas mientras tanto lo apuraba mas y mas, hasta que logrando un momento feliz, le descargó un sablazo entre el hombro y el cuello que habria partido en dos mitades el pecho de Juan Jose, si el poncho que habia enrollado sobre ese hombro para dejar libre los movimientos del brazo, no hubiesen [sic] disminuido un poco la fuerza del golpe. Sinembargo de todo, cayó de lado echando un torrente de sangre.

Todo esto habia sido tan rápido, que ha habia sucedido cuando todavia los sirvientes y las demas personas que habian acudido, no sabian que partido tomar ni como intervenir en aquella lucha.

Cuando Vargas vió caer á Juan José se acordó recien de llamar á Salas; y blandiendo á todos lados su sable bajó del corredor al pátio, abriéndose paso, como un leon furioso, por médio de los atónitos concurrentes. Vió el caballo, y recordó como quien recuerda alguna circunstancia fu confusa de un sueño, que habia oido la voz de Salas en

~~medio del~~ {mezclada con el} ruido formidable de los sables; y médio aturdido, médio demente corrió ácia el caballo, lo montó, y desapareció dejando en la hacienda un espanto y confusion terribles.

Juan José estaba lívido de cólera habia ~~perdido~~ cambiado el color rosa de los lábios por un color morado, casi negro, como si tubiese tinta debajo de la cutis; el de arriba padecia una contraccion muscular tan violenta, que mostraba todos los dientes cubiertos de espuma, y temblaba sobre la encía como tiembla una hoja de arbol médio desprendida cuando la toca el viento; rasgo espantoso de la fisonomia hu-//

47

mana q^e. el habil pincel de Monvoisin ha dado con tan sublime verdad á la figura de ~~Rospierre~~ Robespierre en el bello cuadro del 9 Thermidor del Año II⁽¹⁾.⁶¹

Los criados alzaron a Juan José, que hacia inutiles esfuerzos p^r. incorporarse para perseguir á Vargas á pesar de q^e. no podia sostenerse en pié; logrando al fin llevarlo á un cuarto lo pusieron en una cama **desde** donde vomitaba torrentes de maldiciones, y mandaba q^e le trajesen á Vargas vivo ó ~~p~~ muerto por q^e. si lo dejaban **es**capar los iba á exterminar á todos.

D^a. Javiera manifestaba tambien una fúria irrefrenable; pedia a gritos sus vestidos por q^e los buscaba al rededor de su cama y no los encontraba; decia q^e. precisamente era

---

61   (1) Esta bella pintura q^e. representa la caida de Robespierre y de su partido, en el momento de **esta**llar en la <u>Convencion Francesa</u> el terrible sacud[i]miento q^e. la ocasionó, ha sido admirada por el Autor q^e. felizmente se h[abía] emigrado en Chile cuando el artista frances, que cita, acertó á pasar p^r. Alli [¿?] año de 1843. [N. del A.]. Raymond Quinsac Monvoisin llega a Santiago en enero de 1843. Entre los óleos que expone, se hallan "Sesion del 9 Termidor en la Convencion Nacional: Caida de Robespierre" y "Alí Bajá. Visir de Janina (Albania.)"; este último cuadro inspira a Vicente López para escribir su primera ficción histórica, *Alí Bajá*, que publica ese mismo año de 1843, en *El Progreso*. Sobre la influencia de Monvoisin en el escritor, véase el artículo de Daisy Rípodas Ardanaz y nuestro comentario preliminar a la edición crítica de esa novela [Molina 2015b].

el demónio quien se **los** habia separado; los criados, las criadas, confundidos y atolodrados [sic] corrian de uno á otro lado, miraban, buscaban, entraban y salian sin atinar á concebir una idea ni á fijarse en un partido. Nadie sabia lo q^e. habia, ni cual era el enemigo q^e los amenazaba, nadie podia esplicar la causa ~~de aquel abl~~ del alboroto infernal en q^e estaba envueltal toda la casa. El capellan de la S$\underline{ra}$, lleno de pavor y de indecision hacia esfuerzos costosisimos p^r. tranquilizarla; pero ella nada oia, ni cesaba de repetir con toda la vehemencia de una profunda fúria "–Esta es Teresa!.... Teresa precisamente es la causa de este infierno!... Que me la traigan, que me la traigan á la orilla de la cama, que me la traigan arrastrando de los cabellos!!!....." Todos buscaban á la infeliz muchacha para ~~aplacar~~ satisfacer la tempestuosa saña de aquel sobérbio é indomable corazon de muger; pero nadie encontraba # la victima q^e. ~~pedia~~ la furiosa deidad pedia p^a. aplacarse, y al fin hubieron de convenir todos en q^e. la infeliz niña habia desaparecido.

48.

[Efec]tivamente, habia desaparecido!!!.... La mano irre[¿?]ible del Destino habia bajado sobre ella desde las regiones misteriosas en que escribe la suerte de los mortales, y tomándola por su fragil cintura la habia lanzado á los brazos de un amante; estrechada entre ellos, á la edad de diez y seis años, bella como la Virgen ideal de los Artistas, de **fan**tasia ardiente, de corazon tierno y entusiasta, inexperta y confiada como lo son siempre **las alm**as nobles, debia huir Teresa por el campo[¡] en médio de la noche y sobre la espalda de un caballo veloz ~~a~~ {hasta} donde la quisiere llevar **el** ### hombre cuya voluntad era su ley y cuyo honor era su única defensa.

La accion del aire libre y la rápida ## carrera que dió Salas con ella desde **q**ue la sacó á caballo del pátio de la hacienda, le hicieron recobrar un tanto sus sentidos, y una vislumbre intuitiva llevó á su inteligencia la primera idea de la situacion terrible en qᵉ. se hallaba.

En aquellos casos en qᵉ. un ser humano se vé arrojado á un abismo de oscuridad moral y de caos sin qᵉ. le quede luz alguna qᵉ. dirija sus esperanzas, no hai consuelo mas alto ni mas completo qᵉ. el que encuentra una voluntad **al**tiva, dueña de una conciencia pura, que apela á su virtud y á su fortaleza para marchar hasta la luz al traves de las tinieblas. Esto hizo Teresa. Un nuevo mundo, un mundo confuso, claro, oscuro, indefinible, lleno de precipicios y de dificultades, pasaba por delante de sus ojos como las fantasmas ópticas de la linterna mágica;[62] la idea del [d]**D**eber, la conciencia de la [d]**D**ignidad personal y del poder soberano de la [v]**V**irtud, **cob**raron sobre [el]**su** corazon ~~de Teresa~~ un poderio estraordinário, desconocido hasta entonces; unos pocos minutos habian bastado pª. ocasionar en **su** {alma} una completa revolucion moral, y hacer de la niña un ser fuerte y resignado á las luchas dificiles de la vida. //

49

Salas la habia arrebatado y habia huido con tal velocidad que ~~el Ca~~ Vargas tubo tiempo de serenarse antes de alcanzarlos. Ayudado el primero de aquella sagacidad de sentidos que distingue al Campesino sud-americano, oyó el galope del ca**b**allo en que huia el **Alferes**; y aunqᵉ. estaba aún tan lejos qᵉ. habria sido imperceptible para otro cualquiera, exclamó: –¡Viva la Patria! ¡ya oigo el galope del rabicano de mi **A**lferes!..... Pero, por las dudas, Señorita, nos meteremos entre el cerco: soldado prevenido nunca fué vencido.

---

62   Esta alusión al aparato óptico, precursor del cinematógrafo, condice con los estudios sobre Física que realiza el mismo López y que expone en dos cuadernos inéditos, dedicados a su amigo Diego Arana en 1833 [Docs. 5274 y 5275].

Poco tardó un caballo en pasar á toda carrera por el frente de ellos. Salas conoció á Vargas y soltándose á galopar tambien lo llamó á gritos. Vargas se detubo, y no bien conoció á Salas y Teresa cuando se arrojó al suelo y corrió á estrecharla en sus brazos con toda la vehemencia de una pasion exaltada y tierna. Es imposible pintar con palabra aquella efusion de amor ~~que {se} hacia~~ tan solemne y ~~profunda~~ tan seria por la situacion, ~~y~~ por el lance q^e la habia producido y por las consecuencias q^e. podía tener en el porvenir de aquellas dos nobles criaturas. Loco de alegria, lleno de esperanzas y de gentileza Vargas tomó en sus brazos á su querida, la puso sobre su caballo, montó de un salto en él, y tomó á galope su camino:

–¿En que paró la fiesta, mi Alferes? le decia Salas en voz alta y galopando á su lado ¿hu[bo al]gun araño?

–Uno solo, contestó Vargas con satisfaccion; pero ~~tan~~ demasiado hondo p^a q^e. me atreva á poner mis pies, de hoy en adelante, en la Provincia de Santiago.

–Que lástima q^e. no tengamos <u>rodeo</u>! Siento q^e. un novillo tan hermoso se nos <u>amonte</u> despues de marcado.

Los tres profugos, {conversando así,} galoparon toda la noche acia las provincias del Sud, reveladas como ya se ha dicho contra las autoridades centrales de Santiago.

————————   //

                                        [49, reverso]

(*)

Il est vrai que toujours des généreuses ames
Tonneront contre nous dans le temple des lois,
Que l'on nous flétrira des noms les plus infâmes:
Mais qu'importe, après tout, le bruit de quelques voix
Contre le fort tissu de nos puissantes trames?

          A. Barbier – <u>Lazare</u>[63]

---

63   El novelista ha copiado fielmente una estrofa de "Le menace et la corruption", incluido en *Lazare: Poème* (1837), de Auguste Barbier (1805-1882), poeta y dra-

/{Por el santo ministerio q. egerzo, hago bajar sobre vosotros la bendicion del Padre, y os uno en eterno matrimonio
pª. q. os ameis de corazon durante la vida y despues de la
vida..... Levantad hijos {vuestros ojos al cielo} –estais unidos: no **olvid**eis q. debeis buscar la virtud antes q. la dicha,
y qᵉ. debeis ser modelos de reciproco amor aunq' seais
desgraciados. Os bendigo otra vez y otra vez y os impongo
la Doctrina y el amor de Cristo segun la revela la palabra
q. nos consignó en sus {santos} evangelios. Sois ya [~~uno~~]
dos en uno y ~~repre##rvenir~~ llevais el sello del gran misterio
[~~divino~~]**de** Dios. Levantad y comenzad á vivir segun él.}/ //

/{3°}/⁶⁴
51

Capítulo IV.
Vargas en relacion con la Guerra de la Indepª.
———

Las diferencias políticas que separaban á las provincias
del Sud de la de Santiago y del norte, se complicaron mas
con la subida de Don José Miguel Carrera al mando. Este
joven impetuoso disolvió el Congreso por la fuerza de las
armas y reunió todos los poderes en manos de una Junta
Gubernativa de la que # él era {el} miembro influyente y
esclusivo director: puso desde entonces todos sus conna-
tos en hacer que las províncias disidentes se sometiesen
á la autoridad central de que él disponia; y habiéndose
resistido Martinez de Rozas á todas las sugestiones que
se le hi**ci**eron para esto, Carrera levantó fuerzas y marchó
con ellas á someterlo. Martinez de Rozas levantó fuerzas
tambien y lo esperó[.]

Se ve pues que Vargas llegó á tiempo para tomar parte
en la lucha contra los Carreras. En el momento en que se

maturgo francés [176].
64   Número de fascículo.

hizo conocer se ganó la afeccion de todos los gefes, muy especialmente del Coronel Don Bernardo O'Higgins, destinado á hacer tan brillante y eminente papel en los futuros acontecimientos de la Revolucion Hispano-Americana. Este caballero comprendió las prendas nobles que adornaban á Vargas, lo creyó un joven de mucho porvenir y se declaró su protector decidido.

Tanto Carrera como Martinez de Rozas marcharon á encontrarse; estaban ya maniobrando sobre las riveras del rio Maule, cuando ambos recibieron la noticia de que el Virey⁶⁵ español de Lima, decidido á sofocar la revolucion chilena, habia enviado al [J]General Don António Pareja provisto de ## mucho dinero, de abundantes articulos de guerra, y acompañado de clases militares [¿?]//

<u>52</u>

para que levantase un egercito de cuatro mil hombres en el Archipiélago de Chiloe, sometido á las autoridades coloniales, é invadiese con él las provincias insurreccionadas. Con esta nueva cambió enteramente el estado de los animos; y el Coronel O'Higgins, amigo ardoroso y entusiasta de la independéncia, se hizo el agente principal de la reconciliacion de los partidos. Se verificó esta quedando separado Marinez de Rozas del Gobierno, ~~y~~ reconocida la Junta de Santiago como Gobierno Nacional, ~~y Carrera~~## y Don José Miguel Carrera como General en gefe del egército independiente. Aunque Vargas entraba por este arreglo bajo la dependencia de ~~los~~ Carrera, se creia garantido por la proteccion de O'Higgins, **baj**o cuyas inmediatas órdenes servia, ~~quien~~ pues **es**te gefe habia conservado sus anteriores empleos militares. Sinembargo, Juan José era ya coronel del egército y gozaba del favor ilimitado de su hermano; aunque obligado al princípio á respetar

---

65   "Virey" es la grafía reconocida en los diccionarios de la época; "virrey" no aparece en el *DRAE* hasta la edición de 1884.

el aparato de reconciliacion que habia unido todas las fuerzas del pais contra los españoles, era probable que su génio rencoroso y exaltado buscase médios con que aniquilar mas tarde á su rival. Don Jose Miguel ~~abri~~ mismo, que habia sido bien instruido de los sucesos anteriores, abrigaba un ódio violento contra Vargas; y no se contenian ambos hermanos sino por respeto ~~al Coronel O'Higgins y~~ al partido de **que** ~~disponia~~ el coronel O'Higgins disponia. ~~en el egército~~ Ademas de esto; el general Mackenna, amigo tambien de Vargas, le habia respondido de su seguridad en el egército, asegurándole que nada tendria que sufrir por causa de las anteriores contiendas personales.

El General Español desembarcó muy //

<u>53</u>

poco tiempo despues con su egército de <u>chilotes</u> en el puerto de Talcahuano y abrió su campaña contra los insurgentes de Chile ~~á pr~~ en Febrero de 1813.

Pareja era lo que se llama un <u>hombre bueno</u>, calidad que implica la ineptitud como militar y como político: era **sob**retodo incapaz de dirigir una guerra de reaccion, que es algo mas que una guerra de conquista. La masa de hombres que, con el nombre de egército, obedecia sus ~~Or~~ órdenes estaba enteramente desprovista de disciplina militar y del espíritu de cuerpo que dá la fuerza en la guerra; sus soldados ~~eran~~ no eran españoles; eran humildísimos ~~gauchos~~ <u>guazos</u> de la remota y patriarcal provincia de Chiloe.

Por lo que hace al **G**eneral; júzguese por lo que sigue: –Pareja se presentaba á su egército despues que habia ~~dormida~~ dormido la siesta, y tomando una vocina le gritaba: "**Eg**ército! Buenas tardes! á formar punta de diamante sobre el sargento Chuqui-Kayata": y un egército de cuatro mil hombres empezaba inmediatamente á formar punta de diamante sobre el sargento ~~Chaqui~~ Chuqui-Kayata, que **era** un índio del Cuzco que el General habia traido en su séquito como el <u>non plus ultra</u> de la ciencia militar.

La evolucion de la punta de diamante era tal, que las mas veces llegaba la noche sin que se hubiese podido terminar[.]

Apenas habia abierto su campaña el general español cuando sufrió una sorpresa de consideracion, debida á una pura casualidad, en **el** lugar ~~llamado~~ **de** Yerbas-Buenas, que lo obligó á ponerse en retirada. Carrera lo siguió y lo alcanzó **en** San Carlos. El campo quedó por los patriotas, pero sin que el General hubiese ati**nado** á sacar resultado alguno de **l**a victoria que se atribuia. Los mas culparon á Carrera de ignorancia, demostrando que no sabia manio-brar en **la b**atalla ni disponer //

54

sus fuerzas segun un plan ó sistema de campaña. El, mien-tras tanto, atribuyó la falt**a** de resultados á la insubordina-cion de algunos gefes, al no cumplimiento de sus órdenes, # á todo aquello, enfin, á que siempre apelan los malos generales para vindicarse. El hecho es que Pareja se **m**urió de pena[(1)][66] y que el coronel Sanchez, su sucesor se retiró y se atrincheró en una pequeña villa llamada Chillan. En vano fué que Carrera envistiese mil veces á Chillan, los pobres Chilotes, que tenian el pabellon realista, lo recha-zaron siempre con ventaja; y el geje español comenzó rápidamente á estender su linea de **comuni**caciones y á acosar de tal manera á las tropas de Carrera, que al poco tiempo las ~~abi~~ habia arrojado enteramente de sus cercanias, obligandolas á la triste necesidad de replegarse sobre Talca enteramente deshechas y desmoralizadas.

Patente, con semejante resultado, la nulidad militar de Carrera, empezó á desvanecerse su prestígio, y á hacerse sentir el encono de los ánimos, o**c**ulto y sofocado hasta entonces, que habia producido **este** joven petulante con su conducta bulliciosa y desordenada. Mientras habia estado á la cabeza del gobierno se habia ocupado en dar palizas

---

66   [1] histórico [N. del A.].

y en romper los vidrios de los que él presumia enemigos suyos, mas que en administrar; habia encabezado, en suma, un verdadero gobierno de muchachos y de desórdenes; y tod[o]as ~~sus hazañas militares se~~ las proezas **mi**litares que habia prometido, habian venido á parar en la esteril batalla de <u>San Carlos</u>, y en los descalabros de <u>Chillan</u> que tan cabalmente probaban su inexperiencia y su ignoráncia.

Entretanto un nuevo General español habia ve-//

55.

nido de Lima á mandar el egército realista; se llamaba Don Gabino Gainza, y aunque poco mas que Pareja hacia concebir mayores temores por que traia nuevas y mejores tropas y muchos pertrechos de guerra.

Fué entonces que estalló en Santiago una revolucion contra Carrera y su partido, y que se creó una nueva Junta para gobernar el pais. Esta salió de Santiago y se estableció temporalmente en Talca, como quien dice –A las barbas del enemigo; con el objeto de restablecer la confianza pública, y de atender de un modo inmediato las necesidades vitales del pais.

Precisamente ### cuando la Junta salia de Santiago llegó de las Pro**vínc**ias **U**nidas del Rio de la Plata un cuerpo de tropas auxiliares de infanteria, mandado ~~por Don Santiago Carreras (natural de Cordoba~~ por el **Co**ronel Don Marcos Balcarce[1][67] y por el Sargento-Mayor Don Juan Gregório de Las-Heras. Este cuerpo, fuerte de 380 hombres, salió tambien para Talca escoltando la Junta y tomó inmediata-

---

67   1. No fué precisamente el Coronel Balcarce sino el Coronel Don Santiago Carreras, natural de Córdoba, quien llegó á Chile mandando este cuerpo. Pero como este se retiró muy poco despues sin haber tomado parte importante en la lucha contra los realistas, he creido inutil informarlo en el cuerpo de la obra, siendo ademas los dos nombrados los que participaron con mucha glória de la campaña que los Generales O'Higgins y Mackenna, sucesores de Don José Miguel Carrera en el mando del Egército Patriota, hicieron contra el General realista Don Gabino Gainza. Los soldados y la tropa que sirvió de plantel al Regimiento n° 11, tan célebre bajo las órdenes del Coronel ~~Las Heras~~ ‡Las-Heras, en el <u>Egército de los Andes</u> mandado por el General San Martin.‡ [N. del A.].

mente parte en la guerra contra los realistas, dirigida por **los** Generales O'Higgins y Mackenna puestos por la Junta á la cabeza del Egército Independiente, despues de la deposicion de Don José Miguel Carrera y de sus hermanos.

Cuando la Junta hubo reparado los desastres anteriores y restablecido la energia de los ánimos en favor de la causa de la Independencia, se retiró á Santiago; y como en Buenos Aires, que era entonces el pueblo que daba la norma y dictaba la ley en materia de administracion á los demas gobiernos revolucionários de la América del Sud, se habia puesto término al gobierno de Juntas subrog**ándolo** por el de un Director Supremo; en Chile tambien se hizo lo mismo, y la Junta Gubernativa entregó el mando al Coronel Don Francisco de la Lastra //

<u>56</u>.
Director Supremo del Estado, instrumento docil del partido del General O'Higgins.

Mientras los Carreras habian estado á la cabeza del egército independiente, Vargas habia tenido que sufrir muchas injusticias. Apesar de ~~su~~ una conducta llena de honor y de valentia, logró apenas, y con muchas dificultades ascender á teniente; es verdad que, protegido ardorosamente por O´Higgins á cuyas ordenes inmediatas servia logro siempre parar los tiros de Juan José elevado ya al altisimo rango de Brigadier General. Mas, cuando los Carreras cayeron del poder y tomó O´Higgins el mando del egército recibió Vargas comisiones de importancia que le proporcionaron ocasiones de lucir y # {de ganar} una reputacion brillante ~~en el egército~~ como soldado[.] Una vez, sobretodas, se cubrió de glória por su serenidad y su intrepidez[.]

El egército independiente obraba en dos divisiones mandadas separadamente por los Brigadieres O´Higgins y Mackenna. El 19 de Marzo de 1814 se hallaba este atrincherado en el Membrillar y amen**az**ado de todas partes por el numeroso egército de Gainza. O'Higgins intentaba incorporársele y maniobraba en este sentido, cuando ese dia se le presentó una division de 700 realistas ocupandole el paso en las fuertes posiciones que habian tomado en las alturas de <u>Quilo</u>. Preciso era desalojarlos, pero la dificultad era tanta que el gefe patriota creia no poder vencerla sino á costa de inmensas pérdidas, y aún así duda**b**a del éxito. Cuando O'Higgins llegó con su division al pié de las alturas ocupadas por el enemigo dió la orden al Capitan Vargas de que comenzase el ataque con cien **D**ragones disponiendo que lo sostubiesen los Husares de la Gran **G**uárdia al mando del Capitan Freire y los Granaderos al del teniente Coronel Benavente, mientras el grueso de la Di**v**ision quedaba formado al pié de las alturas //

57

~~mirando con su~~ esperando con suma ansiedad el resultado de las operaciones de Vargas.

Así que este bravo joven comenzó á subir el declive del cerro, conoció que los caballos le estorbaban y que esponian mucho su tropa á los fuegos del enemigo; mandó echar <u>pié á tierra</u> con un denuedo admirable, y llevando sus soldados hasta las líneas españolas trabó con ellas una lucha terrible, y las desordenó con {solo} su inesperado arrojo. Cuando Freire y **B**enavente vieron el denuedo bizarrísimo de Vargas desmontaron tambien sus soldados y treparon. La victória fué completa y brillante; los Realistas quedaron desalojados de las alturas de <u>Quilo</u>; dejaron prisioneros armas y municiones en poder de los **I**ndependientes y fueron perseguidos por Vargas con tal encarnizamiento, que el Capitan Freire tubo que ir con un grupo de soldados á contenerlo, á una gran distancia del Campo de la accion, y muy cerca ya de otra division de 300 enemigos que avanzaba á proteger los restos de la desalojada para retirarse con ellos. Toda la division de O´Higgins trepó entonces á los altos de <u>Quilo</u>, y descubriendo desde ellos el campamento de Mackenna en el Membrillar le dirigió un saludo de artilleria para noticiarle su llegada y **la despa-** ~~ricion~~ desaparicion de los obstáculos que hasta entonces habia tenido la reunion. Es indecible el júbilo que causó esta nueva y el grado de energia y **de** valor que difundió en los ánimos del Egército Patriota.

Despues de este hecho no se hablaba en el Egercito sino de la bravura de Vargas, y recibió el grado de Capitan sobre el mismo campo de batalla con q^e. lució en los posteriores encuentros del <u>Membrillar</u>, de los <u>Tres-Montes</u> y en tantos otros que no necesitamos enumerar. Los gefes argentinos Balcarce y Las-Heras que tanto se distinguieron en esta campaña cobraron con este motivo una amistad decidida en favor de Vargas. //

<u>58</u>

Los Carreras entretanto, que no podian consentir en estar separados del poder, andaban ocultos recorriendo la campaña con la mira de verificar un motin y de alzar tropas contra el Director Lastra y contra O´Higgins. Por un accidente raro fueron sorprendidos por una partida realista y conducidos como prisioneros al Campo de Gainza.

Fué tanto lo que se complació el Director Lastra y su partido con este suceso, que, aprovechando el mal estado de Gainza, abrió con él negociaciones de paz. Célebrose un tratado que, entre {otras} muchas estipulaciones recíprocamente ventajosas, contenia la de que los españoles se llevasen á Lima á Don José Miguel Carrera y sus hermanos, los encerrasen en los Castillos del Callao. Arreglado así el tratado entre el gefe realista y el gobierno independiente, fué remitido al Peru para q^e. el Virrey lo ratificase.

~~Por desgrácia, el General Gainza tenia á su lado, como auditor de guerra~~ Auditor de guerra, ~~cierto abogado de venalidad prover~~bial exímio ~~en todos los manejos de la astúcia y de la intriga; se dejó este letrado ganar~~

Por desgrácia, el General Gainza tenia á su lado, como Auditor de Guerra, á cierto abogado exímio en todos los manejos de la astúcia y de la intriga, y de una venalidad pro[b]verbial en el pais; que se dejó ganar por el oro y las influencias de la família y partidários de los Carreras. Gracias á él, conoció Gainza que estos agitadores eran inmensamente útiles á la causa del Rey, por la división y la anarquia que fomentaban entre los Independientes; y gracias al conocimiento de Gainza, el abogado recibió una cuantiosa suma de dinero. El General Español soltó á los Carreras protestando á O'Higgins que se le habian //

59

escapado. El armistício entre Independientes y Realistas continuaba; por que ambos partidos necesitaban de ganar tiempo; pero tanto el uno como el otro contaba con que el tratado no seria ratificado por el Virey del Perú.

Desde que los Carreras se vieron libres comenzaron á conspirar **con** la mira de apoderarse del poder. Lleno el Director Lastra de alarmas y de temores trajo á Santiago el cuerpo de Argentinos, mandado á la sazon por el Comandante Las-Heras; pues el coronel Balcarce se habia retirado á Buenos Aires. Lastra ponia toda su confianza en esta tropa, que ademas de ser estraña al espíritu de partido era subordinada brava; y que sobretodo estaba mandada por el porteño[(1)][68]Las-Heras, cuyo caracter elevado, leal y enérgico era perfectamente conocido.

En medio de estas alarmas que causaban los manejos ocultos de los Carreras contra las autoridades, recibió el General O'Higgins la noticia de que el Virey del Peru habia reprobado el tratado, por lo cual retiraba á Gainza y lo subrogaba con el General Don Mariano Osório; gefe de otro temple, que habia llegado ya á Talcahuano con cuatro regimientos de infanteria europea, y con ~~el mandato~~ {la orden

---

68   [1] Natural de Buenos Aires [N. del A.].

estricta} de exterminar el partido de los Independientes. Todos los informes que el General O´Higgins recibió sobre esta espedicion española eran propios para llenar su ánimo de **los** mas tristes augúrios. Las tropas que habia traido Osório eran magníficas; no eran, como las anteriores, limeños ó chilotes; eran españoles europeos formados en la guerra contra Napoleon.

El General O'Higgins conoció cuan necesário era en aquellas circunstancias mantener {á todo el pais} unido bajo una ~~mano~~ {sola} mano, y mas empeñado que nunca en ~~sofocar~~ **des**truir las anárquicas combinaciones de los Carreras escribió al Director Lastra avisándole todo y dándole consejos pª que los aplicase con energia. Conociendo el General la enemistad implacable de Vargas contra los Carreras, lo encargó de conducir estas comunicaciones, y de quedarse en Santiago al servício inmediato del Gobierno; mientras él quedaba á la mira de las operaciones que emprendian los Realistas.

————————   //

60

Capítulo V

—

Indicios de complot

—

La ciudad de Santiago, capital de Chile, se halla situada en el seno de un bellísimo valle, y en la falda occidental de un cerro pequeño y aislado, que lleva por nombre el <u>Cerrito de Santa Lucia</u>. El Mapocho, rio **túrb**io y correntoso que se desprende de las cordilleras[69] inmediatas, viene caracoleando por el valle, de oriente á poniente, y, topando con el cerrito de Santa Lucia, se abre en dos brazos por la espalda de la ciudad y pasa lamiendo sus costados del sur

---

69   **cordilleras**: en la acepción anticuada de "lomo que hace alguna tierra seguida e igual, que parece ir a cordel" [*DRAE*] o loma.

y del norte hasta que vá á perderse entre los bañados del llano. He dicho que pasa lamiendo sus dos costados; por que así sucedia cuando el Maestre de Campo Don Pedro de Valdivia, soldado de Pizarro conquistador de Chile, vino á estos lugares, y fijó en ellos [su]**el** campo de sus guerreros al rededor del pabellon real de Castilla; mas, las obras del hombre han venido despues á transformar la naturaleza, y para impedir que las crecientes caprichosas y violentas ~~del rio~~ {de las aguas} se tragasen á Santiago, edificaron una larga y solida muralla, que, tomando al rio desde muy lejos, lo echó todo en un solo brazo, y lo siguió costeando hasta hacerlo pasar, contenido, por el lado norte, y dejarlo despues que fuese furioso á desparramarse p^r. el valle. Esta muralla tiene como légua y média de largo, y **como** tres varas de **ancho** sobre una altura de cinco varas; demodo q^e proporciona un terrado[70] liso y seco, própio para pasear, y comodo tambien, por que se halla guarnecido por un parapeto que cubre el lado del rio, y por una estensisima fila de álamos ~~qu~~ que acompaña la muralla en toda su estension ~~por~~ por el lado de tierra.

En la tarde del 23 de Júlio de 1814, época {en que} # mas agitado tenian al pais las conspiraciones de los //

61

Carreras, vino un joven al terrado que hemos descripto, llamado el <u>Tajamar de Santiago</u>. ~~y se # sobre el parapeto.~~ Su aparicion en aquel lugar nada tenia de estraño, por que **era** entonces muy frecuentado por la poblacion, á causa del aire libre y de las vistas pintorescas que allí se gozan; pero este joven subió á la muralla demasiado tarde, cerca ya de la noche, á una hora, en fin, en que todos los paseantes # abandonan {el Tajamar} para retirarse á la ciudad, cosa

---

70   "Sitio descubierto en lo mas alto de las casas, con el suelo de tierra ó enladrillado" [*DRAE*, 1843]. Hasta fines del siglo XIX no se asocia "terrado" con "terraza", tal como aparece en los diccionarios actuales.

que habian hecho aquella tarde con mucha mayor razon á causa del frio sumo que hacia. Ademas de esto, el {joven} no entró en el Tajamar viniendo de la ciudad, sino del extremo opuesto ~~de~~ {ocupado por} **las** quintas; y antes de llegar á los **pun**tos frecuentados se detubo, sacó el relox,[71] y ~~se recostó~~ ### despues de haber visto la hora, se recostó en lugar solitário.

No **pod**emos decir ~~¿todavia?~~ si este jóven era alguno de esos hombres concentrados y suaves al mismo tiempo, que buscan la ~~contemplacion~~ soledad para comtemplar á sus anchas las magnificencias de la naturaleza; ni sabemos tampo[co] si era algun poeta de los que conversan con los mistérios del firmamento; ó si era, en fin, un hombre preocupado de alguna idea grave y complicada, que venia á buscar, para analizarla, la voz de las aguas y la luz de las estrellas. Podia ser todo esto; podia tambien venir para alguna cita, ó para distraer alguna pena profunda. Nada tan própio para cualquiera de estas cosas, como el sítio q.[e] habia elegido para recostarse; si era poeta, tenia delante de sus ojos un magnífico panorama; si era hombre instruido en la historia de su pais, podia abrazar {con su vista,} desde allí, los lugares de las tradiciones ~~de ¿las conquistas?~~ **nacion**ales. El cerco colosal de las cordilleras con su faz arrugada y severa, con sus fantásticos perfiles se diseñaba de un modo imponente en los horizontes, haciendo brillar sus picos gigantezcos, co**rona**dos de nieves[,] que ~~seme-jaban~~ parecian **la cabellera** encanec**i**da de la montaña, y que lucian **c**on toda sublimidad al estamparse sobre aquel cielo diáfano y sereno de Chile que parece una ~~lámi~~ //

62

lámina de metal esmaltada con azul. El risueño arrábal de las quintas, llamado la <u>Chimba</u> se estendia al otro lado del

---

71   Grafía un tanto anticuada, pues ya en su edición de 1832 el *DRAE* la reemplaza por "reloj".

rio ~~delante~~ ofreciendo un precioso grupo de vegetacion lozana á la vista nuestro joven solitário. El gran puerto de sólido material, que pone en comunicacion á este **a**rrabal con la ciudad, se diseñaba al poniente sobre los moribundos resplandores de la tarde, mostrando sus elevados arcos, ~~y~~ {sus} pilares, y su rampla, atravesada en aquella hora por un ~~bullicioso y~~ gentío bullicioso y activo. El cerrito de ~~Santalucia~~ Santa Lucia estaba también ~~á la vista~~ á su lado, con todos sus recuerdos históricos. La casita que habia habitado Pedro de Valdivia[(1)],[72] estaba en su falda, señalando el nido q^e las águilas conquistadoras formaron en el pais tres siglos antes, y recordando los sítios, los asaltos, ~~con tal viveza que~~ y las batallas, entre los # barbaros y los castellanos, que forman el episódio {mas} romancesco de la historia del siglo XVI. E**s** tal la viveza de los recuerdos que aquellos lugares exitan, que una imaginacion un poco ardiente no puede menos que figurarse que vé levan**tándo**se del suelo las tribus feroces y salvages q^e lo habitaban, y q^e los guerr**eros** castellanos, armados de sus ~~moque~~ mosquetes y de sus alabardas, **c**ubiertos de sus armaduras y cascos de acero {toledano}, las esperan cubriendo las breñas del cerrito que habian tomado por reducto.

Pocos momentos despues de estar nuestro joven en estos lugares, se levantó un clamoréo de campanas para anunciar con sus sonidos melancólicos que era la hora de la oracion; aquella {hora} en que todos los habitantes ~~se~~ {de Chile} detienen su paso, si marchan, ó se ponen de pié, si están sentados, se descubren la cabeza con respeto, y rezan para pedir ~~a Dios~~ una buena noche al Ser Supremo. Las sombras de la noche comenzaron á envolver **ins**ensiblemente la ciudad, y mil grupos de luces artificiales ~~cet~~ centellearon en el momento en médio de la masa negra é

---

72 [1] Existente aún con sus principales piezas, examinadas muchas veces por el autor. [N. del A.].

informe que formaban los edifícios y las torres de los tem-
plos. El misterioso joven entretanto seguia recostado sobre
el parapeto sin pensar en retirarse, y con toda indiferéncia
dejaba por su espalda una larga fila de paisanos //

63

que se recogian á la ciudad, y que no podian pasar junto á
él sin rozar los pliegues de su elegante capa color de grana.

La presencia de este joven era gallarda; tenia cara larga,
barba gruesa y pronunciada; los carrillos eran anchos, algo
caidos y flojos; el lábio desdeñoso; los ojos pardos, grandes,
y de un mirar grave, no indicaban tal vez ~~y~~ una gran**de** inteligéncia, pero sí un espíritu **sen**sato lleno de dignidad y de
firmeza; la frente, ~~au~~ aunque vulgar era bastante inclinada
ácia atrás, lo que es ciertamente un indício de osadía y
de valor[73]; el pelo era rúbio y rizado. Envuelto en su capa
grana no dejaba ver otra cosa de su trage que la bota de
campana con vuelta de tafilete amarillo y bor**las** de seda
que {le} llegaba hasta la rodilla, la punta de una espada, y
un sombrero de tres picos adornado con plumas celestes
y con una cucarda del mismo color, señal evidente de que
el que la llevaba era oficial del <u>Egército Insurgente</u> como
les decian entonces los del <u>Egército Godo</u>. Volvió á sacar
el relox con cierto movimiento de impaciencia, y dándose
vuelta se puso á mirar con atencion # la calle que média
entre la muralla y las quintas; á muy corto rato distinguió
un hombre que la atravesaba dirigiéndose á él, y dijo, ~~muy
de~~ como si hablara consig**om**ismo [sic];
–Al cabo!
El desconocido se acercó y parándose á dos varas del veredon, entre los troncos de {los} alamos, dijo:
–¿Luis?

---

73   Observación frenológica, propia de la época.

–Luis Carrera: contestó nuestro joven, añadiendo: te diriges mal, no podras subir por aquí; baja un poco acia la derecha y encontrarás la escala.

El recien llegado dió algunos pasos ácia la derecha, y muy poco despues vino por el veredon á encontrarse con el coronel Don Luis Carrera, hermano menor de Don José Miguel y Don Juan José; Ambos se alargaron las manos, y se la apretaron con aquel modo singular que deposita en ella pensamiento elocuente, ~~aun~~ aunque mudo.

–No puedes figurarte cuanto me alegro de que hayas //

64

venido, dijo el desconocido; temí Luis que la escena de anoche hubiese agriado mucho tu espíritu, y que hubieras resuelto separarte de nosotros. Tú sabes bien como pienso yó; sabes que repruebo, como tú, los resultados extremos á que aspira Don José Miguel, y que lamento sus medidas impetuosas y violentas; sabes que mil veces he convenido contigo en combinarnos para contenerlo en límites mode-rados y para hacer que su política abandone ese espiritu personal y esclusivo, que él le dá posponiendo lo principal, que es nuestro p̶ pais y la causa de su independencia; pues apesar de todo, no quiero negarte que me ha parecido, que anoche has traspasado nuestro obgeto, y que arrastrado por tu exaltacion y la disputa has puesto en juego el amor própio y la terquedad de tu hermano; por lo cual ahora nos costará mucho mas dirigirlo.

–An te to do [sic], Jose Maria, seamos francos: alguno te exigió qᵉ. me escribieses la carta que hoi me mandaste, llamánd**ome**.

–Si: tu hermano mismo, se empeñó para que lo hiciese.

–Pues he venido por eso: seguro de que Jose Miguel ha de llevar adelante su plan, siga ó no siga yo con él, he juzgado conveniente cooperar, para hacer que mi influencia modere en algo las mil violéncias que prevéo.

–Luego vienes conmigo á la reunion?

–Iré; pero antes quiero que me muestres la carta que te ha escrito Jose Miguel indicándote que me llamases.

–No hai obstáculo; tómala.

El Coronel Carrera tomó la carta, la desenvolvió y leyó lo que sigue:

Señor Coronel Don José Maria Benavente.

Amigo querido: –Apesar de la triste discusion de anoche y del alboroto que promovió Luis, nada se ha variado á las resoluciones tomadas. Ud sabe que cuando se conspira es preciso llegar pronto al resultado, dar el golpe decisivo con toda celeridad. Esperar un minuto cuando antes de ese minuto se puede hacer reventar la mina, es un absurdo; por que un segundo, es decir; la seséntésima parte de un minuto, bas~~ta para apretar la mecha ##..dada y hace subir todo ex#### por q^e.# ya no está para #~~ //

[5]**65**

ta p^a. ap**re**tar la mecha entre los dedos y apagarla. No es pues terquedad en mí, el desentenderme hoi de los consejos de Luis; es necesidad y necesidad urgente. Las medidas están tomadas, todo preparado: esta noche á **las doce** y media ó á la una nos hecharemos sobre los cuarteles. ~~El oficial q^e hace guardia en el puente~~ La guardia del puente no se halla, por fortuna, esta noche encomendada á los auxiliares porteños*[74]. El oficial q^e. la tendrá es nuestro como ~~nuestros~~ {los} dedos de nuestra mano. Con Ud cuento p^a. dos cosas: la primera, p^a. cooperar como militar bravo; la segunda, p^a. q^e. influya con Luis ~~y lo haga # y~~ {haciendolo} concurrir á la reunion y obrar. Sé q^e. Ud piensa como él. Yo insisto siempre en q^e. estos son momentos de obrar con arrojo y sin mirar p^a. atrás. Venzamos á nuestros rivales primero constituyamos en nuestras manos un gob^no fuerte y entonces verá Ud como desaparece el poder español. Nada de

---

74   /{* nombre q^e en aq^l. tiempo se daba á los hijos de la Rep^ca. Argentina, en Chile y en el Perú.}/. [N. del A.].

O'higgins, nada de Lastras y de Mackennas; Basta q^e. sean nuestros enemigos p^a. q^e. les esté prohibido llevar la voz en la empresa q^e. dará libertad é indep^a. á nuestro pais. Esta [~~deb~~]**glor**ia debe ser {esclusivamente} nuestra, y yo juro q^e. no consentiré en participarla sino dominado p^r alguna necesidad ~~muy~~ imperiosa. ¿Que significa la pretendida conciliacion q^e. Luis y Ud me proponen? ¿Que se figura Ud q^e. obtendriamos {de nuestros rivales} con esa política de moderacion y de concesiones? ~~á nuestros rivales~~ Nada, nada, nada. Ellos se han declarado ya nuestros enemigos; nos han perseguido á muerte. Ayer no pudieron hacernos morir en los calabozos de Lima; pero mañana nos harán morir á puñal o á veneno. **Sobret**odo, hoi no nos queda **m**as **ar**bítrio, á nosotros q^e. estamos derrocados del poder, q^e. derrocarlos á ellos, derrocar á O'higgins ó so-//

[~~5~~]**6**[5]**6**.

meternos á un papel se**gc**undario y miserable. ~~¿Que~~ {¿Por que} digo se**gc**undario? El primer dia nos lo da**ri**an, y el segundo dia nos lo quitarian [~~y nos~~]**para** anul[~~arian~~]**ar- nos** p^a. siempre. ¿Es esto propio **de** mí? Luis, que es mi hermano, y Ud, q^e. no es menos, pues q^e. es mi íntimo amigo, pueden aconsejarme q^e. me resigne á semejante pobreza ¡Oh! nunca, nunca! Mi nombre suena ya p^r. el mundo con rasgos muy conocidos. No quiero, no busco, # no admito término médio entre la muerte ó ser el gefe de la revolucion chilena, y le juro á Ud mi amigo q^e. no me he de separar un momento de esta resolucion. No digo el gob^{no} de O'higgins ó de ese fantasmon de Lastra, los gobiernos todos del mundo [~~seria~~]**soi** capaz de atacar # antes q^e. someterme á un rol **suba**lterno en mi pais. Y no se me diga q^e. pongo en peligro la revolucion ~~de~~# ni otras palabras huecas como estas: la revolucion no corre peligro mientras yo la dirija; los q^e. la perderán son ellos, pobres intrigantes sin influencias, q^e. no tienen coraje, ni arrojo, ni capacidades p^a revolver los pueblos y <u>tocar la llamada</u>

á las masas. Mientras q^e. yó...... estoi seguro de q^e. toda la España junta no acabaria con mis médios.

En fin, mi amigo; me parece imposible q^e. Luis me abandone precisamente en la noche del golpe ¿Que va á ser de su ~~p~~ reputacion entre los amigos? ¿Que va á pensar el pueblo de su inércia? Haga Ud cuanto pueda p^r. reducirlo á q^e. olvide las violencias de anoche; perdonémosnos como hermanos. Su valor y su tino me hacen falta, //

[5]67

muchísima falta. Hagale Ud reflexionar q^e. la oficialidad veterana lo ama, q^e. si lo ve separado de mí quizá rehuse apoyarme, y venga {así} ~~el~~ á ser causa de q^e. mi cabeza se balancée entre dos palos. La suerte de toda nuestra familia y de la patria seria espantosa.

Insisto en q^e. hable Ud cará á cara con Las Heras. Seria bueno q^e Luis, q^e es **su** amigo, vaya tambien; hai tiempo; p^a. esto tienen Uds toda la noche. Haga Ud uso con Las-Heras de todos los recursos posibles, ofertas, amenazas, ruegos: Con toda confianza, Uds saben tanto como yó, q^e en ningun caso es capaz de delatarnos: confio tanto en su lealtad y su honor como en mí mismo. Por mas seguro q^e. Ud crea estar de la firmeza de Las-Heras p^a. resistir á nuestras **sol**icitaciones, es tan valioso su apoyo, q^e yo creo q^e. debe intent**arse** todo p^r. obtenerlo. /{recuerde Ud q^e. Napoleon ha dicho q^e. no hai hombre á quien no se pueda comprar}/. Sinembargo de todo; dejo este punto á Ud, si Ud cree, como ayer, q^e. todo, todo, es **in**util, persista en no hablarle, y lo doblaremos como podamos. Haga Ud ~~tambien el esfuerzo p^r.~~ q^e. Las-Heras se comprometa á no trasmitir á Passo las conversacion˘ **q^e**. tenga con Ud. Passo no es militar; en su calidad de diplomático tiene permiso p^a. advertir al gobierno, y p^a hacernos ~~así~~ naufragar.

A las diez en punto estaré en el ~~punto~~ {lugar} determinado. A las nueve habrá [~~dos~~]**tres** hombres en ~~el~~ {la caja del} rio q^e. sacarán fuego en un yesquero: vaya Ud con confianza á ellos. Serán Uds pasados en hombros. Luego q^e. tengamos toda la gente reunida en la quinta, irémos al puente y de allí sorprenderemos los //

[5]**68**

cuarteles. Poco hemos de tener q^e. hacer: la mayor parte de la tropa y de la oficialidad nos espera; la plebe es nuestra tambien. Todo el peligro (y es sério) nos **ag**uarda del cuartel de Las Heras. Acabo de saber q^e. todos los ~~presos~~ {amigos} q^e. el gobierno ha tomado presos {en} estos dias, han sido pasados del cuartel de artilleria al de los porteños. Ignoro las ordenes q^e. se habran dado al gefe, p^a. el caso en q^e. se sienta alguna conmocion popular; Sean cuales fueren, si Las Heras las ha recibido, las cumple; bien sabe Ud q^e. su alma es de fierro. –Hasta la noche. Su amigo invariable– Jose Mig^l. Carrera.

PD= Iba á cerrarla cuando entra Juan Jose, mi hermano; ha atravesado las calles disfrazado, y corriendo grandes peligros, p^a. avisarme q^e. el malvado de Vargas, llamado p^r. O'Higgins[,] el {gran} capitan, ha venido anoche del egército ~~de O'Higgins~~ con avisos seguros de q^e. nosotros estamos en la capital combinando un movimiento. El gobierno ha puesto á las órdenes de Vargas una partida encargandole una escrupulosa policia de vigilancia –No haya cuidado! este pícaro lo hará bien; y yo si lo tomo, p^r. dicha, lo haré mejor. Cuidado pues!

—— Vale.

Cuando el Coronel D. Luis Carrera acabó la lectura de esta ~~larga~~ carta, quedó pensativo, sin cerrarla, p^r. un **bue**n rato: despues, como si hubiese tomado una resolucion, la dobló, se la entregó al coronel Benavente, su amigo, ~~y~~ diciéndole:

–~~Yo~~ Estoi pronto á concurrir, Jose Maria. No me queda otro recurso: estoi lanza-//

[5]**69**

do ya en este via [sic], estoi comprometido. Jose Miguel me ha ~~metido~~ llevado {hasta muy lejos,} **es** mi hermano y debo seguirlo. Las pasiones de nuestros en**em**igos, tan intratables y ciegos como las suyas, su ambicion, sus violencias, nos absuelven. Pondré cuanto valga y cuanto pueda pª. qᵉ. triunfe Jose Miguel **hoi**; pero, si **m**añana no se rinde á mis opiniones, sino entra en ~~una~~ {la} via de {las} conciliaciones, me separo de él y renuncio á mi carrera pública. Habia creido qᵉ pª. lucir en ella me bastaba el honor y ser valiente; ahora veo qᵉ no, qᵉ se necesita luchar contra la propia conciencia, y vencerla á viva fuerza no **po**cas veces; {y en este terreno soi un cobarde}. Para qᵉ. no nos faltara un motivo de deshonra y de verguenza [sic], aún en este mismo momento, viene Vargas á enredarse en los sucesos qᵉ. deben tener lugar!

–Hombre; dime, ahora qᵉ. se presenta la ocasion ¿pʳ. qᵉ. motivos es qᵉ. Đ el genˡ. y Dⁿ. Juan Jose aborrecen tanto á este Vargas?

–Por motivos vergonzosos pª. Juan Jose é irracionales de parte de Jose Miguel ¿Te acuerdas de ~~aquella~~ {cierta} história sobre una muchacha llamada Teresa, preciosa criatura, qᵉ. se habia creado en la hacienda y qᵉ. Juan Jose intentó hacer sucumbir?

–Sí.

–Pues bien el amante de esa muchacha era ~~un~~ {Vargas}, jovencito {todavia; pero} lleno de áni**mo** y de intrepidez. Hubo entre él y Juan Jose lances terribles: el muchacho tenia sobérbia y dignidad, {luchó con energia} y no se dejó imponer {jamás} pʳ. el despotismo de [~~un~~]**su** patrón. Tubo la nobleza egemplar de abrazar la causa de la Indepª.; apesar de qᵉ. conocia, qᵉ. abra[~~ndo~~]**zando** la causa de los godos, habria encontrado fuertes apoyos contra nuestra fa-//

[70]

milia. Sirvió con brillo en el Egercito, se captó la amistad de O'higgins, ~~y~~ el apoyo de Balcarce y el mas decidido aprecio de Las Heras. Ya sabes tú las debilidades de Jose Miguel pᵃ. con Juan José; Vargas ~~tubo~~ {ha tenido} pues qᵉ. sufrir mucho # {mientras mi} hermano ~~fué~~ {ha mandado en el pais ha sido} despreciado y postergado. **P**ero el {ha} luch[**ó**]**ado** contra todo y {ha} pelea[~~ba~~]**do** pʳ. su patria al mismo tiempo qᵉ. {ha} h[~~acia~~]**echo** esfuerzos soberanos pᵃ. defender á su querida de la rabia y del despecho terco con qᵉ. Juan Jose la persig[~~uió~~]**ue**. Apenas estallaron las division˘ entre O'higgins y nosotros, Vargas fué todo de O'Higgins; y usó, á su vez, de su influencia y de su poder pᵃ. perseguirnos; ~~y hoi es infatigable pᵃ. hacernos la guerra~~ con infatigable ~~enemistad~~ constancia. Yo me defiendo de él, Jose Miguel lo veja, Juan Jose lo acosa, lo persigue á muerte. Gracias tenemos qᵉ. dar de qᵉ. solo hoi haya llegado á Santiago. En fin, dentro de unas horas h**a**bráse decidido **nues**tra {suerte}, y, quizá, la suya. Volvamos á la política. ¿Hablaste con Las-Heras?

–Hablé, aunqᵉ la cosa no era facil pᵃ un proscripto, como debes suponerlo.

–¿Y qᵉ. obtubiste?

–Nada, sino lo qᵉ. dá siempre, sin qᵉ. ~~lo~~ se lo pidan; un hombre de honor – ~~la palabra~~ la certeza de no ser denunciado á n**a**die, ni descubierto al mas íntimo amigo

–Pero, en fin ¿que hablaste con él? que te dijo al verte? se sorprendió?

–Sorprenderse! pues qᵉ. no sabes qᵉ. Las Heras es un hombre singular? [~~Alm~~]**Estab**a almorzando **en** su cuartel: yo iba vestido de <u>roto</u>*,[75] con un papel blanco en la mano doblado como carta; pregunté pʳ. él, me dijeron donde estaba; dije qᵉ queria entregarle en su propia mano una //

71

carta del mayor interés: ~~la orden~~ su asistente entró á decírselo y me ~~hizo entrar~~ {introdujo poco despues}. Estaba

---

75   /{* Plebeyo de Chile}/ [N. del A.].

almorzándo~~lo~~, como te lo he dicho– Me miró, y ~~yo me conoció yo~~ ví ~~ya~~ q^e. me habia conocido; me alargó la mano p^a. tomar la carta diciendome con un tono particular:

–Supongo q^e. me conoces {muchacho,} y q^e. sabes q^e. soi el comandante D^n. Juan Gregorio {de} Las-Heras?

–Si, señor: contesté yó.

–Pues bien; venga la carta.

Yo vacilé {estaba delante el asistente} quize hacerle una seña con la vista. Pero no me dió lugar p^a. nada; y con aquella voz decisiva y aquel ademan imponente q^e le conoces, me repitió:

–Venga la carta[.]

Yo se la entregué. El la abrió; paró el papel, p^a. q^e. el asistente no viese q^e. ~~el papel~~ estaba {en} blanco, fingió q^e. leia con un aplomo perfecto, y volviéndose á mí, me dijo:

–Todo está bueno; pero aquí me dicen q^e tu me tienes q^e. referir de palabra lo mas importante.

–Asi es, Señor Comandante: contesté yó.

‡–Bien!... Ontivero,[76] dijo, dirigiendose á su asistente; vete áfuera y cierra la puerta: que nádie me interrumpa.

Luego que Ontivero salió, cerró la puerta, y Las-Heras se levantó; dándome entonces una mano y poniéndome la otra sobre la espalda, me dijo moviendo los hombros.

–¿En que pasos del diablo anda Ud Señor Don Jose Maria?

–¿Sabia Ud, le pregunté yó, que ~~estaba~~ {me hallaba} en Santiago?

–Aguarde Ud!..... no sé si el Gobierno lo sabe, ni soy yo quien se lo he de descubrir á Ud, camarada. Pero si yo fuese Director del Estado, si fuese Lastra, (me dijo, moviendo la cabeza y levantando el brazo con aquel ademan característico que tu le conoces) lo sabria ya tan de cierto, que á la fecha esta-‡//

---

76   El sargento Ontiveros será personaje importante en *La Loca de la Guardia*.

72
/{##
##
##}/
##
######################

rian q̶e̶ todos Uds colgados como conspiradores. ~~Pero~~ Por
fortuna, no soi Lastra, y no estoi en el terrible deber de obrar
así contra hombres entre quienes tengo amigos, como Ud,
de mi mayor afeccion. Ahora pues; andemos claros, ¿que
quiere Ud de mí?

–Una cosa mui sencilla – Saber lo qᵉ. debemos temer ~~en##~~—
{de Ud y de su tropa} en el caso en qᵉ. intentemos una
revolucion.

–Pues, amigos; tienen Uds qᵉ. temer muchas descargas de
á 380 balas cada una, si el gobierno me dá ordenes pª. ello.

–Y si no se las dá Ud?

–Me quedo en mi cuartel y Uds harán en la calle lo qᵉ.
quieran. Ya Ud sabe qᵉ. soi porteño {lo} qᵉ. pª. Uds vale
tanto como hijo del Japon; con qᵉ. así, mi deber es sostener
al gobⁿᵒ mientras sea gobierno y pelear contra los godos
mientras haya godos armados en la América del Sud.

–Bien! ~~yá~~ sabemos {yá} lo qᵉ. debemos temer; diganos Ud
lo qᵉ. debemos esperar.

–La conducta de un caballero con los qᵉ. se le rinden; si son
Uds vencidos: lo demas es cosa qᵉ. deben Uds preguntar
á sus paisanos y á sus tribunales; y en la qᵉ, por cierto, me
guardare de ingerirme. Ahora, qᵉ. ya hemos hablado, diré
á Ud qᵉ. no sigamos, n[o]i ~~quiera~~ una palabra mas; pʳ qᵉ. la
conversacion no puede tomar ya sino un giro deshonroso pª.
mí, y qᵉ. no estoi dispuesto á permitir. Sé qᵉ. Ud es incapaz
de injuriarme; y, sobre todo, sé qᵉ. Ud sabe qᵉ. yo no admito
injurias. Basta pues! ¿Como está nuestro amigo Dⁿ. Luis?

Le contesté q^e. estabas bueno y le dige: Por evitar q^e. haya quien me acuse de haber causado daños p^r. no haber pronunciado dos //

73

palabras; diré á Ud cuento con su absoluto sigilo sobre mi venida.

–Le respondo á Ud de ello con mi honor.

–Pues, Señor, me retiro.

–Camarada, me dijo entonces, tengo presos en mi cuartel muchos amigos de Ud, que han venido por orden superior. He sentido mucho que {me} haya **toc**ado á mí cumplir con un deber tan triste; pero, de todos modos puedo dar á Ud la seguridad mas completa de que serán tratados aquí con el respeto y la delicadeza mas completos.

–Yo le contesté que nunca había dudado que asi fuese y le dí las gracias por la noticia; despues lo cual **me** retiré – Aquí tienes, Luis, á lo que que quedó reducida nuestra entrevista.

–Nunca esperé, contestó Don Luis, que pasasemos de ahí con Las-Heras ¿Que interes puede tomar él por hacer triunfar nuestro partido?.... Intimidarlo con amenazas, es un absurdo; ~~son cosas q^e. solo pueden ocurrirse~~ comprarlo con promesas, es mil veces mas absurdo; son cosas, en fin, que solo pueden pasar por la cabeza de José Miguel, que, con su caracter violento y despótico, no cuenta jamas con la voluntad de los hombres enérgicos é inteligentes.

Ambos amigos permanecieron en siléncio como si meditasen. Despues de un rato, dijo Benavente:

–Y la verdad {es} que en los momentos del golpe vamos á tener una del diablo con el porteño; por que es testarudo y atrevido como nadie y se ha de hacer matar antes que doblarse.

–Son cosas esas en que no debemos pensar ahora; por que cuando se entra en una revolucion.......... José Maria, mira! creo que veo chispas en la orilla del rio.

–Oh, sí! yo tambien las veo!... es la señal; no hai duda!

–Pues vamos! dijo Don Luis.

–Vamos! le contestó el coronel Benavente.

——— //

[74]

‡Capítulo VI.

———

Como se hace, y por que se hace, una revolucion en
Sud-America.‡

—

Desde el parapeto, junto al cual hablaban Carrera
y Benavente, hasta la caja del rio, hai como ~~tres~~ {cinco}
varas y media de altura. En el momento en q^e. el primero
distintinguió la señal hecha en la orilla del agua, montó
sobre el parapeto, y colgándose de las manos, se dejó **caer**
á la caja del rio.

Benavente estaba descolgándose ya del mismo modo
cuando se sintió en la calle un tropel de caballos y una voz
imperiosa y ~~llenaba~~ q^e. gritaba:

–¿Quien vive?

Los dos amigos corrieron á toda prisa hasta la orilla del
agua, y sin dar lugar á hacerse reconocer p^r. los q^e. habian
hecho la señal con el yesquero, digeron:

–Pronto! pronto! pasemos al otro lado; que nos han visto!

La bulla de la corriente impedia q^e. sus pasos y q^e. estas
palabras fuesen oidas.

Apenas habian pasado al lado de la <u>Chimba</u>, oyeron
el ruido q^e. hacian los q^e los buscaban, que, habiéndose
desmontado de los caballos, habian trepado al veredon,
y se desparramaban p^r. la caja del rio. El gefe daba voces
tomando medidas p^a. atrapar~~los~~ {á los fugitivos}, y **m**anifes-
tando una grande contraccion á distribuir bien sus soldados.

–Es Vargas, dijo Carreras; corramos hasta q^e. podamos abrigarnos de los cercos de enfrente; p^r. q^e. este diablo nos va á
buscar sin desperdiciar medios ni dejar quieta una piedra.

Los tres hombres q⁹. habian dado la señal á los dos conspiradores, eran sirvientes fieles y #idos esperimentados de la casa paterna de los Carrera; dirigidos pʳ. ellos, Carrera y Benavente ganaron los cercos, y, saltando [uno] **por** {uno,} de # entraron en una larga y tupida arboleda.

Conoció entonces Carrera q⁹ era imposible escaparse de Vargas; y llamando á dos de los sirvientes //

75

habló con ellos un rato en voz baja. Los dos hombres salieron de la arboleda pʳ. el mismo cerco; y bajando á la caja del rio se agazaparon en el suelo, entre las desigualdades del terreno, á bastante distancia **u**no de otro, como si trataran de esconderse.

Hacia un momento q⁹. estaban así, cuando cinco soldados de la partida de Vargas, armados de tercerolas, pasaron á pié el rio y se pusieron á recorrer la orilla.

–Estoi seguro, como de que hai dios, q⁹. han pasado á este lado: decia el de adelante, q⁹. era nuestro conocido Salas.

–Yo apuesto á que nó, decia otro; estoi cierto q⁹. han desfilado colados á la muralla.

–En tal caso, decia un tercero, corren de cuenta del capitan. Yo apuesto á q⁹. los hijos de...... son carrerinos*77

–No seria estraño q⁹. alguno de ellos fuese el señorito mismo ¡Buen señorito de........!

En este momento el sargento {Salas} que era uno de esos hombres inteligentes de la plebe, q⁹. en medio de las conmociones sociales brillan pʳ. su sagacidad y su vigiláncia, creyó distinguir un bulto agazapado en el suelo. Miró con atencion, y, cierto de que aquel bulto era un hombre, levantó la tercerola, la armó y apuntó sobre él, diciéndole:

–Si te mueves, te lleva el diablo! –Holá! muchachos, ya tenemos uno!– levántate palurdo, ó si nó te dejo **enc**ogido pª. toda la siega.

_____

77   /{* Partidários de Carrera}/ [N. del A.].

El infeliz sobre quien iba dirigida esta súplica tan amable, se levantó rogando con toda humíldad q^e. no lo matasen, y protestando q^e no tenian culpa alguna.

–Ahora lo sabremos, dijo el sargento, no te apures, pichon! Eá, muchachos amarrenme bien á este bellaco.//

76

Y luego q^e estuvo amarrado le dijo:

–¿Donde está tu compañero? Vamos, dilo pronto y claro! por q^e. yo te he visto ~~allí~~ en la muralla con otro.

El preso fingia un miedo terrible, parecia q^e. temblaba de pies á cabeza; y despues de haber balbuciado muchos sis y muchos nos, dijo con una voz trémula:

–Pero Señorito ¿¿?Como voi á saber yo en q^e. parte se ha escondido mi compañero?

–Ahora verás como lo sabes. A ver, muchachos! cuatro tiros á este picaro.

–Mi amito, p^r. dios! no me haga matar de valde. Mire q^e. realmente no sé ~~adonde~~ {donde} se halla mi compañero; hágalo buscar, su merced, p^r. aquí; no puede estar muy retirado p^r. q^e. los dos corrimos juntos y pasamos el rio p^r. allí no mas.

El sargento hizo buscar, y encontró al momento al otro prófugo; lo ató como al primero, y lleno de buen humor con su presa se sentó sobre una piedra grande, tomó su yesquero, sacó fuego y encendió un cigarro. Despues de esto se acercó á uno de los presos y le dijo[:]

–Y los demas donde están?

–Si no eramos mas q^e. dos, Señor, dos solitos.

–Que estaban haciendo á estas horas en el Tajamar?

–Estabamos platicando de amores, Señor; y lo q^e. sentimos la partida nos asustamos y corrimos.

–Imbécil! y por q^e. no te entraste á las quintas? ¿Se te aflojaron las piernas de miedo? Al menos nos habrias hecho buscar toda la noche.

–Que quiere, Señor! sentimos q^e los perros ¿del alto? comenzaban á alborotarse, y nos pareció q^e. si nos metiamos entre los cerros, nos agarrarian con mas facilidad guiándose p^r. la bulla.//

77

–No estaba mal calculada la cosa, si no hubieran dado con gente como nosotros. Bueno está, Vamos {muchachos} ádonde está el capitan, p^r. q^e. ha de estar con muchas ganas de dar las buenas las noches á estos caballeros.

El sargento hizo marchar á los presos rodeados de sus soldados y repasó el rio. á pié

Entretanto el Coron^l. Carrera y su amigo, el Coron^l. Benavente, habian podido ganar las calles de la Chimba y llegaban salvos ## {á} la quinta de la reunion. Dieron en la puerta seis golpes repartidos en espácios convenidos de antemano; les fue fué abierta y entraron. En el primer pátio nada habia q^e. indicase q^e. en aquella casa se fraguaba una conmocion politica; todo estaba en un perfecto silencio y en una oscuridad completa. Pero en el segundo pátio ya era otra cosa, habia como doscientos {cien} caballos ensillados y un gran número de hombres del pueblo reunidos y armados. Nadie hablaba, nadie se movia. En el momento en q^e. el Coron^l. Luis Carrera y el coron^l. Benavente atravesaban este estenso pátio, un oficial se ocupaba en acomodar á todos aquellos hombres en varias filas líneas, y les señalaba un número, rogándoles q^e. no lo olvidasen.

Los dos amigos se dirigieron ácia el # ángulo de la izquierda donde habia una puerta apretada; la abrieron y entraron á una pieza larga y estrecha escasam^te alumbrada p^r. una vela. Su entrada suspendió las voces q^e. poco antes se oian, y todos los q^e. allí estaban se pararon p^a ver quienes eran los q^e. llegaban. Luego q^e. fueron conocidos, se levantó de su asiento un joven q^e. estaba sentado en#n escribiendo sobre una mesa colocada en el frente principal del salon, y dirigiendose //

78

á Dⁿ. Luis, lo abrazó y le dijo:

–Te doi un millon de gracias, hermano!

–Sirvamos al pais Jose Miguel, contestó Dⁿ. Luis, y seré algo mas qᵉ. hermano tuyo, seré tu admirador, tu mas fiel soldado.

–Te juro qᵉ. quedarás contento de mí, le contestó el genˡ. D. Jose Miguel Carrera, pues él era el joven qᵉ. dirigia aquel motin próximo á estallar.

Informado pʳ. su hermano del peligro qᵉ. habian corrido, de las instruccionˇ qᵉ. habia dado á sus sirvientes y del modo como habian escapado, el Genˡ. Carrera mandó un cierto número de hombres qᵉ. se desparramasen pʳ. todas las calles hasta las orillas del rio y hasta la entrada del puente, donde aquella noche estaba de guardia uno de sus afiliados. Al poco rato fué informado de qᵉ. Vargas se habia retirado llevando los dos presos á la casa de gobierno. Alentado con este aviso trató de redoblar su actividad pª. proceder inmediatamente á la egecucion de sus planes.

–Caballeros, dijo, siléncio y atencion á lo qᵉ. vamos á establecer y convenir.

Todos callaron y se acomodaron á lo largo de las **pa-re**des, produciendo con este movimiento un gran ruido de armas. Carrera dijo de nuevo:

–¿Que nos dice {Ud, Señor} # coronˡ. Benavente, del comandante de los porteños? es nuestro ó de nuestros enemigos?

–De los enemigos, Señor genˡ, mientras los enemigos lleven la calidad de gobierno nacional. Está decidido á batirnos, si recibe órdenes pª. ello; y no hai médio ninguno capaz de //

79

de desviarlo de aquesta resolucion. En cuanto á la oficialidad y la tropa nada se ha tentado pʳ. qᵉ. habria sido {un} absurdo; todos sabemos qᵉ. en el cuartel de Las-Heras no hai mas voz ni mas opinion qᵉ. la suya, cuando es gefe; y la de su gefe, cuando hai sobre él quien lo mande. Si asi como soi su amigo fuese un enemigo le haría igual justicia q^e. la q^e. ahora le hago.

–Pues, bien! dijo el gen^l. Carrera, dando un golpe **so**bre la mesa, yo conozco una firmeza contra la q^e. se **es**trellará la firmeza de ese comandante, y esa firmeza es la mia. Supuesto q^e. no quiere ser de los nuestros será el primero de los vencidos. Juan Jose; tú tomarás # {sesenta} hombres, q^e lleven las mejores armas q^e. tengamos, lo q^e.[78] llegues al puente unirás á tu fuerza la guardia q^e. allí está, y marcharás como un rayo á sorprender el cuartel de los porteños.

Cuando el Coronel Benavente oyó estas ordenes, dijo {á D^n. Luis, q^e. estaba á su lado,} en voz baja y con una **son**risa significativa:

–Tu hermano sabe bien q^e. al encargar esta empresa á Juan Jose, no necesita recomendarle q^e. pase á cuchillo á los prisioneros, si vence.

–De todos modos, contestó D^n. Luis, eso es una locura y, haya lo q^e. haya, voi á oponerme á todo trance á semejante operacion; por que es descabellada.

Estas últimas frases las pronunció con voz clara y firme; de modo, q^e. fueron oidas p^r. todos y llamaron la atencion general.

–Luis se opone, dijo con ~~¿enojo?~~ {malicia}, el General D^n. Juan Jose Carrera, q^e. era un hombre inmenso y fornido como una columna de piedra[.]

–Y me opongo á todo trance; por q^e. yo he venido a aquí á obrar con la prudencia q^e. compete //

80

á hombres y no á emprender locuras[.]

–Va, va, va! dijo D. Jose Miguel, nada de palabras inutiles y provocativas. El tiempo es precioso:[;] razones! ra**zo**nes!, señor, para oponerse.

---

78   **lo q^e.**: vulgarismo por "cuando" [Seco: 217].

–Pues bien; las diré con tranquilidad y sencillez ¿Con cuantos hombres marchará Juan Jose sobre el cuartel de los Auxiliares?

–Con sesenta.

–Son pocos p^a. ~~sorp~~ tomarlo á viva fuerza, son como uno; pero tu cuentas con q^e. será sorprendido el cuartel ¿no es cierto?

–No quiero dudarlo al menos.

–Pues no lo debes dudar; sino estar cierto de q^e. te engañas y de q^e todo lo vamos á perder. Las-Heras es desconfiado, por caracter, como nadie; es experto, y tiene mil datos p^a. pensar, q^e, mas hoi mas mañana, se va á ver en alg^n. conflicto la ciudad. Por consiguiente {está prevenido, y} contar con la sorpresa es **abs**urdo; ~~y~~ Juan Jose será aniquilado. El tumulto del cuartel de Auxiliares lle**vará** la alarma á todos los otros puestos, {y} pon**drá** {en} accion á las autoridades, mientras q^e. nosotros principiamos p^r. hacernos despedazar en el primer punto q^e. atacamos. Y luego, la tropa de Las-Heras, tres cientos oc[h]enta hombres aguerridos y leales, piénsalo bien Jose Miguel, se p**ondrán** en movimiento y **sostendrán** al gobierno. Ahora dime tú; derrotado **Juan** Jose, y puesto todo en este estado ¿cuantos hombres nos quedan p^a. obrar.

{El general Carrera se quedó callado; y despues de un rato de reflexion, dijo:}

–No hai duda; nos quedan mui pocos; ochenta y nosotros, cuando mas.

–Luego, todo está perdido siguiendo ese camino; y ya ves q^e no tratamos aqui de perdernos sino de triunfar.

–Es cierto; cambi[o]{**aremos**} de plan, cambi[o]{**aremos**} de plan.

Don Jose Miguel apoyó la cabeza en sus dos //

81

manos y permaneció asi reflexionando p^r. un buen rato, al cabo del cual se paró diciendo:

–De **este** otro modo es seguro. Luis, tú irás con cincuenta hombres de los q^e. tenemos aquí á la casa de gobierno, y prenderás á Lastra.....

–No me dés á mí esa comision....

Don Jose Mig^l., mostrando una cólera contenida, dió con el puño un fuerte golpe sobre la mesa, y se dirigió rapidam^{te} á su hermano Luis; lo tomó del brazo y separandolo de los demas conspiradores lo llevó á un rincon apartado de la sala. Puesto allí, le dijo en voz baja y clavándole la vista:

–¿A quien quieres entonces que encomiende esta comision?

–A Juan Jose.

–A Juan Jose, eh? y tú q^e. conoces la violencia y la torpeza de Juan Jose, me lo aconsejas?.... ¿Y si Juan Jose toma **á** {al bonanchon de} Lastra y á algunos otros de sus amigos, y con cualquier pretesto, ó por cualquier accidente, los fusila ó los bayonetea ¿Qué dirás tú**?** qué dirán tus amigos? qué dirá la nacion de {todos} nosotros? #

–Es verdad; **h**é ahí las consecuencias de las empresas en q**e**. andamos metidos, dijo con tristeza D^n. Luis; y te juro q**e**. necesito un valor mas q**e**. humano p^a. resignarme á hacer el papel de alguacil q**e**. me señalas.

–Pero consientes?

–Consiento.

–Pues adelante!

Don Jose Miguel y D^n. Luis volvieron á sus respectivos lugares; y luego q^e. el primero llegó á la mesa, continuó diciendo:

–Luis acepta la comision q^e. le señalo, señores; y cuidará de llevarla, con rapidez y sin ser sentido, p^r. la calle del puente q^e. es //

82

la q^e. ellos creen bien guardada, y q^e. es nuestra, gracias al oficial q^e. manda la guardia. Mientras Luis se apodera de Lastra, Juan Jose {y Benavente} marchar**án** {#} con diez hombres sobre el cuartel de artillería: es probable q^e. allí

se pronuncie p^r. nosotros la oficialidad, tanto mas cuanto q^e, como Uds ven, tenemos aquí cuatro de esos oficiales, q^e. son los mas influyentes y queridos de la tropa. Yo, con todo el resto de los amigos, pasaré el rio, costearé el Tajamar hasta la calle del cerro*[79] y bajaré á la <u>cañada</u>; p^a. entrar á la ciudad por el lado del sud, mientras Uds obran p^r. el norte. Que no vaya ni un hombre al cuartel de Las-Heras, y q^e. no se le cause la más ligera alarma; por q^e si logramos tomar á Lastra y á su **Mi**nistro de Guerra ~~Centeno~~, no habrá quien dirija órdenes á Las-Heras; permanecerá esperándolas en su cuartel, ~~hasta~~ obligado, como lo está, p^r. ser extrangero, á no tomar parte oficiosa en las contiendas interiores; y cuando Lastra hay caido en nuestras manos nosotros seremos Gob^{no} y dudo q^e Las-He**ras** se resista á ~~¿renunciar?~~ # obedecernos. ¿Que les parece á Uds, Señores?
–Perfectamente, perfectamente! gritaron todos[;]. #
–Pues manos á la obra, ~~Señores~~! dijo el Genl., y salió, acompañado de todos sus adictos, al patio donde estaban reunidos los peones y plebe con q^e. debian maniobrar.

———   //

/{4°}/[80]

83

Capítulo VII

———

El Gobierno y los Revolucionarios

———

El Capitan Vargas recibió con un gusto estraordinário la orden que él Genl O'Higgins le dió de pasar á Santiago, para ponerse á ~~las órdenes~~ disposicion del Director del Estado y desconcertar los proyectos de los Carreras. Nadie mas própio que él para semejante comision; pues ~~á pe-~~ ademas de las pasiones de partidos, que eran grandes y vehementes

---

en este joven fogoso, existian ódios personales, intereses própios, que lo hacian el mas celoso y **ard**iente entre los partidários del Genl O'Higgins y del Coronel Lastra. Buscar á Juan Jose, perseguirlo, humillarlo, era para ~~Vargas~~ el Capitan Vargas una perspectiva tan satisfactória, que habría deseado tragarse las horas que demoraron su partida desde el momento q^e. reci**b**ió la orden para realizarla. No pidió otra cosa al general que el permiso de llevar consigo al Sargento Salas como el hombre de toda su confianza para cualquier caso.

Vargas llegó á Santiago el {mismo} dia 23 de Julio en que hemos visto á D^n. Luis y al Coron^l Benavente preparándose ya para obrar contra el Gobierno. Pero llegó poco despues de las tres de la tarde y quizá era ya muy tarde para que su celo fuese bastante á sofocar la revolucion que de-//

84

bia estallar aquella noche. Sinembargo, habiendo instruido al Director Supremo de todo lo que O'Higgins le comunicaba desde el egército acerca de los Carreras y de los **R**ealistas, recibió la ratificacion de sus instrucciones y se le mandó preparar una partida de veinte hombres, para que con ella vigilase las **ocu**rrencias de la ciudad.

Los preparativos y los arreglos habian durado mucho, demasiado para las circunstancias. Eran ya las ocho de l**a** noche cuando el Capitan se preparaba á salir de la casa de gobierno. El Director lo hizo llamar de nuevo[;], y le dijo:

–Está Ud pronto, Capitán?

–Voi á salir en el momento, Señor.

–Muy bien! Vaya Ud primero al cuartel de Las-Heras, y digale Ud que me haga el favor de venir, por que tengo q^e comunicar**le** cosas de la mayor importancia. Y despues recorra Ud los arrabales y pase por los cuarteles.

El Capitan se presentó en el cuartel de los <u>Auxiliares argentinos</u>; y quedó un poco sorprendido de la vigiláncia y de la multitud de precauciones que se observaba en el interior, mientras q^e. p^r. el exterior conservaba su aspecto ordinário. El Comandante del cuerpo vino á encontrarlo y saludándolo con la familiaridad franca y vigorosa de un soldado lo introdujo en su despacho.

–Ud por acá, eh?.... Y bien! que noticias nos trae Ud de los godos? estoi deseando ¿irme? {ir á} cambiar balas y ba-yonetazos con ellos, le dijo el Comandante, refregándose las manos.

–Me parece, Señor, que muy pronto tendrá Ud ese gusto; por q^e. la tormenta se pone muy negra por aquel lado. Ha llegado cierto General Osório que dicen que es de prime-ra, y trae como cuatro mil infantes, europeos todos y muy aguerridos; dicen que son de los que han peleado contra Napoleón.

–Hola!... Eso no sería nada si **nos**otros tubiesemos tambien alg^s buenos regimientos. Aunque hubiesen derrotado mil veces á Napoleon, le juro, á Ud, que no me habian de de-rrotar una sola vez á mí$^{(1)}$;[81] mandando yo tropas del pais, que me hubiesen dejado disciplinar. Pero... (dijo meneando la cabeza) lo que hai de cierto es que ahora no tenemos cosa que valga ¿no es así?

–Asi es señor! contestó Vargas con gravedad. Ahora, per-mítame U.S decirle **que** el S̲o̲r Director quiere hablar con V. S, y q^e. lo llama; y que des-//

---

81   1 El S̲o̲r Las-Heras, General hoi de tres Repúblicas, fi**gu**ró durante once años en la guerra de la Independencia sin haber sido derrotado jamás, mandando algunas veces en Gefe. La sola derrota en que se halló fué la s̲o̲r̲p̲r̲e̲s̲a̲ ̲d̲e̲ ̲C̲a̲n̲c̲h̲a̲-̲R̲a̲y̲a̲d̲a̲; en la que precisamente el fué el único gefe que no se vió envuelto en ella. El ala izquierda, que él mandaba, compuesta de mas de tres mil hombres, salió intacta del campo de la sorpresa, salvando una gran cantidad {de} pertrechos y de mu-niciones, gracia**s** á la presência de ánimo y habilidad suma del S̲o̲r Las-Heras. La fuerza que el salvó asi, fué la que sirvió de centro y basa para dar {á los 15 dias,} la celebre batalla de M̲a̲i̲p̲u̲, en que este gefe fué **uno** de los que mas contribuyo á la victória por su bizarro comportamiento. [N. del A.].

85 3⁸²

{-pues de} esto me admire de **ver** las precaucion ͮ de qᵉ. se
rodea V.S. en su **cu**artel ¿tiene V.S. algun**as** pruebas de q.
se conspira contra el Gobierno?

–Ninguna, mas qᵉ. la agitacion y desconfianza en qᵉ. se
hallan todos los ánimos. Ademas de esto el gobⁿᵒ ha puesto
hoi bajo mi responsabilidad diez presos de categoria qᵉ., á
lo qᵉ. parece, interesa mucho al gobierno el guardar bien.
En fin, andemos claros; Ud debe ir conmigo y con escolta
á la casa de Gobⁿᵒ haciendome este honor como á p̲o̲r̲t̲e̲ñ̲o̲
(agregó con malicia el Comandante) ó debo ir solo y de mi
propia cuenta?

–V.S. prueba con eso, Señor Comandante (dijo riendose
Vargas) qᵉ. hai {en ntros nacionalismo[s]} injusticias recíprocas. **Se** me ha mandado llamar á V.S. primero; y desempeñar, despues, comision ͮ de un género muy diverso**,**
pª. las qᵉ {necesito tropa}

–Adelante! mi amigo. Voi en el momento á ver al S̲o̲r Director.

Ambos se despidieron. Vargas se fué á reco**r**rer los
cu**ar**teles y los arrabales. El **C**omandante llamó **al M**ayor
G# {del cuerpo,} le dió ordenes[;] {le hizo} prevenciones
detalladas, y salió.

En la casa de Gobⁿᵒ llamada **pompos**amenᵗᵉ E̲l̲ P̲a̲l̲á̲c̲i̲o̲,
á pesar de ser un miserable y mezquino edificio, estaba
sentado delante [de] una mesa el Coronˡ. Lastra Director
supremo del Estado y su Ministro de Guerra. ~~el Coronel
Centeno~~ Cuando el Comandante Las-Heras entró **am**bos
políticos tomaban mate fumaban y leian algˢ. cartas y oficios.

Así qᵉ. el Director vió [al]á Las-Heras se levantó y dándole la mano ~~bondadosa~~ cariñosamᵗᵉ y con una afabilidad
qᵉ. casi era humilde y qᵉ. revelaba su caracter, le dijo:

82   Estos números nuevos, tachados o no, indican la paginación no solo del capítulo
     VII, sino también del fascículo "4°".

–Señor Comandante ¿como esta Ud? Como lo pasa? dispénseme Ud qᵉ lo haya incomodado, siéntese Ud[.]

Todos se sentaron y el Director contínuó:

–¿Gusta Ud ahumar un cigarrito? aqui tiene Ud. Pues, Señor; lo he llamado á Ud pᵃ. mostrarle lo qᵉ. nos escribe del Egército el Genˡ. O'higgins y el Genˡ. **Mac**kenna. Las cosas están apuradas.

–Eh, señor Director, V.E puede señalarme con to-//

86 4

da seguridad el punto en qᵉ. sea precisa mi cooperacion y la de mi tropa pᵃ. servir á la América. Mi Gobie**rn**o qᵉ. {aunqᵉ} no tiene hoi nada qᵉ. temer de los godos, ~~aspira~~ {quiere} ayudar á todos los americanos á que sacudan el yu**g**o colonial, me ha dado ordenes terminantes para hacer aquí, en Chile, lo qᵉ. hubiera hecho peleando en mi propio pais.

–**Si**, señor Comandante, ya lo sabemos. El gobⁿᵒ de Buenos Airˇ. procede con una nobleza egemplar y estoi seguro de {que} jamas olvidará el pueblo Chileno los grandes servicios qᵉ. debemos á sus soldados y á sus gefes. El porvenir, si somos felices, lo convencerá á Ud de qᵉ. la gratitud es una de las muchas virtudes qᵉ. adornan el corazon de los Chilenos. Bien seguro {el gobⁿᵒ} de las capacidades milit**ares** y del tino del S**or** Comandante ha resuelto ~~pon~~ instruirlo del estado del pais y conferenciar con él los médios qᵉ. seria bueno emplear pᵃ. conservar las autoridades legales y salvar la causa de la Indepᵃ.

–Siento con verdad, Señor Director, qᵉ. el Gobⁿᵒ de Chile me introduzca en sus consejos en circunstancias como las qᵉ. dominan la política interna. V. E ve muy bien qᵉ. yo llevo una cucarda extrangera y qᵉ. mi regimᵗᵒ tiene una bandera estraña tambien; como soldado de otra nacion, me habria gustado mas obedecer las ordenes de V. E sin verme obligado á ingerirme[83] en sus consejos.

---

83   **ingerirme**: "Ingerirse", con el sentido de 'Entrometerse, introducirse en alguna dependencia ó negocio', figura en los *DRAE* desde 1822 hasta 1914. "Injerirse", en

-Oh! no señor, no señor! Todos los pueblos americanos son unos y Uds son tan ~~argentinos como~~ Chilenos como argentinos[.]

–Señor Director, son pocos los q^e. piensan como **pi**ensa hoi V.E. Pero eso nada importa; el gob^{no} de quien dependo me manda pelear p^r. la indep^a. de Chile y pelearé por ella con **to**do el entusiasmo y tenacidad de q^e. soi capaz. En este concepto supongo que V.E tendrá hoi ordenes q^e. darme q^e. no pueden menos q^e. lisongearme si son relativas, como lo **sup**ongo, al progreso de la causa de la Indep^a.

–Si, Señor, mucho esperamos de Ud. Empieze //

[7]**87** 5

Ud p^r. informarse de esa carta.

El Director ofreció entonces al Comandante una carta invitándolo á q^e la leyera.

La carta decia asi:

E̲x̲m̲o̲ Señor Director del Estado Coron^l. D^n. Francisco de la Lastra

Cuartel G̲ral en el **M**aule 20 de Julio de {1814}

"Mi amigo y señor: Los godos han recibido un **resf**uerzo [sic] tan considerable, q^e me temo q^e. vamos á sufrir contrastes de consideracion. El Virrey en Lima ha rechazado el armisticio celebrado con Gainza, q^e **se** le mandó p^a. la aceptacion; **y** prescribe q^e. se nos haga u̲n̲a̲ ̲d̲u̲r̲a̲ ̲g̲u̲e̲r̲r̲a̲. Las tropas con q^e. Osorio ha llegado á Talcahuano son magníficas; tres cuerpos de infanteria incontrastables; so**b**re**to**do los T̲a̲l̲a̲v̲e̲r̲a̲s̲ ~~terribles~~ q^e. se han hecho ya celebres en muchas partes p^r. su arrojo, p^r. su dureza y su disciplina. Haga [~~Ud~~]**VE** re**clu**tar **en** Santiago cuantos pueda; engrose las filas de Las-Heras lo mas q^e. sea posible y ~~hable~~ convénzalo [~~Ud~~]**VE** de q^e. admita, aunq^e. no sean argentinos, {á} los nuevos soldados; las circunstancias son imperiosas. Aunq^e. se**a**n mas los chilenos, q^e. entren en ese cuerpo, q^e

---

cambio, aparece en el de 1817 y desde 1925 a la actualidad.

los argentinos q^e. lo componen, déjeles [Ud]**VE** la cucarda
y bandera q^e. hoi tienen; ya [Ud]**VE** sabe q^e Las-Heras será
inflexible si así no lo hacemos. Lo q^e. importa es q^e. sea él y
sus oficiales los q^e. manden un buen cuerpo de infanteria.

"No tenga [Ud]**VE** duda de q^e los Carreras están en
Santiago conspirando como unos condenados. He inter-
ceptado cartas q^e. desde ahi escribieron á varios gefes y
oficiales de este Egército. Yo estoi seguro de mis soldados;
todo el peligro está ahí, al lado de Uds! Vi**g**ilancia! **vig**ilancia y acierto! dé [Ud]**V.E** un solo golpe, pero q^e. sea fuerte
y seguro; si lo dá [Ud]**VE** así, estamos salvados. Le mando
á [Ud]**VE** á Vargas, apesar de la falta q^e. me hace; yo tengo
{aqui} como suplirlo medianam^{te} pero [Ud]**VE** no tiene
ahí como hacerlo.

"Ponga V.E á Las-Heras al cabo de todo esto y hagalo
vivir con la mayor vigilancia mientras q^e. Vargas descu**bre**
y aniquil**a** á los conspirador^s. //

88 6

Despues q^e se ha[ll]**ya** conseguido esto, engrose V.E las
filas de los <u>Auxiliares</u> como he dicho, y mandemelos á este
egercito; q^e., con ellos y la decision de los pueblos p^r. nuestr**a**
c**au**sa sagrada, espero hacer maravillas; de las q^e, no será
la menor, deshacer la tormenta q^e. apunta p^r. Talcahuano.

"Me parece absurdo temer q^e., mientras [Ud]**V.E** tenga
ahí a Las-Heras {q^e. es todo honor y lealtad á sus deberes}
#**p**uedan los anarquistas y revoltosos Carreras obtener
la mas pequeña ventaja sobre Ud **la** autoridad de V. E.
Descanso p^a. por este lado con una entera confianza. Si asi
no fuese avisemelo [Ud]**VE** al momento p^a marchar # {re-
plegarme} sobre Santiago, lo q^e. ¿mas? tendré necesariam^{te}
q^e. hacer, forzado p^r. los godos, [una]**mas** ó menos pronto.
Antes de hacer frente á los realistas tenemos q^e sofocar la
anarquia; ahogarla en sangre, si es preciso; y reunir todos los
recursos del pais en una sola mano. Convenzase V.E de esto,
y aunq^e. sea violentando su caracter, obre en este sentido.

No hai cargo al q^e. no se pueda hacer frente cuando se ha salvado á la patria. Si la perdemos, nada es q^e. perdamos nuestra quietud, nuestra vida y aún nuestra reputacion.

Soy de V.E como siempre -- Bernardo O'higgins.

–¿Que le parece á Ud señor Comandante[,]? dijo el Director Lastra.

–Señor, poniéndome en el caso en q^e. V.E se halla, creo con mi conciencia, q^e. el Genl. O'higgins tiene entera, plena razon, en lo q^e. dice. Enteram^{te} ajeno á los partidos q^e. dividen á Uds, miro con la mas profunda aversion á los hombres q^e fomentan la anarquia; juego q^e. es un grande crimen hacerlo, p^r. q^e. no tengo otro interes ni otra ambicion q^e. ver entre Uds. destruido el poder realista; ~~y p^a. q^e.~~ y p^r. q^e. estoi convencido de q^e. la anarquia nos va á perder á todos, al pais, á los hombres, y, tal vez, á la América entera. Si los godos vencen hoi en Chile, podrán ~~tal vez~~ {mañana} internarse en las prov$^\smile$ de Cuyo con tres mil hombres; tienen seis mil sobre Salta y Tucuman; y si, como se teme, viene de Europa alguna espedicion ~~sobre~~ al Rio de la Plata, V.E comprenderá á q^e. estado quedaremos reducidos.

–Pues bien Señor Comandante es ~~lo q^e. #~~ preciso q^e. despleguemos una grande energia.//

[7]89

–Me tranquilizaré mucho Señor Director si veo ~~á pleno la~~ {que} el gobierno {la emplea} con tino y {con} rapidez, y, en ese concepto, espero ordenes de V. E.

–Estése Ud pronto en su cuartel p^a. ocurrir á la primera indicacion del gob^{no}, la tropa preparada, sus armas prontas. &. &. &.

–Nada mas, Señor Director? dijo con un tono significativo el Comandante Las-Heras.

–¿Y que mas?

–Yo estoi pronto, señor, á pasar un mes delante de la puerta de Palacio, si V.E lo juzga necesario.

–Oh, no! no hai tanto peligro todavia; hasta ahora solo hai indicios ligeros, tentativas vagas.

–Pues bien, Señor; me retiro, si V. E no tiene otra cosa q^e. ordenarme.

Acababa de pronunciar estas palabras el Comandante Las-Heras, cuando llegó hasta los interlocutores un gran ruido de **sables** y de ginetes q^e. se desmontaban en **el** patio de la casa de gobierno. El Director se alarmó mucho y #la mirando {llamó á gritos á sus edecanes, y mirando} con agitacion al Comandante Las-Heras le dijo con una voz agitada[:]

–¿Quien **es**tá al cargo de **su** tropa, Señor Comandante**?**

–No tenga Ud cuidado, señor Director; El oficial q^e. la manda obrará tiene instruccion˘. p^a. obrar como habria obrado yó, si estubiera allí[;] (contestó el Comandante con mucha **cal**ma). Todo estaba previsto.

Los edecanes del Director se presentaron[.]

–¿Que ha ocurrido Señores? les pregunto este.

–Es el Capitan Vargas, Señor, q^e. vuelve con dos presos; y que quiere introducirlos á la presencia de V.E; son <u>carrerinos</u>, segun dicen, y andaban con apariencias sospechosas.

–Que entren al momento! Espérese Ud Señor Comandante, para {es bueno} q^e. sepa Ud lo último q^e. ocurra.

–Así #, Señor.

–Sea enhorabuena.

El capitan Vargas entró entonces conduciendo //

90

á los dos presos q^e. ya conocemos.

–Señor Director, he prendido á estos dos hombres en {los últimos lienzos} **d**el Tajamar. Se me hizieron sospechosos p^r. el lugar en q^e. estaban; y por q^e. huyeron al sentir la partida, escondiendose entre las piedras del rio. Asustados con mis amenazas, me han confesado q^e son sirvientes ambos de los Carreras; y q^e. **es**taban en aq^l. lugar **esperan**do á cinco compañeros[;] empleados en buscar gente, p^a. h**acer** una revolucion. Yo he dejado emboscado al Sargento con seis hombres; y he venido á q^e. V. E misma interrogue á ~~estos~~ los presos; ~~que~~ creo q^e. hai muchas cosas importantes q^e. sacar de ellos.

–Oh! Si; y estos buenos muchachos me las van á decir; p^r. q^e. toda esta es buena gente, señor Capitan, {lo q^e. tiene es que está} alucinada p^r. esos pícaros revoltosos[.]

–Me permitiré dar á V.E un consejo, Señor Director, dijo el Ministro; y es q^e. V.E ~~faculte~~ autorize al capitan, p^a. interrogar a los presos; facultandolo p^a. q^e. los fusile, si no son francos y espeditos en sus respuestas. El terror ~~suele ser~~ (continuó diciendo en voz muy baja) es mejor con esta gente q^e. la bondad.

–Tiene Ud razon mi amigo. Señor Capitan! Averígue Ud todo lo q^e. pueda de estos hombres; llevelos Ud afuera; y si Ud cree q^e. le ocultan algo de importancia, fusilelos Ud; p^r. q^e. amigo mio, no hai remédio; es preciso salvar las autoridades del pais.

Vargas salió con los presos, y el Director dijo entonces:
–Me ha dado Ud un buen consejo, amigo; yo soi incapaz p^a. estos actos de severidad.

El Comand^{te}. Las-Heras, entre tanto, jugaba con el puño de su espada, torciendo en él, de mil modos, sus guantes de castor, y destorciéndolos igualmente. {Por entre} ~~S~~sus labios asomaba ~~una~~ {cierta} sonrisa de descontento dificil de percibir.//

[90, reverso]

/{IV
Un Director Supremo y un Comandante de batallon
_____}/[84]

91

El Capitán volvió á poco rato diciendo:

---

84 Este texto está escrito en sentido inverso al del anverso, como si hubiese quedado de un borrador que no prosperó. El título se asemeja al del capítulo X.

–Señor, son indudablem^te criados ó peones de los Carreras; me han dado señas exactas del interior de sus casas, de sus haciendas, de sus personas y **de** un sinnúmero de particularidades domésticas q^e. prueban relacion˘ intimas. Hai ademas en mi partida dos hombres q^e. los conocen, y q^e. me aseguran q^e. es cierto lo q^e. refieren acerca de su condicion. Aterrados con la idea de ser fusilados, me han confesado q^e. estaban en el Tajamar esperando á cinco ~~rotos~~ {compañeros, de toda confianza p^a. los revoltosos,} encargados de buscar gente, ofreciendo dos pesos al q^e. concurra ~~en el momento del #~~ al lugar de reunion el dia q^e. se les señale. Me han confesado tambien q^e. el Capitan Urizar de artilleros y los tenientes Garfias y Nuñez, de <u>Infantes de la Patria</u>, debian ~~Concurrir y bajar~~ {ir al Tajamar hoi mismo} llevandoles cartas y avisos p^a. D^n. **José** Mig^l; {#} q' debe estar mañana temprano en Ñuñoa^(1)85; pero q^e. ignoran donde se halla esta noche. Les he preguntado q^e. dia está señalado p^a. hacer la revolucion; y me han contestado, q^e. su Genl no les ha**bia** dado ninguna orden todavía, p^o. q^e **ellos** juzga**ba**n, por datos propios, ~~y q^e. creian~~ q^e. intentarian **al**go de aquí á cuatro ó cinco dias. Esta última parte la creo falsa, y estoi seguro de q^e. intentarán algo mañana. Ya no hai cuidado, están perdidos.

–Bien! lo esencial ahora es q^e. Ud atrape á los demas q^e. vayan viniendo á la cita, dijo el Director[;]. Vaya Ud, mi querido Vargas; en Ud descansa la seguridad del Gobierno, sobre todo, los oficiales! los oficiales, mi amigo! Si acaso no van p^r. algun accidente hasta la una de la noche, vaya Ud á sus cuarteles y préndalos, p^a. q^e. mañana podamos empezar el proceso; tome Ud //

92

por escrito la orden de hacerlo.

---

85   /{1 / un lugar**cillo** a dos leg^s. de Santiago, y al naciente}/ [N. del A.].

El Director escribió la tal orden, la firmó y la entregó al Capitan.

–¿Qué hago con los presos, Señor?

–Entreguelos Ud al oficial de guárdia con orden de llevarlos á la cárcel.

–Muy bien, Señor!

–Capitan! le recomiendo á Ud mucho que despliegue toda la habilidad y viveza que lo han distinguido á Ud siempre.

–Haré todo lo que dependa de mí, Señor.

–Vaya, pues! Buena suerte!

–Muy buenas noches Señor!

Vargas volvió [a] salir, y encarandose entonces el Director á Las-Heras, le dijo: –Ya Ud ve Comandante que empezamos bien. Este Vargas nos ha venido de perillas. Oh! O'Higgins es el diablo! en esto de astúcia y de vigi-láncia, nadie le gana. Por lo que hace á esta noche nada tenemos ya que temer. Me parece que podemos retirarnos á descansar........ Señor Comandante tomaremos antes un trago de brandy ¿no?

–Con muchisimo gusto, Señor; hace tanto frio que no será malo abrigarnos antes de salir, dijo con un tono jocoso el Comandante.

El Director se dirigió á un armário que tenia al lado de su escritório, y sacó una botella ~~cony~~ varias copas.

Poco rato despues, marchaba el Comandante Las-Heras á su cuartel envuelto en su capa y con la espada debajo del brazo. Luego que entró en él, ordenó que la tropa descansase, mas sin abandonar ninguna de las pre-venciones tomadas de antemano. Se retiró á su cuarto, y tomó su cama para dormir.

———//

Capítulo VIII

—

El Diplomático á oscuras y detras de la ventana

—

Cierto el Director Supremo de Chile de que nada se podia intentar aquella noche contra su autoridad se retiró a dormir con una tranquilidad perfecta de ánimo.

Entre tanto los Carreras y los demas conspiradores desplegaban en aquel mismo momento toda la actividad de que eran capaces para obrar con toda la posible rapidez, contando con apoderarse de la persona de Lastra antes que tubiese tiempo de comunicar órdenes al Gefe de los Argentinos. Ellos creian q^e. cuando estubiesen derrocadas las autoridades, comprenderia el Comandante Las-Heras que, como ~~extrangero~~, ~~y totalmente neutral~~ ninguna ingerencia le competia tomar en la contienda, y se mostraria neutral, por carecer de todo derecho para restablercerlas motu propio; y que despues obedeceria al nuevo Gobierno con la misma delicadeza con que habia obedecido al antiguo.

Pocos momentos bastaron á Don Luis para tomar posesion del Puente que pone en comunicacion á la ciudad con el arrabal de la Chimba; y deteniéndose apenas un momento para ordenar la columna con que trataba de sorprender la Casa de Gobierno, se dirigió como un rayo á la Plaza central por la calle recta que vá á ella.

La casa de Gobierno se halla situada en ~~uno de los~~ {el} ángulo de la plaza que toca con ~~aquella~~ {esta} calle; demanera [sic] que su portada está en la plaza, y la mayor parte de sus ventanas dán á la mencionada calle del puente, por donde venia la columna de Don Luis, inclusa la del dormitório del Director. Hacia un momento que este habia apagado la vela cuando sintió {en la calle} un tropel ~~alarmante y~~ sordo, que lo llenó de alarmas. Saltó agitado de la cama, abrió con precauciones la vidrie**ra** y percíbió un numeroso grupo de hombres armados que corrian á la plaza. Ni un solo instante dudó de que aquel era un ataque decisivo contra su autoridad: reconocióse vencido, y no pu-//

94

diendo imaginar médio alguno de rechazar la agresion, procuró salvarse y ver si le era posible refugiarse al cuartel de los Argentinos; **E**nvuelto en una capa que tomó á la ligera y ayudado de un sirviente de confianza a quien pudo despertar, corrió á los pátios interiores [de la]**del** ~~casa~~ palácio, saltó algunas paredes y se ocultó en una casa vecina, para atisbar desde ella el momento oportuno de ganar el cuartel argentino. Pero Don Luis era hombre experto y habia rodeado bien toda la manzana del palácio para impedir que el Director Supremo del Estado lograse **ev**adirse. Apoderado de la plaza con su columna, se hizo abrir la puerta de la casa del Gobierno y tomó posesion de ella, empleando todos los esfuerzos imaginables por descubrir el escondite de Lastra.

–No tengan Uds dudas, Señores, decia á las personas que empleaba con este fin; está precisamente por aquí, por que la cama está revuelta y la vela recien apagada. No se nos puede escapar si buscamos bien ¡Animo y prontitud! Animo y prontitud, ¡muchachos!

Su hermano Dⁿ. Juan José tomaba al mismo tiempo el cuartel de Artilleria sin disparar un tiro; en consecuencia de las relaciones anteriores en que habia estado desde antes con toda la oficialidad, y aún con la tropa, pues habia sido gefe del cuerpo. ~~Don Jo~~

Don José Miguel, el caudillo del motin, habia atravesado el rio con su fuerza, frente á la <u>calle del cerro</u>, y habiendo encontrado la partida de Vargas en el <u>Tajamar</u> la dispersó completamente; pasó después á la cañada hasta tomar el sur de la ciudad, y entró en ella por la calle de la <u>Bandera</u> reuniendo á su grupo toda la gente que encontraba.

Habia en **es**ta calle una plazuela pequeña, distante una cuadra de la plaza: ~~tres~~ {uno} de sus costados esta[~~ban~~] **ba** formad[~~os~~]**o** por el templo de los Jesuitas, edificio informe, de fachada oscura y negrusca, llena de ni**ch**os y de feísimos santos de madera; un costado del Teatro, pared vieja, estropeada, y larga, que no tenia puerta ni ventana alguna formaba ~~el~~ otro lado de la plazuela mencionada; y en el ángulo que esta pared formaba con los otros edíficios del cuadrado, [~~¿habia?~~]**estaba** una casita de modesto aspecto, que hasta hoi se conserva, ~~donde viví y que está allá~~ # agobiada entre los edificios altos que la rodeaban, y mirando de frente la oscurísima fachada del templo, con sus esquáli**das** imágenes, ~~y~~ coronada de una torre grotezca y enorme de pura madera.

Era ciertamente imposible de dejase [sic] de ser oido en esta casita el ruido y el **tum**ulto que los revolucionários hacian en la calle de la Bandera y en la Plaza central, para combinar sus movimientos y ~~dirigir~~ para ~~arreglar~~ {introducir} el orden en los diversos grupos de partidários que los rodeaban.//

95 #

Efectivamente, si alguno hubiese podido introducir su vista en ella, habria distinguido, [~~un~~]**en** ~~hombre~~ {médio de} la oscuridad completa en q^e. estaban todas las piezas, un hombre incorporado en su cama, q^e. escuchaba los rumores de la calle con un interés tan profundo q^e. arrebataba todas sus potencias. Conociendo q^e. ~~estos ruidos~~ el tumulto se aumentaba mas y mas, y q^e. parecia producido p^r. un número crecido de personas armadas, saltó de la cama, y envolviéndose en su capote se acercó á una de las puertas interiores caminando en puntas de pié y tanteándo las paredes y los muebles. Luego q^e. llegó á esa puerta, dijo, con una voz sorda y llena de precauciones:

–Antonio! –António! –António!

–¿Señor? Dijo, dejando de roncar, un ↑robusto↓negro↑[86] y levantándose del suelo.

–Ven acá! me parece q^e. tenemos novedad en el pueblo. Ven á escuchar conmigo en la ventana.

El negro se calzó rápídamente sus calzones, y se puso p^r. la cabeza ~~el~~ {un} poncho. A los dos segundos estaba al lado de su patron, que, á tientas {siempre} trataba de retroceder á sus piezas, p^a acercarse á la ventana de la calle.

El negro era robusto como un roble y tenia una cara franca y leal. Se conocia claramente, p^r. el modo con q^e. trataba á su amo, q^e. no solo lo queria sino q^e. lo veneraba como se veneran las cosas incomprensibles p^r. altas y superiores. El amo era un hombre q^e. rayaba ya en la vegez, muy bajo, muy delgado, y bastante **en**corvado, al lado del ~~colosal~~ negro colosal q^e. le servia, parecia una i̱ al lado de una mayúscula gruesa. Su pequenez [sic] y su debilidad se hacian aún mas notables en aquel momento, p^r. el traje **con** q^e. andaba. Sinembargo de esta exigüedad de formas corporales, tenia este hombre sobre sus hombros una bellísima cabeza, de tipo antiguo; formada p^r. hu**e**sos robustos y convexos como # bóvedas. Las sienes y la parte superior á las ~~oje~~ orejas eran planas y lisas, lo cual denotaba una poderosa capacidad de raciocinar; su nariz aguda, y todas las demas facciones de su rostro, indicaban, en suma, un hombre dotado de una inteligencia sagaz y penetrante. Y, **en** verdad, q^e. este hombre era uno de los personages mas célebres de aquella primera //

96 #

época de la revolucion sud-américana – Era el Doctor D^n. Juan Jose Passo.

---

86   Este es el caso mencionado en las consideraciones generales. Con un trazo que pasa sobre "robusto" y por debajo de "negro" el autor indica al cajista que debe invertir el orden de las palabras.

El D<u>or</u> Passo era en Chile lo q^e. entonces se llamaba <u>Diputado de la Junta Gubernativa de Buenos Aires</u>, es decir, Ministro Plenitenciario [sic]; y, aún algo mas; por q^e. estos diputados er**an**, á la vez, Agentes revolucionarios, y tenian ~~jurisdiccion inspecti#~~ cierta autoridad de inspeccion sobre los ~~gefes~~ {generales} q^e. mandaban las tropas de la República. Ni mas ni menos q^e. lo q^e. se hizo t durante la Convencion Francesa, que era el modelo preciso q^e. copiaban nuestros ~~primeros y~~ hábiles patriotas del Año 10. Así es q^e, muchos de estos Diputados, andaban á la cabeza de los Egércitos, repartiendo con el Genl las tareas de la Guerra, y representando {por doquiera} la soberania {incontrastable i atrevida} de la [n]Nueva República. Mas no era de estos el D<u>or</u> Passo; hombre de constitucion debilísima y enfermiza, incapaz de arrostrar peligros personales ni de hacer campañas militares, por su caracter medroso y recogido, tenia muy poca aficion á seguir el egemplo del osado Casteli, su amigo y su compañero. Passo era valiente, infatigable, decidido, diestro, sagaz, en el gabinete; sin superior p^a. la **A**dministracion revolucionaria, p^a. combinar medidas y arrojar tormentos sobre el poder de los realistas; pero no gustaba de ver, p^r. sus propios ojos, caer los rayos[;]. [e]**E**so lo dejaba plena y totalmente á los hombres de oficio; él era abogado, consejero **ora**dor, y nada mas. Cuando se trataba de hablar ó de aconsejar, era apasionado, esclusivo, y aún insolente; [~~unia~~]**tenia** una lógica inflexible, infatigable, y una inteligencia rápida y aguda p^a. toda dificultad; pero cuando se trataba de obrar militarm^{te}. se declaraba incompetente; y si, por acaso, las peripécias de la revolucion, tomándolo de improviso, lo enredaban en algun conflicto, trataba solo de escabull**ir**se y de poner su persona á ~~buena distan~~ salvo del peligro momentáneo, p^a darse con mayor actividad á la tarea de desarrollar la revolucion en grande escala.//

97 #

Tal era el hombre cuya exigua persona dejamos al lado de su negro Manuel,[87] escuchando, detrás de la ventana, el **tumu**lto {sordo} qᵉ. ocasionaban en la calle los partidarios de Carrer[~~as~~]**a**.

–¿Alcanzas a percibir algo, [~~Manuel~~]**António**?

–Me parece, Señor, qᵉ. oigo decir – q̲ᵉ̲.̲ ̲t̲o̲ ̲r̲o̲d̲é̲e̲n̲ ̲b̲i̲e̲n̲ ̲p̲ᵃ̲.̲ q̲ᵉ̲.̲ ̲n̲o̲ ̲s̲e̲ ̲e̲s̲c̲a̲p̲e̲.

–Que será esto!

–Voi {a} encender luz, Señor.

–Que luz! ni qᵉ. luz! trompeta! será pᵃ. qᵉ la v**ean** de afuera?

–Es qᵉ yo podria vestirme y salir con mi fusil y con mi papeleta como si fuera al **cu**artel. Y vendria al instante á decirle á Su Merced lo qᵉ. hai.

–No! no señor! Ud está bien aquí. Si acaso.......

Esta**ba** pronunciando el D̲o̲r Passo estas palabras, cuando sacudieron su ventana dando en ella muchos g**ol**pes fuertes y seguidos. Dió tal salto pᵃ. atrás el Diputado de ~~la Jun~~ Buenos Aires, qᵉ. se puso en el extremo del cuarto, antes qᵉ. el negro hubiese tenido tiempo de solo alzar la cabeza[.]

–No contestes ni una palabra! ~~le~~ dijo Passo al negro con una voz estremadam**te** ~~precavida~~ {cautelosa}. –Quítate del enfrente de la ventana no sea qᵉ. hagan fuego! –No hagas ruido al caminar! –Cuidado con las sillas.

–Pero preguntaré quien es, Señor; para saber algo.

–Cállate! maldito negro! dijo {el viegito} sordam**te** y apretando los dientes de cólera.

Los golpes se repitieron con mayor apuro y una voz de muger, joven al parecer, dijo despacio:

–Señor Ministro! Señor Diputado! Diga S.E! Señor Diputado! Sor D̲o̲r P̲a̲s̲o̲s̲!

---

87   El autor olvida que, en el folio 95, le ha dado a este personaje el nombre de Antonio. Se corrige unos renglones más abajo.

–No respondas negro! mira q^e. esta es una trampa. Las-Heras no se habia de servir de mugeres p^a. mandarme recados; ni ninguna mu-//

98

ger tiene nada q^e. hacer conmigo.

Volvieron los golpes y la voz de la muger:

–Señor Diputado! Digame V.S una palabrita! por Dios, Señor!

–Pero, mi amo, veamos lo q^e. quiere: yo hablaré.

–¡Que negro del Diablo este! Ya verás lo q^e. nos pasa, bruto!

–Le pregunto lo q^e. quiere, mi amo?

Los golpes se repetian cada vez mas[.]

–Haz lo q^e. qui**eras**, t¿?{n}geton!

–Quien anda ahí? dijo {el negro} con voz bronca y enojada el ¿Quien es?

–Está el S<u>or</u> Diputado, el D– <u>Pasos</u>? {preguntó con / {angustia la que golpeaba.}

–Dile q^e. no estoi, negro! que me he dormido en el cuartel de Las-Heras.

–No está: dijo el negro; ##### el cuartel de {#}<u>Auxiliares</u> {se fue á dormir al cuartel de Auxiliares.}

–Jesus, Maria! dijo desde afuera la muger {con dolor desde afuera la misma voz-} ¿Como haré ahora p^a ir hasta allá! agregó como si hablase consigo misma.

–Yendo! Dijo el negro de adentro ¿quien se lo impide?

Passo preguntaba:

–[Manuel]**António**! q^e. ha dicho? que ha dicho? que ha dicho? {preguntaba Passo}.

–Que como hará p^a. ir hasta {el} cuartel.

–Y por q^e. no puede ir pues? que te diga.

–Diga pues! Muger! quien se lo impide?

–¡Como! quien me lo impide, Señor! cuando hai habido una revolucion y no dejan pasar á nadie[.]

–Adios! adios! adios! adios! dijo [y]**P**asso agarrándose la cabeza. ¡Si habran sido los godos?... Si han sido los godos estamos perdidos, todos, [Manuel]**António**!

–¿Revolucion, dice Ud Señora?

–~~Revolucion~~ [pu]**Sí**, Señor! han hecho revolucion!

–Y quien ha hecho [la]**es**a Revolucion?

–Los Carreras, Señor! dijo {la muger} bajando mucho la voz[; la muger].

–Malo tambien! muy malo, muy malo! dijo Passo //

[98, reverso]

11

~~rector antes qᵉ. tubiese tiempo de dar ordenes á los~~
~~Auxiliares; contando con qᵉ., una vez derrocadas las au-~~
~~toridades, el comandᵗᵉ Las-Heras, como extranjero y total-~~
~~mᵗᵉ neutral, carecia de comprenderia qᵉ. carecia de dro pᵃ~~
~~tomar sobre sí la empresa de restablecerlos, y obedeceria~~
~~a las nuevas {personas}, lo mismo qᵉ. habia obedecido á~~
~~las antíguas.~~

[8]**99** #

en voz muy baja. Y mas malo todavia si el pólvora de Las-Heras se ha entrometido en la fiesta. Si se ha hecho, ha hecho muy mal ¿Que nos importan á nosotros las porquerias de todos **estos** nécios de aquí? Lo peor es qᵉ. si él se ha metido con su tropa, y tri**u**nfan estos ~~desalm~~ bandoleros revoltosos, van á figurarse qᵉ. lo {ha} h[a]ec[e]**ho** por órdenes mias, y ¡sabe el diablo! los malos ratos qᵉ. me darán. ¡Vamos, negro! dijo con impaciencia, pᵒ. despacio siempre, preguntale á esa muger, que diablos quiere aquí en mi ventana? {que se vaya, por qᵉ. me compromete} Esta es alguna....... qᵉ. no viene con buenas intenciones; alguna trampa me quieren poner estos facinerosos.

Levantando el negro la voz volvió á preguntar:

–¿Para qᵉ. buscaba, Señora, al S̲o̲r̲ Diputado?

–Hagame el favor de decirle qᵉ. me escuche por Dios; yo creo qᵉ. Ud me está engañando: [creo]**me** parece qᵉ. está ahí. Digale qᵉ. tengo una cosa qᵉ. decirle, qᵉ. me interesa tanto como la vida.

–Que se vaya al diablo! dile q^e. no estoi; y q^e. se vaya; por q^e. está comprometiendo la casa[.]

–Señor! Señor! repetia la muger, me manda el pobre Capitan Vargas, p^a. q^e. lo salven. Corre mucho peligro: traigo aquí una cartita. Señor ~~Ministro~~ Diputado! recí**ba**mela {V.E!,} mire {V.E} q^e. viene gente y q^e. me # pued**en** pillar.

–Ché! ché! ché! decia Passo, meneando la cabeza. Vargas! Vargas! no lo creo! y si es cierto, yo no puedo meterme en esas cosas. Mañana haré por él, si puedo, todo aquello q^e. sea posible. Esta no es hora de hacer nada. Negro! [~~Manuel~~] **António**! Yo **oigo** [~~¿personas?~~]**pasos**! me parecen botas de hombre!

–Si, Señor! yo tambien oi**g**o.

–Que te di**ge**? esta es trampa. Asegura q^e. no estoi. A ver! escucha bien! creo q^e. hablan.//

100 #

–Si, Señor, la muger está hablando a**ho**ra con un hombre[; ~~y p~~].

Y poniéndose á escuchar el Negro con mayor atencion, agregó:

–[~~Si, señor~~] Con un hombre, ó con vários; estoi cierto.

–[~~¿~~]¡Que tal! que tal! mira, bruto, si tenia razon yó. **D**ijo el D**or** Passo tratando de ganar á tientas la puerta q^e. iba p^a. el interior.

No habia aún llegado á ella, cuando ~~nuevos golpes~~ {la ventana} resonó con nuevos golpes, dados (se conocia bien) con mucha ~~fue~~ confianza; al mismo tiempo q^e. una voz {de hombre} sonora y vigorosa, poco acostumbrada, evidentem^te, al miedo y á las precaucion^s, hacia oir así:

–Señor D^n. Juan José! Paisano! Paisano!

–Es el Comandante! **exclamó** {alegremente} el negro; al mismo tiempo q^e. la voz continuaba diciendo:

–Abra Ud sin miedo, S**or** D^n. Juan Jose! ~~Soi Las~~ Soi Las-Heras, y tengo urgencia grande de hablar con Ud.

–Comandante[¡]! gritó entonces el D͟r. Passo con una voz enflautada y penetrante ¡Digame Ud la verdad! viene Ud solo?

–Cáspita! compatriotra ¿por **q**uien me toma Ud[?] O si me lo pregunta Ud p͟r. admirar mi arrojo, le dire, Señor paisano, q͟e. no traigo ni ordenanza y q͟e. no creo haber hecho ninguna hazaña. Vamos, Señor Doctor tranquilízese Ud y escúcheme.

Dejaremos al Doctor Passo diciendo: ~~Ahora, sí!~~ {–Ahora, sí!} ahora, si! Por q͟e. ya Ud ve, mi amigo, q͟e. no se puede esponer así no más, á estas horas, y {en} un pais en q͟e. hai tantos celos, rivalidades y mezquindades contra nosotros. Y como no sabia nada de Ud, ni de la tropa, y he sentido tanto alboroto y **ru**ido de armas en la calle, yo no queria descubrirme á riesgo de caer en alguna trampa; ~~lo dej[¿?] #~~ //

———

<u>101</u>

‖⊦VII
Los Revolu[cionarios] y la muger q͟e. amaba
——⊣‖

‡Capitulo IX.
Rol de una muger en médio de una revolucion
———‡

El coron͟l. D. Luis Carrera no encontró {al Director} en la casa de Gobierno, como ya lo hemos indicado; p° seguro de q͟e. no habia podido salir de la manzana en tan breves momentos como eran los q͟e. habia~~n~~ durado el ataque, y convencido de lo vital q͟e. era p͟a. la revolucion impedirle q͟e se asilase en el cuartel de Las-Heras, habia resuelto verificar una investigacion prolija en todas las casas vecinas, haciendo guardar las calles con la mayor vigiláncia.

Estaba yá en el pátio principal del palacio preparándose á comenzar esta tarea, cuando un gran tumulto de gentes se agolpó á las puertas de entrada y oyó la voz de su hermano D. Jose Mig^l. dominando sobre todo el bullício.

–Teniente Urizar![;] decia este –vaya Ud inmediatam^{te} al cuartel de Artilleria y digale Ud á Juan José, q^e. no se mueva de allí; que se fortifique en la casa y en la calle contra todo evento; y q^e. todo vá p^r. aquí magníficam^{te}[.]

"Heróico pueblo Chileno! dijo, dirigiendose á la multitud, tendreis ¡oh pueblo inmortal! La ventaja incomparable de tener á vuestra cabeza un gobierno de vuestra eleccion y de vuestro gusto. Por ahora, no os pido mas honor q^e. el q^e. {cual otro Bruto, }[88] me permitais ser el primero en sacrificarme en las aras de la Libertad de nuestro Chile infa[me]mente sacrificad**a** á la ambicion personal á la ambicion personal [sic] de [~~unos~~]**esos** pocos tarquinos[89] q^e. componian la administracion q^e. acaba de caer."

Aplausos estrepitosos cubrieron la voz ~~del~~ {de aqueste clásico} caudillo. Este se introdujo entonces en la ~~p~~ casa de gobierno, diciendo:

–Luis! Luis! tomaste á Lastra?

–Aún no lo he tomado; pero me ocupo de eso.//

102 ~~20~~

–Voto á mil diablos! ¿y que han hecho, pues, si ha perdido lo mas importante?

–¡Calma, hombre! calma! se ha ocultado precisam^{te} en alg^a. de las casas vecinas, p^o no puede escapárseme y yo te respondo con mi cabeza de q^e lo tendrás dentro de poco ¡con mi cabeza, ~~Seño~~ Sí, Señor!

Don Luis estaba ya exitado p^r. los sucesos y por la actividad; apesar de su calma y de su sensatez ~~natural~~ estaba

---

88   **Bruto**: Marco Junio Bruto fue, según Plutarco, un ciudadano romano probo, que participa del asesinato de Julio César únicamente para restablecer la libertad de la República.

89   **tarquinos**: Alusión a Lucio Tarquino el Soberbio, último rey de Roma, quien –según Tito Livio– destrona a su suegro por la fuerza, de un modo similar al que emplea José Miguel en esta novela. Tarquino es considerado prototipo de déspota; por lo tanto, este nombre en boca de Carrera resulta irónico.

dominado p^r. el impulso irreflexivo de la accion; y, ya sea p^r. amor própio, ya p^r. el deseo # natural de coronar la empresa q^e. habia aceptado, ya p^r. la ce**gu**edad q^e. produce la accion misma, hacia cuanto esfuerzo podia p^a. ~~asegurar~~ lograr la captura del Director. Un sinnumero de personas y de soldados registraba hasta los últimos rincon^s de las casas vecinas, mientras q^e. ~~d~~ D^n. Luis recorria las calles adyacentes y procuraba estar en todas partes.

D^n. José Miguel concebia {mejor q^e. nádie} la importancia de los momentos; la necesidad primordial era p^a él someter á Las-Heras. Temia ~~por momentos~~ q^e. él tumulto llegase hasta el cuartel, á pesar de lo muy retirado del centro q^e se hallaba; y q^e. Las-Heras sacase su columna y ~~¿lanzase?~~ se posesionase de la plaza decidido á sofocar el motin. Este temor lo alarmaba mucho, y se resolvió á dar un paso sobre Las-Heras y hacer una tentativa p^a. sorprender su credulidad.

Habia entre los partidarios de Carreras un hombre original; se llamaba D^n. Pedro # {#}{..........}, pero era conocido en todo Santiago con el nombre de D^n. Perico A¿?{.......} Era de fa**m**ilia notable pero calavera, pillo, ignorante y de costumbres desarregladas; //

103 ~~21~~

era impávido y enteram^{te} dado a los hábitos y modales de la plebe. El tal D^n. Perico andaba aquella noche vestido nacionalm^{te}; llevaba un sombrero <u>maulino</u>, es decir, de castor blanco, {con alas redondas y} rematando, ~~en frente~~, como un cono, ~~y flo~~ {en una} punta de la q^e. [~~flo~~]**p**endian una multitud de cintas de todos colores; el caballo en q^e. montaba tenia {sobre el lomillo} los diez y seis # cueros de carnero q^e constituyen la <u>montura de lujo</u> del guazo chileno, y los inmensos estribos de madera sólida forrados y tachonados con f laminas oblongas de plata; llevaba lo q^e. ~~llaman~~ <u>botas</u> los chilenos {llaman <u>botas</u>;} ~~y~~ q^e. son una especie de botin o ca**l**zeta, de un tegido grueso de lana, sobrepuesta al pantalon y [un]**al** calzado, q^e. lleg**an** hasta mas **arr**iba de las rodillas, y q^e. se atan [con]**en** la parte inferior á estas con unas ligas adornadas de {con} pasadores de plata {metal} noble. Si á todo esto[,] agrega el lector un ponchito, q^e. apenas llegaba al pecho; una chaqueta desabrochada con vivos rojos, y [una]**un** grande espada {espadon} ó sable á la cintura y todos los modales y frases de un pillo, tendrá una idea cabal del tal D^n. Perico, q^e. estaba entre los mas activos partidarios de Carreras.

Este fué el personage á quien D^n. Jose Mig^l se dirigió llamando á voces:

=D^n. Perico! D^n. Perico!

=Mande Genl.! contestó desde lejos D^n. Perico, y ¿vino? {se acercó} corriendo **al** q^e. lo llamaba, de manera q^e. metió un ruido infernal con **el** sable.

=Vaya Ud ahora mismo, dijo Carrera, al cuartel de Las-Heras; hágase Ud abrir la puerta de parte del Gob^{no} (no diga Ud que {cual} gobierno) cu**en**tele todo lo q^e. ha ocurrido, de modo q^e. crea q. ya todo está consumado; y digale Ud, q^e., teniendo en mi mano las riendas del Gob^{no} p^r. habermelas encarga-//

104 22

do un gran pueblo reunido, lo saludo siempre como amigo; q^e espero q^e. no tendrémos disgusto alguno, y q^e. le ordeno q^e. **pon**ga {en} libertad á todos esos amigos mios q^e. tiene presos en su **cuar**tel.

=Muy bien, Señor!

En muy pocos momentos se puso D^n. Perico á las puertas del cuartel; y golpeándolas con gran franqueza se anunció como mensagero del Gob^{no} y encargado de una importante comision p^a. el gefe. Reconocido q^e fué p^r. la guardia con todas las formalidades de estilo, fué introdu- cido al cuartel; y al momento vino orden del gefe p^a q^e. se le hiciese entrar á su cuarto.

El Comandante Las-Heras estaba en cama como era natural en **aque**lla hora. Así q^e. vió ~~al mensagero~~ # {entrar en su cuarto al} mensagero soltó una jocosa exclamacion y dijo:

=D^n. Perico! Ud p^r. acá? que demónios anda haciendo a estas horas[.]

=Vengo de parte del gob^{no} á decirle q^e. se ha hecho una revolucion y q^e. ~~nos entregue~~ # {ponga en libertad} á los presos.

=¿Que se ha hecho revolucion, me dice?

=Si, pues; ya hemos hecho la revolucion[.]

=Y quien me lo manda a decir, D^n. Perico?

=El gen^l., pues, hombre?

=¿Que Jeneral?

=D^n. Jose Miguel! y dice q^e. ponga en libertad á sus amigos[.]

=Mire D^n. Perico; dijo el comandante comenzando á vestirse con ligereza; vaya digale al Genl. q^e. no le entrego los presos mientras no me manden la orden del ~~gobierno~~ Director ¿oye?

=Pero hombre, si ese gob^{no} ya no está, ha caido pues ¿no le estoi diciendo? Ahora **es** otro gobierno es [sic] D^n. Jose Mig^l; y él mismo me manda q^e. //

105 ~~23~~

le dé esta orden á Ud.

=Si, amigo, sí; ya entiendo[;]. [~~p~~]**P**ero vaya no mas á decirle lo q^e. ~~le he dicho~~ ahora le digo á Ud.

=Que no suelta los presos?

=Si, pues; q^e. no los suelto; sino quitándomelos, ó mandandome ordenes del Director Lastra ¿me entiende?

=Pero digame Señor Comandante ¿por q^e. se niega? no vé q^e. puede traer[~~nos~~]**le** malas resul**tas**? {por q^e. Don / {José Miguel ya está de Gobierno, pues.}

=Vaya no mas, i haga lo q^e. le digo D^n. Perico ¿No ve camarada q^e. a mí no me importan las resultas, y q^e. yo se lo q^e. #**hago**? Y trate de nó <u>achisparse</u> p^r. el camino no sea q^e. vaya á dar mal mi respuesta.

=Bueno, amigo! me voi ya q^e. no quiere! –Adios pues!
=Adios D^n Perico[.]

Cuando D^n Perico salió estaba el Comandante Las-Heras acabando de vestirse. Tomó su espada [y] un par de **p**istolas, revisó las sebas, y llamó al Sargento Mayor del cuerpo:

=Señor Mayor!, le dijo, tengo q^e. salir del cuartel y es necesario q^e. Ud sepa q^e. queda Ud con una inmensa responsabilidad. Ponga Ud sobre las armas á toda la tropa y lista p^a. obrar en el momento en q^e. # sea preciso. No obedezca Ud orden ninguna q^e. venga de afuera, sino aquellas q^e le consten á Ud como dadas p^r. el Director Lastra; despues de esto aunq^e. vengan de mi parte y aunq^e. le traigan á Ud orden mia p^r. escrito desobedézcala Ud hasta q^e. yo v**uelv**a al cuartel; puede sucederme algo en la calle, y es bueno estar prevenido. Haga ud fuego sobre cualquier grupo de gentes q^e. quiera entrar, y ~~obedezca Ud al pronto~~ {si no vuelvo dentro} de [~~una~~]**dos** horas ~~#### Ud al puente á # quien les dé á Ud el Director Lastra con #{#}#á Ud q^e.##de###~~ {saque Ud el cuerpo a la calle marche Ud á la plaza y reclámeme Ud á los revolucionarios q^e la ocupan; dentro de dos horas p^r. relox ¿eh?

=Muy bien, Señor! ¿No lleva V.S #**asis**tente.

=No; por q^e. el asistente podria servi**rles de alguna** {para combinar alguna intriga en} caso q^e. nos tomasen en la calle.//

106 ~~24~~

Hé aquí **por** q^e **era** q^e. el Comandante Las-Heras habia ido á **gol**pear las ventanas del Diputado de Buenos Aires, q^e. era naturalm^{te} la autoridad q^e. debia reconocer en aquel momento. Habia ido pues á pedir órdenes, y decidido á egecutarlas, cualesquiera q^e ellas fuesen.

Así q^e. la muger á quien hemos visto llamando al D^r. Passo con tanto anhelo distinguió venir acia ella á un militar, se sintió desfallecer, y diciendo =¡Dios mio! se tomó de la reja pª. no caerse. Era evidente qᵉ. se habia creido perdida.

No poco se sorprendió el Comandante al ver una muger en la ventana del Dᵒʳ Passo; la noche estaba tan oscura qᵉ. no podia congeturar su condicion pʳ. el trage; pero oyó la esclamacion le parecio qᵉ. la voz era suave {y triste} como la de una tórtola y conoció claramente qᵉ. desfallecia y qᵉ. sufria ~~por~~ mucho. Se llegó pronto á ella y sosteniendola con un brazo, le dijo:

=Hija! hija! qᵉ. tiene Ud? confíese Ud en mí! quizá sepa Ud mi nombre, y se lo digo á Ud pʳ. si le inspira confianza, soy Las-Heras.

La muchacha (por qᵉ era efectivamᵗᵉ una joven) parecia desmayada, perdida; pero no bien oyó el nombre de Las-Heras cuando dió un salto de admiracion; el júbilo y el asombro estaban pintados en su rostro; se veia qᵉ queria hablar, pero no podia, no tenia voz. Balbució un rato y al fin exclamó:

=Dios mio! Dios mio! que felicidad! todavia puede salvarse! ¿Ud me ha dicho Señor qᵉ **es el** Comandante Las-Heras? el comandante Las-Heras? pues salvelo Ud Señor! ya Ud sabe qᵉ. es su amigo! El lo quiere y lo respeta á Ud mas qᵉ. á su padre. Mire Ud Señor qᵉ si lo agarra el tigre de Dⁿ. Juan Jose lo mata, lo asesina.......//

107 ~~25~~

=Pero hija de quien me habla Ud?... tranquilizese Ud, niña! quien es ese amigo qᵉ. corre peligro.

=Es mi Vargas, señor! mi Vargas! El me habia mandado á qᵉ. hablase con Ud; pero no dejan pasar pʳ. aquella calle; el tiempo era corto y el riesgo cada vez mas grande, y vine á pedir al Sₒᵣ Pasos qᵉ. nos asilase; pero no me **q**uieren abrir, Señor! no me quieren abrir!

=Y donde está Vargas niña?

=Aquí, á la vuelta esta señor. Figurese V. S qᵉ. está {herido, que está} tendido en un umbral por qᵉ. solo así puede ocultarse un momento; pero si pasan con lu**ces** lo van á ver, lo van á descubrir y entonces esta perdido[.]

=Pues bien vaya Ud en el momento á ~~trae~~ decirle q^e. venga: yo haré q^e. Passo lo reciba y lo proteja.

　　La muger, ~~entonces~~ como si una nueva vida hubiese entrado en su cuerpo, corrio {ácia otra parte.} La noche estaba tan oscura q^e. Las-Heras ~~no pud~~ la perdió de vista á {los} veinte pasos. Entonces fué cuando llamó al D^r. Passo como ya hemos dicho, y cuando este, conociendo su voz, **abr**ió la ventana.

=¿Que es de la tropa Señor Comandante? fueron las primeras palabras q^e. pronunció el D_or Passo.

=Está ~~reunida~~ {en el cuartel,} y **yo** vengo á saber q^e. es lo q^e. Ud dispone.

=Yo no dispongo, nada! Ud vea allá lo q^e. se ha de hacer.

=Antes de todo, S_or Doctor, es preciso q^e. Ud me abra la puerta p^a. asilar á Vargas. Ud sabe q^e. es mi amigo y es preciso salvarlo.

=Pero hombre ¿~~como~~ y si ##**lo sab**en p^r. alguna casualidad, y me atropellan la casa?

=Yo le respondo á Ud de q^e. nó. Tengo 380 infantes y respondo de Ud y de su casa como de mi vida. No crea Ud q^e. se atrevan á eso[.]

=Mire Ud Las-Heras q^e. estos Carreras son unos fora-//

108 #

gidos!

=No tanto, Señor; mas sean lo q^e. fueren, tienen un interes vital en no buscarnos las uñas.

=De veras?

=Pues q^e. ¿no ve Ud q^e. somos los mas fuertes? de donde sacan ellos {ahora} 380 infantes como los mios? Recibame Ud á Vargas hasta mañana. Yo le respondo á Ud con mi vida de su seguridad; mañana me será facil pasarlo á mi cuartel.

　　Cuando el Com^te Las-Heras decia esto venian ya ~~por la vecindad~~ {acercandose con ligereza} dos bultos y en un segundo el Capitan Vargas tenia apretada la mano de Las Heras y le decia:

=Gracias, amigo!

=¿Está Ud herido?

=Si, pero ligeram.te

El negro [Manuel]**Antonio**, sin esperar la orden de su amo, habia abierto la puerta. Iba el Coman.te Las-Heras á añadir algunas otras palabras, cuando se sintió en la **ca**lle un tropel de hombres, **y** # **a**pareció en las cuatro-esquinas, como **si** vinie**ra** de la ‡plaza un grupo crecido de hombres con faroles. Vargas y Teresa, pues ya los lectores habrán congeturado que ella era la muchacha que acompañaba al capitan, se introdugeron rápidamente en el casa [sic] del Doctor Passo, cuya puerta cerró el negro con mucha destreza y cautela.

=Las-Heras! Las-Heras! dijo entonces el Doctor Passo, éntrese Ud! no sea que le suceda á Ud algo!

=No entro, Señor! no tenga Ud cuidado! voi mas bien á ver quienes son. Pero antes dígame Ud algo sobre la conducta que adoptaré.

=Lo mejor, amigo, es que Ud haga lo que {le} parezca mas conveniente. Ud es mas própio que yó para acertar en estos casos

=Bien, bien!

=Hasta mañana!

El Doctor Passo cerró entonces la ventana.

———‡//

‡<u>109</u>

Capítulo X.

Lo q.e es á veces el Director Supremo de un Estado y lo q.e es el comandante de un batallon.

######‡

El comandante Las-Heras se embozó en la capa, tomó en la mano [su]**una** pistola, la **amar**tilló, y se dirigió ~~al grupo~~

~~de gentes~~ p^r. la vereda como á encontrarse con el grupo
de gentes q^e. **acabamos** de ver. Los pasos fuertes, aunq^e.
tranquilos con q^e. **ca**minaba, ~~el Comandante~~ lo hicieron
~~sentir~~ {descubrir} al momento de los revolucionarios, y
resonó un vigoroso grito de alarma:
–¿Quien va ahí?
–Patriota!
–¿Que patriota?
–<u>Auxiliar argentino</u>!

Apenas había acabado el S<u>or</u> Las-Heras de pronunciar
estas palabras {con su voz breve y energicam^{te} acentuada,}
cuando uno de los mas **a**vanzados del grupo, exclamó,
dirigiéndose á el con la mano estirada:
–Mi amigo! Ud solo p^r. la calle á estas horas?
–¿Y por q^e. no, señor D^n. José Miguel? pues ₴ {qué}, sois
fraile,[?] camarada? –**C**ontestó Las-Heras á D^n. Jose Mig^l.
Carrera, tomando la mano q^e. este le ofrecia, y apretándosela
con desenvoltura y franqueza.
–¿Y q^e. anda Ud haciendo?
– Canasto, amigo! que **c**urioso es Ud?... vengo de visitar á
una muchacha.
–Vamos, vamos Comandante! no embrome. Y**o** **i**ba á su
cuartel á.........
–¿Con toda esta **gen**te?
–Si,.... me va acompañando[.]
–No lo hubies**en** recibido, pues, Camarada!
–Pues hombre; q^e. no sabe Ud ya lo q^e. ha ocurrido? Yo se
lo he hecho avisar á Ud con D^n. <u>Pedro</u> –.....
–Si, me lo dijo ya. ~~Pero~~ {Y} por mismo no debía Ud ~~á~~ haber
pensado en ir al cuartel; por q^e. tal vez habría creido yo q^e.
era de mi deber quedarme con Ud {adentro} hasta mañana.
Es malo tentar sorpresas mi amigo.
–Oh! en tal caso habriamos ju**g**ado de veras[.]
–No digo q^e. no, Señor D^n. Jose Mig^l.//

110 2̶⁹⁰

–Hablemos sério! Ud viene de hablar con el viejo Passo. ~~Y ##?~~

–Es **cierto**: dijo Las-Heras encogiendose de hombros y meneando la cabeza.

–Le habrá aconsejado á Ud qᵉ. me entregue á los amigos presos?

–No, Señor! á ese respecto no tengo qᵉ. recibir consejos de nadie. Los puso el Gobⁿᵒ bajo mi responsabilidad y solo él me los puede retirar.

–Eh bien! Yo se lo ordeno á Ud; por qᵉ. estoi ya á la cabeza del gobⁿᵒ.

–Dispense Ud Señor Dⁿ. José Miguel! falta todavia qᵉ. lo sepa de una manera qᵉ. me conste.

–Hombre! venga Ud conmigo al palacio. No tema Ud nada, le doi mi palabra de honor de qᵉ. no se atentará en lo mas minimo contra su libertad.

–Señor Dⁿ· José Migˡ., no temo nada! y̶ es inutil qᵉ. Ud me dé tantas seguridades.

–Pues bien! Venga Ud y vea pʳ. sus propios ojos lo qᵉ. ha ocurrido. Todo está consumado y cambiadas las autoridades; y yo supongo qᵉ. Ud conoce qᵉ. carece [de] d̲r̲o̲s̲ pᵃ. tomar sobre sí la empresa de restablecerlas.

–**Segun** lo qᵉ. ocurra, Señor[;]. Si el Director, cualqᵃ. qᵉ. sea el lugar en qᵉ. esté, me ordena atacar á Ud y sofocar la revolucion, como Ud la llama; lo **h**ago así yo mismo; o, si **no** lo puedo hacer yó, lo hace mi tropa, que es **igual**#.

–Bien! bien! Venga Ud á la Plaza y verá Ud pʳ. sus própios ojos lo qᵉ. ha ocurrido.

Carrera tomó del brazo á **Las-Heras**, dió ~~orden~~ á sus gentes la orden de retroceder y llegaron en un momento á la Plaza donde habia una ~~gra~~ grande muchedumbre en desorden. Tomando una de las veredas de la Plaza llegaron

---

90   Estos números, testados o no, corresponden a la paginación del capítulo X.

al Palacio y entraron. Ca**rrer**a hizo ver al Comandante como era cierto q^e. todo lo perteneciente al despacho público estaba en sus manos.

–Todo está muy bueno, Señor D^n. José Mig^l., contestaba Las-Heras, pero yo no veo aqui al Direc-//

‡111

tor Lastra; ni me consta de manera alguna que haya renunciado al mando; hasta que no lo haga, el Coron^l Lastra es para mí, Señor Don José Miguel, la única autoridad del país.

–De modo que si el S<u>or</u> Lastra huye al Egército de O'Higgins, y le manda á Ud que ataque al pueblo de Santiago, para derrocarme, Ud le obedecerá?..... Para tal caso, dijo Carrera con un aire amenazante, sepa el Sor Comandante que sabremos hallar médios de hacer respe**tar** nuestra autoridad!

–Yo cre**ia** Señor Don Jose Miguel, contestó el Comandante, que habla**bamos** de **lo** relativo á esta noche. Pero no quiero que se crea por un momento q^e‡ /{###}/^{91} evito la cuestión de Ud; y la voi á contestar. Si sucede eso q^e. Ud indica, y q^e es muy probable; salvo un mejor consejo que me viniere despues, pongo en marcha mi tropa ácia los Andes; y, bajo mi pura responsabilidad, repaso la Cordillera. Yo sé lo q^e. en tal caso deberia responder á mi gobierno (El [g] **c**omand^{te} Las-Heras cargo la voz de una manera especial en las palabras <u>mi gobierno</u>) ~~en tal caso~~; y estoi seguro (~~dijo~~ {agregó} golpeandose el pecho y levantando la cabeza) que seré plenamente aprobado. Yo comprendo muy bien Señor D^n. José Mig^l, q^e. no estoi en mi pais; pero, es muy preciso, q^e. el Sor D^n Jose Mig^l comprenda, q^e. los gobiernos de Chile, cualesquiera q^e. ellos sean, son una autoridad accidental p^a. el comand^{te} de los Auxiliares Argentinos; por q^e. este cuerpo tiene autoridades supremas de quienes depende

---

91   Con el parche el autor no puede tapar todo el texto anteriormente escrito; le queda una oración agregada en el margen, en sentido vertical; por ello, debe tacharla.

directam^te., y ante quienes, sus gefes, han de responder siempre de su conducta.

–Pues si el S<u>or</u> Comandante[,]: dijo Carrera, incorporandose tambien:[;] está resuelto á llevar adelante sus caprichos, ocultando sus simpatias [~~personales~~]**politicas** bajo el velo del orden.....

–¿Qué hará el S<u>or</u> Carrera? dijo con orgullo y con malicia el Comand^te Las-Heras[.]

–Derramar sangre hasta contenerlo! ~~Y~~ si el S<u>or</u> Comand^te tiene 300 soldados á sus órdenes; yo tengo un pueblo noble y generoso á las mias.

–Un pueblo, Señor D^n. Jose Miguel, es palabra q^e., en el caso en q^e. estamos, no significa sino <u>aire</u>, <u>viento</u>[;]: dijo con menosprécio el Comand^te: permitáme Ud, q^e persista en poner la ventaja de mi parte; y //

112 4

en despreciar amenazas rídiculas en **las** circunstancias en q^e. estamos, bien lo sabe el **S<u>or</u>** Carrera, y **r**idículas tambien por q^e. se dirigen á mí.

Carrera estaba pálido de colera {apretaba los puños} y buscaba ya algun insulto q^e. echar á la cara del Coman{dan} te. **E**ste tenia una figura soberbia, ~~imponente~~ {dominante,} que solo podran imaginar los q^e. lo hayan conocido person**alm**^te. Su talla {fina, pero} de altura colosal, habia cobrado, con la escitacion, una arrogante y bella elasticidad: sus miembros delgados, pero [~~mus#~~]**hue**{**sudos**}, dejaban # {ver}, al traves del vestido, una ~~notable~~ concentracion nerviosa muy notable, ~~y~~ q^e. mostraba ~~una~~ grande robustez y {grande} fuerza en la constitucion ~~flexible~~ de aquel cuerpo flexible y esvelto. No hai como describir la cabeza. Aquel joven no habia aún sembrado su carrera con grandes hechos; pero se conocia q^e. poseia la ca**p**acidad de **v**erificarlos: todo un porvenir se revelaba en su figura. El vencedor en cien batallas, el sitiador de <u>Talcahuano</u> y del <u>Callao</u>, el terrible gefe de la <u>Retirada</u> **d**e <u>Cancha-rayada</u>, q^e. es {la mas} árdua y brillante proeza qᵉ. cuentan las armas argentinas; estaba adivinándose á simismo delante del furioso Carrera. Aqⁱ. ojo grande, {negro} imponente y fijo como el de una Aguila; la nariz saliente, arqueada y punteaguda tambien, como su {el} pico de esa misma ave soberbia; {el rostro pálido y moreno de los temperamentos biliosos; ###} la boca fina y delgada, la barba aguda, denotaban el hombre de pasiones vehementes y incontenibles; la {ancha} frente y las bovedas espaciosas de su cráneo, denotaban una gran fuerza de razon, unida á inclinacionˢ decididas pʳ. lo maravilloso, lo teórico, lo práctico, lo noble y lo grande: la parte posterior {superior} del cráneo, extraordinariamente elevada, indicaba un poderoso desarrollo de los instintos de la veneracion y apego afectuoso á la casa, á la familia, á los lugares natales⁽¹⁾⁹².

Sabe Dios lo qᵉ. Carrera iba á contestar, y el terrible lance qᵉ. debia seguir á esta discusion; cuando una voz agitada y llena de emocion se //

113 5

hizo oir diciendo: –
–Albricias! albricias! Jose Miguel! Te traigo á Lastra.

Era Dⁿ. Luis, qᵉ. efectivamᵗᵉ se hacia seguir pʳ. el Director. Las Tanto Carrera como Dⁿ. Jose Miguel

Tanto Dⁿ. Jose Migⁱ como Las-Heras, dirigieron con su vista con sorpresa acia la puerta pʳ donde debia entrar Lastra. Antes qᵉ. este apareciese Dⁿ. José Migⁱ, se dirigió al Comandante que {era} sagaz y astuto en demasia, comprendió, qᵉ., Lastra encontrándose allí Lastra con Las-Heras, podia el Director tener el valor de dar algᵃ. orden

---

92   /{1 / Nadie estrañe la pintura qᵉ. hago aquí del hombre qᵉ. hoi es Genⁱ. Las-Heras. La haria igual en el libro mas sério de história. Lo he tratado durante cinco años, á todas horas del dia y en todas circunstancias; y he sacado una conviccion, qᵉ. declaro puramᵗᵉ personal abandonando toda pretension á imponerla á los demas. Esa conviccion es qᵉ el Genⁱ. Las-Heras es el hombre mas cabal y eminente q. ha producido el suelo Argentino: yo tengo un verdadero entusiasmo por él.}/ [N. del A.].

al Comandante. El calculaba tambien q^e. Las-Heras debia haberse prevenido á todo; lo conocia bien! y q^e. debia haber dejado preparada su tropa á obrar aún sin necesidad de tener el comand^{te} á la cabeza; estaba, pues, cierto de q^e. nada conseguiria con detenerlo; [si]y {de} **que**, cometer **al**guna violencia sobre él, era empeorar su condicion y aumentar **su** riesgo. Aprovechando un breve momento le dijo con moderación, pero[;] con firmeza:

–Señor Comandante! retirese Ud con Luis.

–No me retiro Señor D^n Jose Mig^l., contestó Las-Heras. Conozco bien mis deberes.

Lastra entró en ese mismo momento. D^n. José Mig^l. apretó los dientes de despecho, intentó quizá atropellar al comandante, pero se contubo. D$^{n.}$ Luis q^e. echó una mirada rápida sobre su hermano y sobre Las-Heras, comprendió la situacion en q^e. se hallaban todos, y, arrimandose á este le dijo:

–¿Que es lo q^e. Ud. intenta? amigo!

–Cumplir con mi deber, señor Coronel! ~~dijo~~ {contestó} **en voz** baja.

El Director entró agach**ado** y diciendo[;] con mucha bon{dad:}

–Muy buenas noches Señor D^n. Jose Miguel, muy buenas noches[.]

–Siéntese Ud en esa silla, Señor! (dijo Carrera con altivez); y, para evitar mas desgracias á la patria, mas males q^e los q^e. Ud, y todos esos pícaros q^e. se pravalen[93] de su bondad para despotizar, le han hecho, haga Ud saber al momento á todos que una nueva autoridad ha subrogado á la suya.//

114 6

El Comandante Las-Heras se puso frente á frente del Director; y, apesar de las miradas rápidas e inquisidoras q^e. ~~lanzaba sobre él~~ Carrera lanzaba sobre él, clavó la vista

---

93   **se pravalen**: Barbarismo por "se prevalen" ("Valerse o servirse de una cosa", *DRAE*).

sobre Lastra abriendo unos ojos enormes ~~q~~ y exigiendo evidentem^te una palabra, una seña cualquiera. El Director empero, ~~fascinado p^r. aquella mirada~~, abatido p^r. los insultos q^e le hacia Carrera, ~~bajaba la vista en el momento mismo en q^e ## era mirado~~ fascinado p^r. la mirada de Las-Heras bajaba la vista en el momento mismo en q^e. la encontraba. Esta escena muda se habia repetido muchas veces en brevísimos instantes. Carrera hizo un último esfuerzo:

–Señor Lastra, dijo, p^a. evitar toda violencia sobre Ud, y sobre los demas........

–Téngase presente Señor^s, **ob**servó Las-Heras, q^e. yo f**o**rmo escepcion; y q^e. no ~~es á mi á quien ###go esa~~ {se me incluye en esa} amenaza.

–Para evitar toda violencia sobre Ud y sobre los demas, ~~continuó~~, continuó {diciendo} con aplomo Carrera, hágame Ud saber pronto si renuncia Ud á tod**as** sus ~~dros~~ pretensiones de mandar el pais.

–¿Y que he de hacer Señor D^n. General, contestó Lastra cuando me ve Ud aquí preso y vencido?

–Renuncia Ud? Si, ó no? Pronto, Señor!

–Renuncio, si señor! dijo Lastra con resignacion y con tristeza, pero con dignidad.

Las-Heras apretó los labios y dijo imperceptiblemente:

–¡eh! no tengo d<u>ro</u> p^a. nada mas.

–Me parece, Señor Comandante, dijo Carrera, q^e. no se resistirá Ud ~~ya~~ {ahora} á volverse á su cuartel.

–No, Señor; lo voi á hacer yá: contestó este con disgusto y desden.

No habia [~~hecho~~]**dado** ~~aun~~ {todavia} dos pasos, cuando se sintió en la plaza un inmenso alboroto, una alarma general. Todos se incorp**o**ra**r**on, y un **m**omento despues entraron varios oficiales despavoridos, diciendo: q^e. el <u>batallon de Porteños</u> **a**vanzaba sobre la plaza á paso de trote y con ~~el~~ {las} armas **bajas**#. Habian pasado {ya} las dos horas.//

115 7

–Como es esto, Señor Comandante? esclamó Carrera: ¿Como se atropella así los d<u>ros</u> sagrados del pueblo chileno? ¿Con q^e. d<u>ro</u>?

–Tranquilízese Ud! señor Dⁿ. José Mig^l; contesto **Las**-Heras con calma y seriedad. –El batallon de mi mando sabe cumplir con sus deberes, y va inmediatamente á retirarse á su cuartel.

–Entretanto, Señor, acomete al pueblo!

–Venia, por mi orden, á llenar su puesto. Pero las circunstancias han cambiado, y voi ~~á retirarlo~~ inmediatamente á ponerme á su cabeza p^a retirarlo. ¡Senores! [sic] Saludo á Uds, y prometo sobre mi honor, q^e. mi tropa obedecerá, en todo lo relativo á la administracion, las órdenes q^e. quieran darle las autoridades q^e. gobiernen de hecho el pais.

El Comandante salió dejando al Director Supremo del Estado en un abatimiento completo; y fue rápidamente á ponerse á la cabeza de su batallon, q^e. ya desembocaba en la plaza. Puesto delante de él, y reconocido, sacó su espada, y, con un tono vigoroso y sonoro, dió la voz de mando:

–Columna! en retirada! –Armas á discrecion! –Paso redoblado! –Marchen!

El Batallon contramarchó y volvió á su cuartel con su bizarro gefe á la cabeza.

La revolucion estaba consumada.

———

~~VIII~~[94]
~~Los dos ¿comandantes?, ó, ######~~
_____//

116

Capítulo XI

——

La pasion que unia á Vargas con Teresa era una de aquellas afecciones nobles y elevadas que **funden** moralmente á dos indivíduos en un mismo ser, en una sola alma; el modo escepcional y violento q^e. habia echado al uno de estos seres en los brazos del otro, habia fortificado de tal manera los vínculos de la pasion, que ni el uno ni el otro podian vivir separados un instante; y asi es, q^e. el Capitan habia tenido que consentir en que Teresa atravesase todos ~~y~~ los riesgos y {las} vi**ci**situdes propias de la vida incierta y activa que correspondia á su carrera. Esta situacion habia desenvuelto y fortificado las propensiones características de la muchacha,[(1)][95] la costumbre de luchar contra todas las resistencias, de sentir de cerca los peligros de la guerra, y de pres[¿enciar?] al lado de su amante la inquietud de los campamentos militares, sufriendo emociones violentas y superando conflictos, habian robustecido el temple de la alma apasionada y aventurosa de Teresa. Sin mas brújula que su amor, sin mas princípio que una fé ciega en su querido, sin mas creencia que un sentimiento íntimo, inexplicable, de que hai en el Cielo un Dios lleno de bondad y de justicia, que bendecia su pasion, y que estaba siempre pronto para proteger á su Vargas, pasaba ella su vida sobre el mundo, sin pensar en el mundo, y sin creer que hubiera

---

94 Este encabezado sugiere que el capítulo X, que acaba de concluirse, podría haber sido el capítulo VII de la primera versión.

95 **1** tomo la palabra muchacha en el sentido que se le dá en los pueblos del Rio de la Plata –es decir, una joven q^e. siente ó está próxima á sentir, pasiones amorosas. [N. del A.].

en él autoridad, persona, ni doctrina que pudiese hacer criticable su conducta.

Sin preconizar á Teresa como modelo, y reconociendo perfectamente los inconvenientes y las consecuencias de semejante condición, diré tan solo, pª disculparla, que así era por caracter y por educacion. La naturaleza y la única pasion á que estaba destinada su vida habian formado su alma. La sociedad la habia tocado algunas veces pª someterla, no para disciplinarla; el ultrage y la vergüenza la habian amenazado, como una consecuencia de la posicion en qᵉ. la sociedad la habia puesto; para no ver ~~ultrajado~~ {hollada} su altivez ni ahogadas las inclinaciones nobles y espontáneas de su corazon, habia tenido que echarse en los brazos de su querido sublevándose contra las convenciones sociales y entregando su suerte, su reputacion, y su dicha, al arbítrio, siempre peligroso, de un hombre. La mayor parte de las mugeres que entran en este camino, encuentran en él el opróbio, el abandono y la miséria, y casi nunca llegan á la tranquilidad feliz de la vida doméstica ni á los santos goces de la família. No sabemos aún si Teresa estaba destinada á ser infeliz, como las otras; lo que sí podemos asegurar es que se habia salvado del opróbio y de la miséria, gracias á la nobleza de alma que tenia su querido, á los sentimientos leales y **pu**ros de ~~su~~ {un} corazon en qᵉ. todo era sincero, apasionado, ~~y #~~ y virtuoso.//

117 5

~~de la pasion con qᵉ. la amaba~~[96]

Vargas era digno de Teresa: [~~Eran~~]**Sus** tres pasiones {eran} el patriotismo, el amor y la ambicion: ~~tenia~~ [#]**sus** médios, la virtud y el valor. Era recto y amable por caracter;

---

[96]   El texto testado no continúa al de la foja 116, la que está escrita con interlineado más reducido y letra un poco más chica, como para que cupiese todo el contenido planeado por el autor en una sola página. Además, el número "5" en la paginación permite afirmar que en este capítulo el novelista ha cambiado la primera página y ha suprimido otras tres.

~~era~~ valiente, ardoroso y suave por constitucion. Su amor {su patriotismo y} su ambicion eran tres cosas q^e. no olvidaba un solo momento en toda su vida. Su querida estaba siempre con él, su patria se servia de su brazo y de su intelígencia, ~~contra~~ {para combatir} sus enemigos; su ambicion se satisfacia gradualm^te, á medida q^e. su valor se empleaba; y estas tres cosas se confundian ~~de~~ en su alma, de un modo maravilloso ~~en el~~ {formando todo su} presente /{~~¿y trato de V.?~~}/^97 y # {todo su} porvenir. Júzguese ahora de q^e. modo se querian, Vargas y Teresa; júzguelo [sic] q^e. eran {estos dos seres} entre sí. Decir ~~q^e.~~ **sim**plemente q^e. eran amantes, **ser**ia, quizá, hacerles injúria; decir qe. eran esposos, ~~era~~ seria muy poco.

Asi q^e. el negro [~~Manuel~~]**Antonio** introdujo á Vargas y a Teresa en **el z**aguan de la casa del Diputado Argentino, y que cerró la puerta con la cautela q^e. antes dijimos, vino á ellos y les dijo:

–Capitan! esperese Ud aquí; por q^e. el S̲or̲ D̲or̲ está desnudo. Voi á preguntarle en donde los acomodo.

–Muy bien hijo! dile de mi parte q^e le agradezco el inmenso servício q^e. me ha hecho, con todo mi corazon.

Los dejó allí el negro y se fué.

Teresa habia # guardado silencio hasta entonces[;]. [p̶] **P**ero, con sus dos manos tenia agarrado el brazo de Vargas cerca del hombro, y lo miraba con un gozo inefable, con ~~un~~ {aquel} entusiasmo mudo, con q^e. la muger q^e. ama bien mira á su amado luego q^e. se pasa algun riesgo. Una sonrisa celestial ~~y pr~~ é íntima, pareci**a** contenida en sus labios en el momento mismo de asomar. **U**n momento lo con-//

‡118

templó así despues de la retirada del negro; y, como si obedeciese á una fuerza interior, impulsiva, tomó de improviso

---

97   Nota marginal que revela una duda de López: ¿cómo se tratarían los dos jóvenes amados: "usted" o "tú"?

una de las manos del capitan, y con un aire celestial de pudor y de inocencia la apretó contra su pecho. Vargas la miró, y le dijo, lleno de amor: –Mi vida!╪

Teresa entonces, como si descendiese al suelo y concibiese recien las realidades, como si se abandonase á la re**acc**ion del terror ~~y sentir~~ y espanto q^e. pocos momentos antes habia sufrido, soltó á Vargas, y se puso á reir con mucha jovialidad, ~~y~~ haciendo esfuerzos p^r. contener en el silencio los transportes jocosos q^e. la dominaban.

–No meta bulla, hijita! le decia Vargas. No sea q^e. el D_or_ se figure alguna otra cosa!

–¡Dios mio! que escapada hemos hecho!

–Si no hubiera sido p^r. Las-Heras!.....

–Lo quiero como querria á mi padre si lo hubiese conocido!

Decian esto, cuando el negro volvió haciendoles saber q^e. Passo quería hablar con ellos.

Cuando entraron á la pequeña sala del Diputado, estaba este envuelto en su capote, sentado en una silla de brazos colocada en un rincon. Tenia en la cabeza un gorro [~~de~~]**bl**anco de noche, y los piés envueltos en aseados y finos cueros de carnero. Los hizo sentar, y ordenó á [~~Manuel~~] **Antonio** q^e. ~~les~~ sirviera unas tasas de café cargado.

–Y la señorita quien es Señor Capitán? pregunto á Vargas

–Es mi mugercita Señor.

–Ah! ah! y tambien correria mucho peligro si la agarraban, eh? preguntó ### {el viejito con} malícia y aparentando mucha seriedad.

–Como yo no soi de Santiago, Señor, ni he ~~estado~~ {residido} jamás en la capital, sino p^r. comisio[n]{**nes** breves,}, mi muger no [~~tiene~~]**tenia** relacion alguna, ni m**a**s **a**poyo q^e. yo **p**^a ~~los~~ {este} conflic**t**o; asi es q^e luego q^e. se {me} desbandó la partida, la busqué; y he **a**ndado con ella, como //

119╪

V. E lo vé.

–[~~Manuel~~]**Antonio**! ~~ManuelAntonio~~! {**A**ntónio}! que haces
q^e. no traes el café, hombre? mira q^e. {me} muero de frio! Ya
Ud vé capitan, me he pasado una hora desnudo ahí **en** esa
ventana p^r. ver si percibia algo de lo q^e estaba sucediendo
en la calle; y ya iba á mandar al negro p^a. q^e. averiguase lo
q^e. pudiese cuando me **g**olpeó Las-Heras, y me tranquilizó
participándo{me} q^e. el cuartel y nuestra tropa estaban en
buen estado y fuertes p^a. **hacernos** respetar.

Al ver la malicia inesplicable con q^e. empezó las primeras frases el D^{or} Passo, se conocia evidentemente q^e.
trataba de **evitar el** dar asentimiento directo á la esplicacion
de Vargas, y de hacer entender á este q^e. no era inclinado
á la credulidad. Pero este rasgo de malicia pasó pronto, y,
como hombre de mundo y de alta razon, dejó á los demas
en su d<u>ro</u>; y aún hizo cumplimientos alagueños {i amables}
á Teresa. Poco despues agregó:

–Ahora, quien sabe si no le sucede alg^n contratiempo á
Las-Heras! debia haber entrado, y haber esperado q^e. se
alejase ese tropel. Aunq^e. es cierto q^e. yo no he oido gritos,
ni ruido de armas.

–Oh! no señor, no le ha de suceder cosa ninguna: ¡lo respetan tanto todos!

–Si, lo respetan; pero ya Ud ve, [~~si~~]**q**^{e}. {á} estas horas, en la
oscuridad y en el tumulto, se puede hacer todo, sin echarse
responsabilidad ninguna; y sus paisanos, señor Capitan, no
nos **tiene**n, como Ud sa**be**, un amor muy fraternal.

–Es cierto, Señor! Pero en ese caso el S<u>or</u> Las-Heras tiene,
en su valor y su presencia de animo, la mejor garantia.

En este instante entró [~~Manuel~~]**Antonio** con las tasas
de café y las repartió.

–Ahora bien! Señor Capitan dijo Passo ¿Que es lo q^e. le ha
pasado á Ud?//

120 Ꝺ

Este era el punto capital á q^e. hacia mucho rato que
queria caer el Diputado. Pero, como diplomático habil,

queria ocultar su agitacion y su miedo mostrando indiferencia p^r los sucesos q^e. ignoraba, y aparentando q^e. si
los preguntaba, despues de alg^n tiempo, era tan solo p^r.
curiosidad, y por sostener la conversación. Teresa q^e. tenia
la sagaz penetracion de la muger, y q^e. hasta cierto punto
era confidente de las debilidades del Diplomático, dejó
asomar en sus labios una picarezca sonrisa q^e. pagaba en
buena moneda las anterior^s indirectas del Doctor. Vargas
contestó:

–[~~Yo tampoco~~] Señor, no sé bien lo q^e. ha ocurrido: yo
andaba p^r. el Tajamar arriba, con una partida q^e. me habia
encargado el ~~Ð~~ S͟o͟r Director; tomé dos presos q^e. ~~¿reun?~~
conduje á la casa de gob^{no}. y q^e. declararon q^e. se tramaba
un motin q^e. debia estallar dentro de tres ó cuatro dias;
apareciendo imposible de sus declaracion^s q^e. hoi mismo
se intentase cosa alguna. Despues de esto, volvi á salir en
la misma direccion, contando con tomar mas conspiradores. Al poco rato vino despavorido uno de los hombres
q^e. habia dejado apostados á retaguárdia de mi partida,
diciéndome q^e. un grupo como de ochenta hombres, habia
pasado el rio con **armas** y gefes; q^e [n̶]**h**abian prendido á
dos de mis **soldados**, y q^e. ~~venian~~ {marchaba yá} sobre
mí. Los soldados q^e. yo tenia, # eran {gente} de policia y
nada aguerridos {por supuesto;} se miraron confusos **y** #
{conocí} q^e. el miedo los dominaba; les dije q^e. habian de
ser alg$^{s.}$ miserables guazos {los que nos atacaban,} y los
llevé á encontra**rme con** ellos. Sin q^e. yo supiera como se
me desband**aron** {al primer grito} y huyeron; los otros nos
cargaron;** /{**me quedé solo entre diez ó doce hombres
q^e. asaltaban p^r. todas partes con arma blanca, me defendí
cuanto pude; mi caballo recibió alg^s. heridas, creo q^e. yo he
herido tambien á alg^s. hombres. Al verme allí tan rodeado la
reflexion cobró su imperio sobre mí, conocí q^e. me perdia,
y traté de aprovechar el tumulto y la confusion en q^e. todos
estabamos en la oscuridad p^a. tirar mi poncho p^r. un lado

del caballo ~~y saltar pᵣ~~ y descolgarme yo pʳ. el otro. Luego
qᵉ. estube á pié aproveché del primer momento, en qᵉ. no
podian verme, y huí ácia las tapias de una quinta, las salté
dejando mi caballo entre los agresores–}/ ~~yo fuí y salté las
tapias de su quinta dejando~~ ###{en el acto de saltar} la ta-
pia, un hombre me descargó un pistoleza[98] á quema-ropa
y me rozó el brazo.....
–Está Ud herido?
–Ya estoi vendado, Señor; y no es nada. Yo en-//

121 9

tonces, corrí {pʳ.} entre los árboles. Sentí qᵉ. agarraban á
muchos de mis soldados y qᵉ. intentaban perseguirme;
salí de la quinta y tomé una calle traviesa, me acerqué
á la puerta de un rancho mis**era**ble, y me la hice abrir.
Una infeliz vieja qᵉ. allí estaba, me **oc**ultó; muy poco rato
despues, sentimos {qᵉ. pasaban} caballos [~~en~~]**por** la calle;
###~~yo~~ me acerqué á la puerta pᵃ. escuchar, y oí qᵉ. decian:
–Ahora, lo esencial es tomar pronto la plaza, pʳ. si acaso
se han oido los pistoletazos, pᵃ. llegar antes qᵉ la alarma
se difunda. Ese picaro ha de caer mañana; no tiene por
donde escaparse, ~~por q~~ᵉ yo haré guardar {bien} los puentes
del Maipu. –
    "Conocí # la voz # de Dⁿ. José Miguel. Luego qᵉ todo
quedó en siléncio, salí ápesar de los ruegos ~~de la viejita~~ {de
mi protectora}; por qᵉ. temblaba por la suerte de Teresa, **que
es** esta niña, Señor Dʳ, agregó Vargas mirando á Teresa y
recibiendo de ella una tierna mirada. Temblé por su suerte.
Yo la habia dejado en una casa, donde todos saben qᵉ. #
paro cuando vengo á Santiago. Era[n] muy natural qᵉ. los
Carreras mandasen á esa casa á buscar mis papeles y mi
equipaje; pᵃ. averiguar el estado y los secretos del Egército
del Genˡ O'higgins. Era imposible qᵉ. no agarrasen á Teresa,
y si la agarraban, Teresa estaba perdida; perdida Señor, pʳ.

98   **pistoleza**: Errata por "pistoletazo".

qᵉ. ### {hai de por medio una} historia larga y terrible. Yo me propuse salvarla ó morir: tomé {pʳ} la <u>cañada</u>; corriendo unas veces y caminando otras, llegué felizmente á donde estaba Teresa, le dige rápidamᵗᵉ lo ocurrido; y como **ell**a está acostumbrada á los caprichos de la suerte qᵉ. me persigue, salió conmigo, dándome aliento el ver su valor[;]. [e]**E**ra imposible pasar hasta el Cuartel del S<u>or</u> Las-Heras; y traté de pedir á {V.E} ~~Ud~~ qᵉ. me asilara. ~~Y de##~~ V. E. me ha asilado. Lo demás qᵉ. haya ocurrido, lo ignoro completamᵗᵉ. //

122 ~~10~~

Luego qᵉ. el Dʳ. Paso oyó esta relacion, cayó en nuevas agitacionˢ, qᵉ. ya no pudo disimular. Se levantó de la silla, arrojó los cueros, dejó la tasa de café á médio tomar, y ~~paseó~~ {comenzó} á pasearse pʳ. la sala[;]. [a]**A**l fin dijo:

–Amigo! me parece imposible qᵉ. no le suceda algo de muy desagradable a Las-Heras.

–Yo espero qᵉ no, Señor!

–Nos ha hecho tanto bien, dijo Teresa, qᵉ. es imposible qᵉ. Dios no vele sobre él y lo proteja.

–Esas son necedades, sonseras, niña! **r**espondió el Diputado. Demasiados m**un**dos tiene Dios qᵉ. **gobernar**, pᵃ. venir ahora á ocuparse de este rincon de tierra, y de Ud, ~~ó yó, ó~~ ó de mí, ó de Las-Heras. Necedades! necedades del orgullo **huma**no! Seria bueno ~~aho~~ qᵉ. Dios estubiese ocupado, desde las estrellas, en ati**s**bar lo qᵉ. le pasa ~~á un hombre##~~ {á uno de los hombres qᵉ. andan por} **las** calles de Santiago! Mire Ud!

Parecia qᵉ. el D<u>or</u> Passo estaba dispuesto á dar desahogo pʳ. este camino al desconsuelo é incertidumbre en qᵉ. ~~estaba###############~~ {hallaba, pero su ventana volvió á ser sacudida con} repetidos golpes[.]

–A ver! dijo en voz baja del D<u>or</u>. Passo[.]

–Señor Diputado! gritaron de afuera –**V**engo de parte del Comandante Las-Heras, á entregar á V.E una car**t**a.

–¿Quien es Ud? preguntó el doctor, sin ponerse delante de la ventana.

–Soy el Teniente Deheza del batallon de **A**uxiliares.

–De veras?

–De veras, Señor!

El Doctor Passo abrió la ventana. ~~y dijo:~~

–Teniente! y q^e. es del comandante?

–Está en el cuartel, Señor.

–Y q^e. [~~han~~]**ha** habido?

–Yo no lo sé, Señor; nosotros ibamos ~~con el co~~//

123 ~~H~~

en columna cargando sobre la plaza cuando vino el Comandante {mismo} y nos puso en retirada. Dicen q^e. {los Carreras} han hecho revolucion. Tengo orden entregar á V. E esta carta y de retirarme.

–Bien! venga la carta y cumpla Ud {con} su orden.

–Ahí esta Señor! Muy buenas **noc**hes!

–Adios teniente!

El Diputado ~~volvio~~ cerró su ventana y ~~fué~~ con toda prisa se acercó á la vela p^a. leer su carta. Esta decía así:

S~~or~~ D~~or~~ D. Juan Jose Passo.

Cuartel de Auxiliares

23 de Julio á las tres de la mañana.

Mi respetado amigo y paisano:

Todo se ha concluido yá, por consig^{te} éntre Ud en perfecta tranquilidad. Los Carreras han triunfado, p^o no de mí ni de Ud, del Gob^{no} solo. He estado con ellos, y ahora estoi en mi cuartel con toda mi tropa, seguro plenamente de q^e. Ud ni yo tenemos motivo alguno p^a. temer. Mañana le esplicaré á Ud. todo. Es original lo q^e. ha sucedido. Yo soi ahora, como lo era antes, ~~el~~ dueño de la única fuerza decisiva é imponente q^e. existe en Santiago. Le digo á Ud esto, p$^{a.}$ su plena seguridad y sosiego. Duerma Ud sin cuidado alguno.

Su amigo y paisano. q. b. s. m^{v}.

Juan Greg°. de **Las Heras**.

–Que singular es esto! dijo Passo. Los Carreras han triunfado y̶, nuestra tropa está en el cuartel y [l̶a̶]**es** la mas fuerte!........ No lo entiendo, entretanto, lo creo, p^r q^e. conozco á Las-Heras y sé q^e. es todo rectitud y formalidad.

–¡Los Carreras han triunfado! d̶i̶j̶e̶r̶o̶n̶ {repitieron} con [#] **pena** y {con} pavor, Vargas y Teresa.

Todos quedaron en silencio, y meditando p^r. un rato. La quietud y la calma progresaban visiblem^te en el rostro del Diputado de Buen^s Air^s; al paso q^e. el dolor y la tristeza dominaban en el de sus huespedes. El negro [M̶a̶n̶u̶e̶l̶] **Antonio**, e̶s̶t̶a̶b̶a̶ ## {con los brazos cruzados y recostado} contra el marco de una # puerta //

124 #

c̶o̶n̶ ̶l̶o̶s̶ ̶b̶r̶a̶z̶o̶s̶ ̶c̶r̶u̶z̶a̶d̶o̶s̶ y [#]**sacaba** impresion^s é ideas de la situacion y de las reflexion^s q^e. hacian los demas.

–[M̶a̶n̶u̶e̶l̶]**António**! dijo Passo. ¿Preparaste el cuarto p^a. los Señores?

–Si, señor; está pronto.

–Mira llévate este café q^e. está frio y traeme otra **tasa**. Señores! si Uds gustan descansar, digan á [M̶a̶n̶u̶e̶l̶]**António**; yo voi á tomar mi café en la cama. Es probable q^e. mañana sea dia de mucho **q**uehacer. Si Uds quieren mas café ó algun poco de vino, p̶í̶d̶a̶n̶l̶o̶ ̶c̶o̶n̶ ̶#̶ pidánlo con franqueza al M̶a̶n̶u̶e̶l̶ criado.

–Si, señor! Mil gracias! dijo Vargas. Nos retiraremos, rogándole al S̶or que nos dispense y que........

–Nada, nada, mis amigos! no hai de qué. Y̶o̶ [c̶]**Creo** e̶n̶ {lo q^e. me dice} Las-Heras, y espero q^e. Uds, **ni** yó, tenemos cosa alguna q^e. temer –Vaya, pu**es**; amigos, muy buenas noches! hasta mañana! duerma Ud bien, niña! q^e. ya se ha asustado mucho esta noche!

Los huespedes siguieron á [M̶a̶n̶u̶e̶l̶]**António**, y dejaron al d̶or Passo metiéndose en cama p^a tomar su café.

———

IX[99]
E#####################
____ //

‡[125]

Capítulo XII.
———‡

Vargas y Teresa siguieron al negro [~~Manuel~~]**António**, quien haciéndoles atravesar el pátio, los introdujo en un cuarto pequeño, aislado, y provisto de lo muy necesario pᵃ pasar una noche –una mesa, una vela encendida, y una silla grande, ancha, con brazos y respald**o**, ~~forrada de zuela labrada~~ formada con gruesos barrotes de madera negra, y **forrada de** zuela labrada. Habia en la **pare**d un hermoso gravado, qᵉ. representaba á Voltaire[100] con su enorme peluca y con esa sonrisa estereotipada sobre su rostro, qᵉ. le dá una fisonomia de mono y de aguila á la vez. En uno de los rincones del cuarto estaba, cubierta de polvo y toda arruinada, una estampa qᵉ. representaba un santo cristiano, y qᵉ. era necesariamᵗᵉ algⁿ. resto qᵉ. habi**an** dejado en la casa sus anteriorˢ mora**do**res; pues el do͟r Passo era hombre qᵉ. ~~¿no llevaba á?~~ {no gustaba de que} su equipaje se pusiese en contacto con ~~semejantes~~ {las} preciosidades del arte ascético.

~~en~~ Este es el cuarto, dijo el negro, en qᵉ. va á poner su escritório el So͟r Doctor. Recien esta tarde habia empezado á arreglár**selo**, y despues qᵉ. lo sacudí y limpié, el mismo colgó ese retrato ahí; añadió Manuel[101] señalando á Voltaire. Asi,

99   Por este dato suponemos que el capítulo XI habría sido el VIII de la primera versión.

100   Existen varios grabados con el retrato de Voltaire, con la peluca y sonriendo levemente.

101   En esta frase, el autor se ha olvidado de cambiar el nombre del personaje (Antonio).

pues, aunq^e. lo vean ~~Uds~~ {sus mercedes,} pobre, no tiene q^e. temer pulgas ni vichos. ¿No se ofrece **na**da, Señor Capitan?

–Nada, hijo! T**e damos** las gracias.

–Que! Señor; no hai de qué. Que su Merced y la ~~se~~ señorita pasen muy buena noche!

El negro se fué, y Vargas cerró la puerta. Teresa estaba {pensativa} delante de la vela, con las despaviladeras[102] en la mano, separando ~~pa...~~ la mecha y volviéndola en diversos sentidos. Vargas la dejó hacer y se dirigió á la silla donde **se** dejó caer, mas bien q^e. se sentó; y, **ap**oyando el codo {izquierdo} sobre el brazo del sillon //

‡**126**

sostenia la cabeza con la mano dejando caer la barba sobre el pecho, mientras que el otro brazo caia estendido sobre el del sillon. El desaliento y la tristeza estaban pintados en su semblante y en su postura.

~~Habia dos modos para saber si ya tenia una~~#‡

Hacía ~~un~~ tiempo q^e. este lúgubre siléncio habia durado entre ambos amantes, cuando Teresa, dejando su maquinal entretenimiento, se acercó con ternura á Vargas; y tomándole ~~el brazo~~ {la mano} derecha, se puso á mirarlo con una espresion angelical y hechicera; parecia q^e le estudi**aba** faccion p^r. faccion, y q^e. este estudio la llenara de satisfaccion y de ~~delei~~ deleite. Teresa se **sonrei**a, queria alegrar á su querido alejando l**as** preocupaciones de á**nim**o q^e lo **abatian**. Vargas se sentia en el paraiso mirando la cara de Teresa; todo su orgullo se desataba interiormente cuando se contemplaba querido, como lo era, p^r aquella **m**uger sublime. Pero en aquel momento eran tan graves, tan **acer**bas, las dudas q^e. lo afligian, q^e, por mas q^e. quizo buscar palabras de amor y de consuelo p^a. Teresa, no pudo hallar una, ~~sola~~ y apenas pudo decirle:

---

102 **despaviladeras** o despabiladeras: "Tijeras con que se despabilan velas y candiles" [*DRAE*].

–¡Que infelices vamos á ser, mi vida!

–¡No lo creas, mi amor! respondió Teresa. Es imposible q^e. tú y yo seamos desgraciados! **Mien**tras tu me quieras, nada tengo q^e. llorar; ~~y mientras~~ tú **eres** valiente y triunfarás siempre ¡siempre, Vargas! Yo no te puedo esplicar lo q^e. tengo en mi corazon: pero mi corazon es leal. Mira, es muy leal; dijo Teresa, rodeandose la cintura con el brazo de Vargas, y sentándose en sus faldas. Créemelo **V**argas! es muy leal; y yo tengo en él no sé q^e. voz q^e. me grita –q^e. no tema cosa triste ninguna, q^e ha de llegar pronto un dia, **a**gregó riendose con mucho candor, en el q^e. tú has de ser gran gen^l., en {el} q^e. no ha de haber grados, ni Carreras.

–Pero ya ves, hijita, ~~cuanto~~ {q^e. mientras llega ese dia} estamos sufrien-//

127 3^{103}

do {amargamente}, á pesar de lo q^e. te dice tu corazon.

–Oh! Vargas! esto ~~no~~ es nada! Ya ves como estamos seguros de los Carreras. El S͟or Las-Heras, tu lo verás, nos ha de protejer ~~el~~ {hasta el} fin: mañana, de algun modo, de cualquier modo q^e. sea, Vargas y su Teresa **saldrán** de Santiago y se **irán** al campo del Genl. O'higgins. ¿Como te figuras ¡amor mío! q^e. estos picaros, con sus miserables partidários no han de sucumbir cuando los ataque nuestro **bravo** gen^l.? Entonces vendrás tú con él, y veremos! Te acuerdas lo q^e. te encargó q^e. le digeras al Director? "Si es necesário q^e. marche á Santiago p^a contener á los revoltosos, digale Ud q^e me lo avise al momento; y q^e. verá como llegando yó, no queda ni rastro de ellos" –Mira, me parece q^e. estubiese, ahora mismo, oyendo su metal de **voz** sobérbio y **gr**ueso.

–No, Teresa! no [~~son~~]**es eso** lo q^e. me aflige. Hai cosas mucho mas sérias; y vamos á sufrir contrastes terribles ~~sin~~ {antes} q^e. pasen muchos **d**ias. La noche de hoi ha sido mucho mas funesta de lo q^e. tú puedes ~~consid~~ congeturar; seria preciso

---

103   Paginación particular del capítulo XII.

un milagro pª. qᵉ. el pais se salvase, y pª. qᵉ nosotros no nos perdiésemos con él. Los Godos han recibido refuerzos poderosos de Lima, tropas mil veces superiorˢ á las nuestras en disciplina y número; {y} estarán ya marchando de Talcahuano sobre el Genˡ. O'higgins. Conozco bien a los Carreras y á O'higgins, y sé qᵉ. preferi**rán** entregarse á los godos antes qᵉ. ceder de sus pretensionˢ y qᵉ. olvidar su encono. O'higgins va á marchar sobre Carrera, y Carrera va á reunir tropas ~~sobre~~ pª pelear contra O'higgins; mientras {tanto,} cinco mil godos de linea {casi todos de infanteria} con oficiales de escuela y de esperiencia, ~~con # casi todos de infanteria~~ inmejorables, **va**n á venir sobre todos nosotros, y nos van á aniquilar. Estamos ¡mi vida! á dos [~~dedos~~] **pasos** del **cad**alzo //

128 4

de la proscripcion y de la miseria.

Teresa se quedó pensativa; reclinada sobre el ancho seno de Vargas, y mirando la mano de este, qᵉ. tenia entre las suyas. Estaba bella, como una de las pinturas de Rafael. ~~Sus~~ Sus cabellos se habian desprendido de las liga**d**uras y caian {desparramados} pʳ. **sus** hombros y [~~los~~]**por** los brazos de Vargas, como si fuesen un velo fúnebre, ó, mas bien, un grueso copo de largas y negras cintas de seda: su pecho palpitaba con tanta fuerza qᵉ. se ~~veian per~~ podi**an** contar con perfeccion sus movimientos. Un momento despues qᵉ. Vargas dejó de hablar, asomó en los ojos de Teresa una sola ~~grue~~ lágrima, pero {qᵉ. era} redonda y gruesa como una gota de rocio; apareció y corrió pʳ. sus mejillas dejando un rastro **bel**lísimo **en** donde se reflejaba la luz. Levantando ~~en~~ {entonces} la vista, preguntó a Vargas:

–Y que piensas hacer tú?

–Si salgo de aquí, reunirme al Egército, y, como espero **que** venzamos á los godos, combat**iré** ~~con~~ **contra** ellos, ~~con ó con estos de~~ ó contra los carrerinos hasta qᵉ. el honor y la bravura me lo exijan. Mor**iré** sobre el campo de batalla, ó saldré de[104] él, p[a]. ir [~~con~~]**con**tigo á sufrir la miséria y la proscripcion donde Dios quiera[.]

–Pues bien! y ¿por que ponernos tristes entonces? Si tu mueres, muero yó; y ya no hai desgracia q[e]. temer[;]. Mil veces te lo ~~hej~~ he jurado; y, aunq[e]. tu no me tengas p[r]. capaz de **rea**lizarlo, yo te lo sostengo, p[r]. q[e]. me conozco; **me he** {de} ma**ta**r, si tú mueres, y te he de alcanzar antes q[e]. tu llegues al cielo. Si tú no mueres Vargas, yo andaré contigo como ando ahora; y andando asi, pudien**do** verte, abrazarte, oirte, be**s**arte, desafío al cielo mismo p[a]. q[e]. me haga infeliz, si puede. ~~Déjame seguirte por todas partes: cuando dés alguna batalla~~//

129 5

–Si! pero la patria y nuestro porvenir.........

–Te diré la verdad; dijo Teresa interrumpiendo á Vargas. Yo no entiendo bien lo q[e]. **es** la patria; la quiero, p[r]. q[e]. veo q[e]. tu la idolatras; pero la quiero sin comprender bien lo que quiero. No tengo lugar en mi cabeza p[a]. ningun pensamiento, para ninguna afeccion q[e]. no sea la q[e]. siento p[r]. tí. Tu amor me ocupa toda entera; hablo de patria contigo, por seguir tus gustos, por **alaga**rte; pero cuando tú no me la recuerdas, yo no pienso sino en tí, en verte, en amarte, en devorarte á besos.

Vargas la miraba, y se sonreia con una espresion q[e]. mostraba q[e]. el deleite rebosaba **en** su alma. De**r**repente, un pensamiento triste pasó como una nube p[r]. delante de sus ojos, y dijo:

–Ah! Teresa! tengo una idea cruel q[e]. me martiriza á todas horas!

–Cual?

–No puedo dejar de reflexionar que yo soi quien te ha hecho infeliz. Si yo no hubiera trabajado p[r]. hacerme querer de

---

104   El autor ha agregado la preposición después de escribir "saldré" y "él"; por eso, lo hace con una letra más pequeña.

tí, si no me hubiese consagrado á despertar tus pasiones, y á conmover tu pecho, tú habrias amado á algun hombre laborioso, **pac**ífico y moderado; habrias vivido quieta á su lado, rodeada de goces domésticos, sin agitaciones ni horribles alarmas; ni habrias atravesado en pocos años cuanto tiene de amargo y de cruél la vida humana; habrias vivido en la sociedad de tus amigas, y no serias, como ahora, un ser aislado, exéntrico, consagrado á seguir la vida errante é incierta de un hombre de partido entregado á cada momento al demónio de los tumultos y de la ambicion y sacudido p^r. las pasion^v como las ramas de un álamo p^r. los ventarrones. ¿Me lo creerás, mi vida?.... He reflexionado mil veces sobre esta amarga verdad, q^e. estoi muy lejos de desconocer; mil veces hé buscado con ánsia un médio de librarte de esta # {indigna} suerte; y, lleno de horror he visto siempre q^e. no tenia sino uno p^a. ~~volver~~ volverte lo q^e. te he quitado –el suicídio!

Teresa miraba á Vargas entretanto con asombro, p^o. con un disgusto profundo. Al fin esclamó:

–¡Cállate, por dios! –Eres cruel hasta la barbárie! Eso q^e. me estas diciendo es infame ¡Si! ¡infame! por q^e. es prueba de la atroz injusticia q^e. en tu interior me haces. ¡Figurarse ¡dios mio! q^e alguna vez en la vida se me hayan ocurrido semejantes ideas! ¡Figurarse q^e. las pueda oír sin morirme! ¡Vargas! ¡Vargas! ¿que te he hecho yo ¡bien mio! p^a. q^e. me desprécies así? ¡Vargas! desdícete, por dios! Dime pronto q^e. te desdices si no quieres q^e. me muera de pena. Tú no sabes lo q^e. te quiero! Y yó tan inocente ¡poderoso dios! que lo creia convencido de mi amor! Vargas, tú no sabes lo q^e. es ser dichosa pues q^e. no has conocido q^e. no se pueda ser mas q^e. lo que yo lo soi á tu lado! ¿Qué me importa el mundo entero mientras te vea y te oiga, ~~min~~ mientras te abraze y te bese así, así, (le dijo dándole repetidos y ardientes besos). Si tú no me hubieses amado, y hubieses pasado indiferente por mi lado, no habria tenido en quien apoyarme para resistir á ese hombre brutal y torpe, á ese Juan Jose Carrera; y ahora, en vez de ser tu idolo y tu compañera, seria su repugnante desperdício; y tal vez, el desperdício de cuantos quisieran llenarme de opróbio! ¿Y esa es la suerte á qᵉ. **te** dueles de no haberme dejado entregada?

(~~sigue~~ ### ~~(**)~~) //

✝ 130[105]

~~(**)~~

–Pero, Teresa! si yo caigo en la miséria, si soy proscrito ¿Cuantas amarguras no sufriremos?.... Viéndote yo llena de privaciones ¿como podré contemplarte sin un dolor profundo?

–¡Que ocurréncia, Vargas! ¿que es lo qᵉ. hemos de sufrir? Nada! tú no serás Capitan, no mandaras soldados, ni darás la mano á los Generales, no usarás galones ¡bueno! ¿que nos importa todo eso? Pero tú trabajaras en cualquiera otra cosa; yo tambien trabajaré; estaremos juntos, y esto basta!...... Sobretodo, dejemos de hablar de estas tristezas. Si mueres tú, muero yó; si vives, vivo contigo. Lo qᵉ. te ruego, es, que no te dejes tomar prisionero; por qᵉ. nos separarian!..... Díme, Vargas; dijo Teresa levantándose y acercándose al retrato de Voltaire –¿Este viejo será algun amigo del Diputado, nó?

–No lo sé, hijita; respondió Vargas levantándose tambien, y tomando la vela pª. arrimarla al ~~retrato~~ cuadro.

–¿Que dice abajo?

–Volt-a-i-re; dijo Vargas leyendo cada letra con su sonido español.

–Y en ese otro letrero qᵉ. está con tinta mas abajo?//

---

105   Esta hoja está cortada; es un agregado, como señalan la indicación al editor y los asteriscos tachados.

13¿**1**?

–Está enredada la letra. **Pero** dice –~~grande y benéfico como ninguno~~, respondió Vargas leyendo ~~muy desp p#~~ con bastante dificultad.

–Ha de ser algun gen^l. porteño; dijo Teresa ~~volviendo~~ alejándose con indiferencia del cuadro.

–Creo q^e. nó, contestó Vargas haciendo lo mismo. Ha de ser algun frances; por q^e. este viejo siempre está leyendo libros franceses.

–No de valde [~~en~~]**se** ha quedado sin pestañas, y anda {siempre} mirando al suelo como si quisiera leer hasta en los ladrillos. Sabes q^e. es un pillo este viejo? ¿Observaste con q^e. zorreria me miraba cuando entramos, y cuando te preguntaba quien era yó? Pero, si vieras q^e. susto el q^e. tenia ~~este viejo~~ {el pobre} cuando le golpeé la ventana! ~~Dijo~~ {Primero se hubiera dejado matar q^e. abrir! Y despues nos salió diciendo} /{muy sério}/ ~~el~~ q^e. estaba tiritando de frio, cuando entramos....... ¡mentira! era de miedo!

Era evidente q^e. Teresa hacia cuanto podia p^r. ~~despejar~~ sostener {en Vargas} el olvido de los temores q^e lo aquejaban. Entretanto estaba ya aclarando, y la luz del sol comenzaba á verse ~~p^r.~~ sobre los picos áridos y atrevidos de la Cordillera. No tardó mucho [~~Manuel~~]**António** en venir á golpear la puerta de los dos amantes trayéndoles mate de {legítima} ỵerba paraguaya.

–Ud no ha dormido? Dijo [~~Manuel~~]**António** al Capitan.

–No, hijo; no hemos dormido. Y el S̲o̲r D̲o̲r se levantó yá?

–¡Que se ha de levantar! Hoi la tira hasta las doce.

–Es estraño q^e haya podido dormir estando tan agitado.

–Qué, estraño, Señor! cuando tiene [~~unas~~]**la** propiedad particula~~res~~ de dormirse sobre el libro, so[bre] los brazos de la silla, recostado sobre la mesa, [sentado] de cualquier modo en fin! Y si Su Merced [¿?] ¡para q^e. es decir nada!//

[132]

[¿?] Se queda dormido, aunq. [¿?] Su Merced acabe de dárs[¿?] ese hombrecito, ahí donde su merced [¿?] Aires tiene una fama asombro[¿?] pone á hablar y á discurrir sobre [¿?], habla horas y horas, como un pico de oro; se acalora se entusiasma y dice flores q^e dá gusto, Señor!
–Dime, hijo, ¿este retrato es de algun amigo suyo?
–Creo q^e. si señor; por ayer tarde, sin ir mas lejos, cuando me lo dió p^a. colgarlo aqui, le pregunté yo "¿Quien {es} este viejito, Señor? Y él me contestó –"ese viejito {es} [un] **el** mas grande de los hombres; no ha derramado una gota de sangre y ha vencido á los déspotas y á los impostores; no ha nacido rey, ni lo ha sido jamas; pero ha gobernado el mundo y se ha hecho bendecir p^r. el género humano. A él le debes tú, y tus hijos, y tus iguales, la libertad de q^e. ~~gozareis muy pronto~~" # De gozais, y la felicidad de tener una patria q^e. os proteja." Como el me digese es**to**, yo colegí q^e. este ~~hombre~~ viejito era ~~el q^e. le~~ {algun enemigo acérrimo de los godos; ~~que lo~~ y que será el que le} escribió el año pasado á la Asamblea, diciendole que # **declara**se libres á los esclavos.

No bien habia concluido de decir es**to** el negro [~~Manuel~~] **António**, se sintió un fuerte golpe en la puerta de la Calle. El negro fué ligero á saber quien era. Se **ta**rdó bastante; y cuando volvió, participó á Vargas q^e. acababa de entrar el **Com**an**dan**te Las-Heras, y q^e. antes de pasar á hablar con el Diputado, habia preguntado p^r. el Capitan y le habia mandado memorias.
–Vendrá a verme? ¿Querrá q^e. lo detenga yo en el pátio p^a. hablar?
–Me parece q^e. ha **de** venir á Ver á Uds despues q^e. hable con D<u>or</u>; por q^e. ~~el e~~ {es hombre} muy politico.

~~Nosotros dejaremos á Vargas y á su Teresa, continuando sus colóquios amorosos, ó sus diálogos con~~//

[133]

~~António y asistir [¿?] dos personages.~~

————

Luego el leal negro dijo esto dejó de nuevo solos al Capítan y á Teresa; por q^e. comprendió q^e su presencia era inoportuna y estorbaba á la efusion tierna de aquellos dos corazones.

Entretan[to], el comandate {argentino} habia entrado al dormitório del Diplomático.

————//

134

Capítulo XIII

–Señor Comandante! dijo el Doctor Passo incorporándose en la cama y abrigándose el pecho con una bata de bayeton, ¡Que madrugon ha dado Ud!

–Y que quiere Ud, Señor Don Juan José! cuando hai quehaceres urgentes es preciso incomodarse un poco. Y por otra parte, ya Ud ve que mi carrera debe haberme acostumbrado á madrugar.

–Pues amigo; yo he pasado tan mala noche que me he enfermado de veras. Tengo el pecho muy cerrado, y un gran dolor, aquí, en los pulmones, dijo, poniéndose la mano en un costado. Y en hombres como yó, mi amigo, en quienes el pecho y los costados forman todo el capital activo, estas doléncias son una derrota considerable. Asi es que toda la noche he estado reflexionando, que lo mejor es q^e. me retire á Buenos Aires, por que temo mucho que este frio crudo y malsano de la cordillera agrave mis males. Nuestro hinvierno, Las-Heras, es otra cosa. Hace frio, es verdad; pero aquel es un frio liviano, tónico, que inspira alegria y viveza en el ánimo; no es como este frio agresor que reina en este pais; frio q^e. lo domina á uno, que le apoca las **po**tenci**a**s, q^e polariza y anonada á la accion nerviosa ¿No es verdad, hombre?

–Es tan cierto eso, Señor Doctor, que á muy poco tiempo
de estar en este pais ya comencé a sentir esa diferéncia.
Ademas de eso; <u>allí tiene Ud, amigo, aquel pampero de
nuestra tierra, que es capaz de hacer revivir á un muerto;
que parece que lo levanta á Ud, # al aire, dándole una
abundancia particular de vida y de energia intelectual</u>.[1106]
Recuerdo haber leido en una de las Obras de Humboldt
que el frio de los paises montañosos es ~~muy~~ {tan} malsano
como saludable y tónico el de los paises llanos[.]
–La esperiencia q^e. he adquirido mientras he residido //

135.

en Santiago me basta p^a. no dudar de la observacion ~~de~~
del célebre naturalista q^e. Ud ha nombrado. Me hace tanto
daño el temperamento de este pais q^e. estoi resuelto á salir
pronto de él.
–Me parece muy oportuna la resolucion, Señor Doctor; no
solo pienso q^e. lo deba Ud realizar por razones de salud,
sino tambien por algunas otras q^e. vengo a decir á Ud.
–¿Cuales? Cuales? Señor Comandante, dijo el Doctor con un
aire visible de inquietud: –Bien las prevéo! agregó inmedia-
tam^{te} despues; la guerra civil q^e. ha iniciado el movimiento
escandaloso de anoche vá á ser cruel y desenfrenada, por
q^e. una lucha entre caudillos como José Miguel y O'Higgins,
no puede menos q^e. hacerse lucha de muerte y de desolacion..... ¿Cuál vendrá á ser entonces mi papel entre
ellos?..... ~~El uno {Ambos nos} exigirán q^e. los apoyemos;
si no lo hacemos, nos arrojarán y perseguiran, y matarán
tambien, de comun acuerdo, sin dejar de seguir matán-
dose entre ellos; si apoyamos al uno, el otro levantará....~~
¿Que partido será el q^e. ten**d**remos q^e. tomar al fin?.... Yo
no **p**reveo otro q^e. el de retirarnos; ~~al fin,~~ {por q^e. hemos de
ser} echados por unos y por otros; por q^e amigo, á medida

---

106   1 Palabras que ahora, en su vegez, repite siempre el General Las-Heras con un
entusiasmo ### lleno de senti[¿?] y de ternura. [N. del A.].

q^e. voy conociendo á fondo los pueblos con q^e. vamos
haciendo la revolucion, las pasion^s. y los **in**tereses q^e. esta
misma provoca, las preocupaciones y extravios morales q^e.
propaga de una punta á la otra de América el mismo movim^{to}
de emancipacion y de indep^a., me horrorizo amigo mio y
preveo abismos ¡¡abismos tenebrosos!! q^e. quiza no bastarán
á llenar cuatro generacion^s caidas {en ellos} sucesivam^{te} #
mutiladas, degolladas {y} calumniadas atrozmente, sin q^e.
nadie les haga la justicia de revelar algun dia sus méritos,
de elogiar sus ansias {santas y elevadas por el bien de la
Patria,} ni de asombrarse con admiracion de la grandeza
de sus sacrificios ó de la heroicidad de su martírio! ¿Sabe
Ud amigo (dijo ### {el Doctor Passo} incorporándose en
la cama, y mo-//

136

vido al parecer por una profunda inspiracion) Sabe Ud lo
q^e quedará de todos esos <u>artículos de Periodico</u>, de todas
esas proclamas q^e. nos ensalzan y que nos prometen la
gloria, la inmortalidad, las bendiciones de nuestros hijos y
de ntros nietos, los aplausos del mundo &. &. &?..... Nada!!!
el olvido!!!... miento, Señor! algo peor q^e el olvido! dijo
aquel hombre eminente con una energia terrible, **prof**ética,
levantando la mano con un movimiento convulsivo y haciendo temblar los ralos cabellos q^e. poblaban su bellísima
cabeza[;]. [s]Sus ojos vivos y penetrantes estaban repletos
de lagrimas, y cuando dijo "Miento señor! algo peor q^e. el
olvido" **se** le ahogó la voz, bajó el brazo con desaliento y
oyó correr esas lagrimas por su mejilla.

El Comandante estaba pálido; se lo conocia dominado
por una emocion profunda; sus grandes ojos, clavados sobre
un punto del suelo, **in**mob**les**, parecian absortos en la con-
templacion de una idea enemiga[;]. [a]Aunq^e. su mirar era
invariable y fijo, espresaba ~~por momentos~~ {hora la} rábia,
~~por momentos~~ {hora la} energia, ~~por momentos~~ {hora el}
desaliento, revelando la lucha interior q^e. su patriotismo

y la conciencia de su importancia futura sostenian contra los presagios del D<u>or</u> Passo. Tenia la espada parada entre las rodillas, tomándola con una mano por la mitad de la vaina, y con la otra por el puño, y sacando y metiendo una parte de la hoja ~~con unos movimientos~~ maquinalm^{te} y con lentitud. Los sentimientos generosos q^e. rebosaban en su corazon parecian sublevados contra las predicciones del D<u>or</u>, y convertidos en protestas interiores de sacrificarse antes de permitir q^e. ~~aquellas predicciones~~ {tan tristes augúrios} se realizasen. Su alma, q^e. # toda era fé, esperanza é idealidad, ~~oprimida~~ se rebelaba instintivam^{te} contra las sugestiones del escepticismo del politico; ~~las creia a #~~ {se inclinaba á creerlas} sofisterias de abogado, artificios de esgrima ~~lógica~~ {oratória}, resultados en fin de un momento de disgusto ó de Desaliento. Pero, oprimido por la sinceridad de emocion con q^e. Passo //

137

habia hablado, contrariado por el recuerdo de las diversas peripécias q^e. ya entonces contaba la Revolucion Sudamericana, no encontraba en su cabeza nada q^e. oponer á las vaticiones desesperantes de su interlocutor.

Este permaneció {callado p^r.} un rato, como sumido en una tristisima meditacion. Menos agitado, pero no menos conmovido q^e. antes, dirigió su vista al Comandante y le dijo: =Sí, <u>paisano</u>[(1)][107]!... estas lágrimas q^e Ud ha visto correr involuntariam^{te}, no son hijas de flaqueza, no me las arrancan las injusticias é {ni las}[108] ingratitudes q^e. preveo; me las arrancan, amigo, nuestros hijos, las generaciones futuras, destinadas á rodar con nosotros entre pantanos profundos, formados por la sangre de los mas bravos y mas

---

107 (1) Esta palabra muy usada en aquel tiempo era una especie de signo de partido: significaba- los hijos de la tierra, <u>los criollos</u>, luchando contra el domínio español. [N. del A.].

108 En este capítulo, buena parte de las modificaciones parecen haber sido hechas en lápiz y, tal vez, por otra mano.

dignos hombres de ntra tierra; crea Ud, que nada bueno y eminente se producirá en ella, sin q^e. caiga bajo el puñal de los asesinos, ó sea proscripto por el sentir uniforme de las masas bárbaras, acaudilladas por bandidos felices, retró-grados y crueles. Algo peor q^e. el olvido nos espera, Señor Com^{te}.! la ingratitud, ~~el olvido~~ el vitupério, la calumnia, la maldicion!....

=Oh! Señor Doctor!....

=Si, Señor!!.... la maldicion! Ud mismo, yo mismo, lo hemos de ver! no se alucine Ud!.... la hemos de sufrir!.... la han de sufrir nuestros hijos, y los hijos de nuestros hijos!.... Unos á otros nos hemos de perseguir, nos hemos de degollar, nos hemos de proscribir durante años y años, sin fin!.... y ntra revolucion tan grande, tan bella en el corazon de Ud, en el mio, en el de Moreno {y Castelli} en el {de} Monteagudo, en el de Peña, en el de Rivadavia, en el de Belgrano, Balcarce, Lopez. &. & ha de recibir tales calumnias, tales golpes, tanto lodo y tanto tizne, q^e. no solo el mundo lejano, sino las mismas generacion^s. argentinas q^e. retoñen al fin de los tiempos aciagos, la han de mirar con asco; han de creer las calumnias //

138

~~de las q^e~~. que arrojarán sobre nosotros ~~miles~~ cientos de cientos de hombres ¡amigo mio! q^e., por ambicion de man-do, por egoismo brutal, por intereses personales, harán esfuerzo de esfuerzos por desacreditarnos á nosotros p^a. {desacreditar y} arruinar los principios politicos de progreso y de libertad {q^e. son la base de la revolucion y}[109] q^e. Ud sostiene con esa espada, ~~y~~ {como} yó con mis pobrisimos talentos. Pero ¡amigo mio! esos principios, hombres como Ud y como yó, seremos estorbo p^a. los gobiernos de estos paises[;]. [p]Para desacreditarnos, necesitarán desacreditar la revolucion; para aniquilarnos, la harán retroceder. El

---

109   Este es uno de los agregados en lápiz más interesante.

mundo lejano creerá bestialm^te. lo q^e le digan; los niños creerán lo q^e les enseñen[;]! ~~los vecinos, mi amigo, estos por los cuales se sacrifican~~........ ¿Y cree Ud q^e. el desgraciado, el mas digno, el mejor, el virtuoso {el proscripto} podrá lisongearse con la esperanza de hallar simpatias entre los sud-americanos?..... No, **pai**sano!... no las hallará!!!... –Si lleva sobre su frente el sello del mérito, será mil veces peor p^a. él; por qe. será como si llevase estampado el signo de la proscripcion universal ~~(a) # algo. Mire Ud, creo q^e~~ . Si ese pobre proscripto es hijo del pais q^e. mas servicios y mas sacrificios haya hecho p^r. la causa de la Ind^a. Sud-americana, Será perseguido y calumniado con doble razon[;]. [l]Los méritos de la patria y los de su persona suscitarán contra él ~~todas~~ las furias del ódio ~~publico~~ {local}[;]. ~~s~~Sobrarán miserables amasados de ingratitud y de envidia, q^e., tomando la trom**p**eta de la difamacion ~~levantarán~~ contra [é] el pobre proscrito americano, q^e no tiene patria ni hogar, y q^e. ~~la~~ ha ido á buscarlos á la tierra q^e. libertaron sus padres presentando el pecho á las ballonetas españolas, levantarán, ~~digo~~, el viento borrascoso de las pasiones provinciales, las calumnias de la aldea, la persecu-/

~~(a) No quiero dejar lugar á congeturas sobre los motivos~~ ~~y los recuerdos q^e. me arrancan estas reflexion^s q^e. #{pongo}~~ ~~entera del benemérito patriota JJPasso.~~

cion diaria y con**s**tante hasta lograr q^e. el dedo de la estúpida plebe, movido p^r. la malicia y la envidia, lo señale como un famoso criminal, como un enemi-//

139

go del orden y de la prosperidad nacional!.....

El Comandante no pudo menos q^e manifestar su resistencia á entrar por semejantes previsiones; y creyendo q^e. el D^or Passo habia caido ya en él énfasis y la exageracion, le dió á entender con una sonriza espresiva q^e. rechazaba sus ideas. El D^or lo percibió y le dijo con viveza –No! amigo mio! no se ria Ud ni crea Ud q^e. han se tardar mucho en

venir estos males. Es muy probable q^e. Ud, destinado á
vivir mucho si no lo atraviesa una bala ó una espada, los
sufra al lado de ~~muchos jóvenes~~ {aquellos} que tal vez no
han nacido todavia ¿y q^e, ~~cree~~ {piensa} Ud, q^e. los q^e. expe-
rimenten tendrán alguna compensacion? ¿que habrá en
América una nacion q^e. envie á la otra medios de salvarse....
¡qué, digo, medios!.... sus simpatías siquiera?..... No! no!
no! no! Comandante!.... ~~Ap~~ Al contrário, aplausos a los q^e.
la destrozan; elógios y adoraciones á los q^e la humillen y
la rebajen!...
~~=¿Pero~~ Al oir esto no pudo contener su indignacion el
Comandante y exclamó:
=Pero ¿por q^e., S̲o̲r Doctor, han de dominar tan infames
sentimientos en América?
=¿Por qué?.... ¡yo se lo diré á Ud, Señor Comand^{te}.! Por q^e.
los pueblos de q^e. ~~formamos parte~~ viven de sentimientos
bajos, innobles; la nacionalidad, el patriotismo es para ellos
la rivalidad, y se traducen necesariam^{te} en envidia. Todas
estas nacioncitas de p.......... que Ud vé, quisieran devorarse
~~á~~ unas á otras y dominarse por la fuerza. El sentimiento
de la conquista, q^e. es innato de los pueblos salvages, de
las tribus, es nuestro sentimiento dominante. Si detras de
aquel cerrito, de aquel estero, de aquel riacho, se levanta
un pueblito q^e. tiene una {ó} dos casa mejor^s q^e. este otro
pueblito en q^e. estamos, se enciende el patriotismo de
este pue-//

140

blito, amigo mio; ~~y~~ no para levantar él cuatro casas mejores q^e. aquellas dos, sino p^a. marchar á destruirlas; y
si no lo puede hacer, está deseando una inundacion, un
terremoto, una calamidad cualquiera, q^e. venga á realizar lo q^e. su impotencia no alcanza á realizar[;]. [s]Si esa
calamidad llega, la aplaude, se complace; por q^e. esa calamidad viene á satisfacer plenamente el sentimiento de
la nacionalidad. Descienda Ud amigo mio á los hechos;

y júzguelos Ud! ¿Cual fué el Sentimiento q^e. reinó en este pais, tan hermoso, tan amante del nuestro como dicen los papeles públicos, cuando llegó á él la noticia de ntro triunfo en Tucuman?.... ¿No vió Ud desencadenarse el furor público (si, señor! el furor público!) contra los q^e. creian {cierto} este triunfo? No vió Ud, q^e. despues de que ya no se podia dudar de[él] él, al abrirse mil bocas de envidia p^a. atribuirlo á la ineptitud del gen^l. Español, á las malas tropas del Rey. &. &. y hacen esfuerzos de todo genero por arrancar á Belgrano {y á las tropas argentinas} todo honor, toda gloria, toda participacion[;] aún la mas pequeña, en la memorable victoria?(1)[110] ¿Cree Ud q^e. hai algun chileno, q^e. no hubiera deseado entonces con toda su alma,[111] q^e nosotros hubiesemos recogido el opróbio de una derrota mas {bien} q^e. el lustre de aquella victoria obtenida por {sobre} el enemigo comun?..... No hai uno, amigo!..... Y por qué?..... por envidia!!! por nacionalidad!!! por el gusto de poder repetir –"Esos miserables cayeron! gloria eterna á nosotros q^e. nos conservamos todavia!" Asi

---

110   (1) Vease la pagina 44 de la Memoria sobre las Primeras Campañas en la guerra de la Indep^a. de Chile; Impresa en Sant^o. p^r D. Diego Benavente, actor en estas guerras; donde estos sentimientos innobles están espresados con entera franqueza. [N. del A.]. Benavente cuenta una "anécdota que [...] servirá para avaluar algunos actos administrativos de aquella época", pero en la que esos "sentimientos innobles" tienen el estatus de rumor. José Miguel Carrera ha recibido orden del cabildo de Santiago "para que remitiesen presos a los capitanes don José María y don Diego Benavente, como enemigos de la revolucion, segun lo habian manifestado en cierta conversacion. Esta habia sido tenida en casa del canónigo don Juan Pablo Fretes dias despues de llegados de Buenos-Aires, y fué sobre dos puntos: 1.º La victoria de Tucuman, obtenida por el jeneral Belgrano, y la que ellos atribuian a la ineptitud e incapacidad del jefe enemigo, a la resolucion de los habitantes de aquella ciudad, que habian obligado a Belgrano a parar su retirada, o a un milagro que obraba la Providencia en favor de la libertad de América; y el 2.º, sobre la formacion del actual gobierno de Buenos-Aires, obra de una asonada militar capitaneada por San- Martin [...]" [43]. Pero el general Carrera defiende a los Benaventes por la importancia que han tenido en el triunfo de Yerbas-Buenas. Conviene observar que, en una nota del próximo capítulo, López volverá a citar esta *Memoria...* como uno de los "buenos docum^tos históricos" sobre los que basa su relato.

111   Otra enmienda con lápiz muy significativa pues se reduce la aparente antipatía de Passo –y del novelista– hacia los chilenos.

está la America. Esta es la semilla q^e. va {á} germinar. No dude Ud, q^e. cuando las desgra-//

141

cias y la desolacion {rueden} sobre algunos de nuestros pueblos otros, desde el cabo hasta ~~Méjico~~ la frontera setentrional de Mégico(1)[112] batirán las manos con entusiasmo; y, á cada humillacion, á cada desgracia, á cada plaga, responderán empinando con deleite la copa del regocijo y de la satisfaccion. ¿No vé Ud, mi amigo, que esta es una consecuencia muy clara?... habrá quien haga p^r. ellos, lo q^e. ellos no pueden hacer, pero q^e. desearan hacer con toda la voluntad del alma. Los pretextos, mi amigo; p^a colorear este vergonzoso proceder, no faltaran, no faltaran: la logica {y la perspicacia} de la envidia es muy grande, muy sutil; y pulularan sofistas descreidos, venales, infames, instrumentos del mal y de las pasiones bajas, q^e. tomando con los cinco dedos la borra de tinta con q^e. la difamacion redacta sus calumnias, escribirán con letras enormes, feas y monstruosas, las inspiraciones de la envidia, de la ingratitud, y de la mentira, vestidas con su ropage capcioso y disimulado. El <u>Mundo lejano</u>, les creerá, por q^e. estos serán felices y poderosos; tendran caudales, ~~podran~~ influencias medios con q^e. desparramar su semilla, y lograrán subsistir y vencer durante muchos años de duelo y de abatimiento p^a. la patria; el mundo cercano[,] no ~~tienen q^e. nece~~ necesit**ará** creer; con**ocerá** como ellos la infamia del proceder, pero la apoy**ará** y acept**ará** por q^e. particip**ará** de sus sentimientos. Ah! comandante! dijo el D$\underline{or}$ Passo levantando los ojos al cielo, lo q^e. me aflige # {cruelm^{te}} es pensar q^e. tal vez nos calu**mn**ie tambien el juicio de la posteridad y mienta la históra! Por q^e., amigo, ¿quien nos responde de q^e. la ti-

---

112 /{~~Sabemos~~ Sé de un modo auténtico q^e. en Méjico fué recibida con un disgusto general la noticia del triunfo q^e las armas argentinas obtuvieron en Ituzaingó sobre las imperiales del Brasil: el movil de este disgusto no era otro q^e los zelos y rivalidades del espiritu nacional.}/ [N. del A.].

rania, el desorden, la envidia, la mala fé, las facciones, no lograran al fin extraviar el juicio público, hacer desaparecer los documentos q^e prueban ntras virtudes, ntro patriotismo y ntra pureza; y, por fin, hacer q^e. los verdugos **logren**, por {medio} del terror, # arrancar á los pueblos votos publicos de veneracion y de culto, al mismo tiempo q^e execracion y maldiciones p^a. los q^e. hemos amado y //

142

servido á la patria? No es cosa nueva q^e la historia cometa estos terribles homicidios ¿Era un malvado Catilina?.... Yo lo dudo: y, sinembargo, el mundo lo tiene por tal. Ana Bolena, Juliano Arrio {Calvino,} Lutero, y tantos nombres q^e. podria ahora recordar desordenam^{te} prueban cuan facil es á los tiranos {y á los malvados} depravar el juicio de los pueblos en su totalidad ó en gran parte.

=Por lo q^e. hace á mí, Señor Doctor, me parece q^e estoi libre de esos peligros. Nada tengo q^e. ver con los partidos políticos. Soi un militar. Si yo adquiero glorias, ha de ser en el campo de batalla y contra los godos; y desafio á todos los historiador^s. del mundo p^a. q^e. vengan á quitarmelas.

=¿Y si despues q^e. Ud las adquiera se muestra alguno q^e se las borre; que derrame á manos llenas la ínfamia y la calumnia sobre Ud, desnaturalizando sus miras, atribu-yendole proyectos monstruosos, dandolo á conocer como traidor y criminal, por fin?

=Esta, dijo el Comandante pegando un golpe lleno de energia y de viveza sobre el puño de su espada, esta me responderá de él!

El D$\underline{or}$ Passo se sonrió con menosprecio y dijo:

=Ud es muy joven, Comandante!.... Ud y esa espada nada podrán ~~ser~~ {hacer}!.... Ud y esa espada serán proscriptos, pobres, indigentes, desconocidos, desoidos, cuando el q^e. lo calumnie á Ud y lo insulte levante su voz y muestre su brazo armado de un cuchillo {que podrá mas q^e. su espada de Ud} ~~y~~ [s]Su trono {estará} rodeado de ~~nue~~ muchos miles de hombres q^e. estarán esperando una señal suya p^a. lanzarse sobre la victima, como fieras ambrientas de matanza y de sangre. Los mas iran á clavar el puñal sobre victimas maniatadas; y los otros atronarán el aire con timbales y trompetas para q^e los pueblos vengan al rededor del carro q^e. monta el charlatan difamad[or] //

(sigue la foja 142 – n° 1) #

á oir la palabra de la calumnia y de la mentira; que acusa la virtud como vício, y castiga el patriotismo como crimen!......... Y, si sobre estos datos se escribe la historia ¿de qué le servirá á Ud su espada y su intrepidez?

=Demodo, Señor Diputado, que es preciso convenir en q^e hacemos muy mal en luchar por emanciparnos de la España?... Dijo con despecho el Comandante.

=Ah! no! ¡mil veces no!..... No me atribuya Ud tan absurdo arrepentimiento!....... Por cual causa le parece á Ud q^e. tenemos estos vicios y estamos destinados á semejantes agravios?.... No hai otra ¡paisano! que el origen español, católico$^{(1)113}$, inquisitorial de nuestros pueblos. Y crea Ud q^e. vendrá dia en q^e., p^a. pintar ntra barbárie, nuestro vergonzoso atraso, nuestra nulidad, bastará decir – "Una mitad de la America habla español, y la otra mitad habla ingles"(2)^{114}!!!..... ¿Que sucederia si, aterrados con la prevision de tamaños males, nos sometieramos de nuevo al yugo colonial de la España?...... continuaria aumentándose el gérmen de las calamidades, y el depósito de los {de ntras} inmundícias; y no hariamos otra cosa q^e. emplazar el dia de su apari {exhibicion} á costa de muchos males presentes y de mayores

113 (1) No puede haber argentino q^e. ignore la antipatia del D^r. Passo á las creencias religiosas de España. Todas las influencias de familia y de amistad no bastaron, en sus últimos momentos á [reconcil]iarlo con el catolicismo, y bajó dignamente al sepulcro con sus dogmas de filosofo, bendecido y respet[ado] por cuantos le conocian. Mi padre tubo el honor de pronunciar ante el ataud un bellisimo elógio funebre de este eminente personage argentino= [N. del A.].

114 (2) Victor Hugo. Philos. et Lit. Meleé[...] [N. del A.]. Se refiere a *Littérature et philosophie mêlées* (1834).

males futuros..... ¡Sacrifiquémonos pues al porvenir!....
Esta es ntra mision; mision de generosidad y de martírio.
Sacrifiquémos tambien la quietud y la suerte de ntros hijos
y de los nietos de nuestros hijos!..... Revuélvase todo; para
que el mal y la corrupcion se consuma p^r. evaporacion. Lo
q^e. hemos de sufrir de aquí á un siglo, sufrámoslo hoy! y no
aspiremos á otra dicha que á la muy dudosa de que nos
hagan justicia las generaciones ve**nide**ras, y de q^e. comprendan la inmensidad de estos sacríficios. Rompiendo hoy con
la espada y con la propaganda las tradiciones coloniales,
abriendo la larga lucha entre lo que es y lo que debe ser,
abrimos, hai duda, una escena vasta y terrible de males.
Pero, así, [¿nos?] ponemos en marcha acia el fin. Fuera
mengüa, fuera cobardia y egoismo dejar á otra generacion
infeliz el labor [sic] cruel de emprender esa marcha.... No!
estos vicios no seran los nuestros! Vendrá, sí, muy pronto,
una época q^e. no tendra mas dios q^e. el egoismo y la indivi-
dualidad, y nacerá con ella la generacion híbrida y mestiza,
que empezará p^r. desconocer los deberes del orden social,
por levantar el desorden y la anarquia p^a. saciar su orgullo
y su hambre de poder, [¿?] llenan de confusion á los pueblos para ensalzar el ídolo de su fatuidad, por trastornar
y matar sin mas obgeto que gobernar, por borrar con las
espadas y ballonetas las leyes q^e. un dia antes escribiera
la pluma de los sábios, y q^e. acabará, ~~por fin~~ {al fin}, por
olvidar el patriotismo, el honor y la dignidad personal!....
No importa! Llegará tambien otro //
(Sigue la foja 142 – n° 2°)
dia en que el comércio, la accion de la Francia, de la
Inglaterra y de los Estados Unidos, sus libros, la enseñanza sangrienta de los acontecimientos q^e. preveo, las
inmigraciones, las guerras y las misérias, ~~crece~~ {crecerán}
hombres nuevos, razas nuevas, y desvirtuarán este tipo
castellano, criado, tan fatalm^{te} para estos paises, por la
conquista de los ~~Pizarros~~, Cortezes, Pizarros, Almagros,

Valdivias y Mendozas. Esta es la obra, amigo mio, obra de destruccion y guerra contra todo lo q^e. existe, incluso la raza (y ¡sabe Dios! ¡¡ no cae tambien el idioma); la obra grande, inmensa, que hemos principiado, y q^e. debemos continuar con el valor y la resignacion de los Martires, sin desconocer, ni por un momento, los inmensos sacrificios y dolores q^e. nos vá á costar. Mi conviccion es que no solo nosotros, sino ntros hijos y los ~~hijos~~ {nietos} de ntros hijos, serán sacrificados á la necesidad de ~~sacrificar~~ continuar esa obra, y no preveo el tiempo ni la generacion q^e. la recibirá concluida; por q^e. los dogmas y los intereses coloniales se han de defender, amigo mio, tenaz y brutalmente, nos han de vencer {y diezmar} muchas veces!..... No importa! ¡hemos de renacer! el tiempo del triunfo ha de llegar! Creo con entera fé que no han de faltar en ntra tierra hombros escogidos y generaciones tras generacion^s, que llevando en el corazon la terrible conviccion de q^e. están destinadas á sacrificarse al porvenir, como nosotros, nos imiten; y tomen los instrumentos del trabajo, cuando nosotros, viejos y desesperados, se los dejemos en el borde de ntro sepulcro. La bendicion del cielo y la nuestra bajará sobre la preciosa frente de esos jóvenes destinados al trabajo y á la desgrácia! dijo solemnem^{te} el D^{or} Passo con los ojos arrasados en lagrimas..... Si la historia, agregó, no nos calumnia, si las generaciones futuras tienen sagacidad y médios p^a. comprendernos tales como hemos sido, y distinguir, con execracion, las difamaciones perversas, de la verdad de las cosas, habremos sido muy dichosos y no tendremos de que quejarnos!... Para esto es preciso q^e. aquellos q^e. han de aprovechar de ntros sacrificios, sepan percibir la voz de la verdad, q^e. está en el cielo, en el seno de la eternidad, que rindan culto á las tradiciones de la [p] Pátria, y {que} no se dejen aturdir por la báquica algazara q^e. levantarán las sabandijas inmundas q^e. depositó la España en estos suelos, y q^e. nosotros hemos tenido q^e. alborotar y

resolver pª. arruinar el cimiento colonial, cuyos escombros
sofocarán por mucho tiempo las semillas del porvenir qᵉ.
anhelamos. Oh! Naciones de la América del Norte! vosotras,
si, seriais ingratas si [¿mal?]digeseis á la madre qᵉ. os dió el
seno! ¡Vosotras hablais inglés! ¡Vosotras habeis nacido del
seno ~~poderoso~~ {robusto} y sano de la Reforma Luterana y
de la vida municipal de las razas sajonas! ¡No sois como
nosotros, qᵉ. tenemos por madre á las España, por padre á
Felipe II, por Aya y por nodriza á esa excrecencia espantosa
de la historia, planta indígena del suelo español, que la
humanidad aterrada llama – La Inquisicion!   (Sigue la
foja 143) //

143.

##
##
##
##
########################## (~~Sigue en la señal #~~)[115]
–Bien, Señor Doctor! Mas, permítame Ud decirle con franqueza mi sentir. En todo esto no puedo ver otra cosa qᵉ la
predisposicion en qᵉ. el suceso de anoche ha puesto al ánimo de Ud, para fabricar tantas congeturas, qᵉ, en verdad, no
nacen sino del disgusto qᵉ. le ha causado á Ud lo acaecido.
Pero, no hai motivo pª. desmayar tanto. Me parece qᵉ. Ud,
orgulloso de la habilidad con qᵉ. maneja y da prestigios á
su palabra, ha querido desahogar su enojo dejando correr
su fantasia sobre un cuadro ideal, futuro, y poético en fin.
Por mas inminentes qᵉ. juzgue Ud los riesgos qᵉ. ha pintado,
hai otros, Señor, qᵉ. están tan encima de nosotros, qᵉ ó nos
salvan de los de Ud ó nos pierden antes, sin remedio. ~~de lo~~
~~qᵉ.~~ #### ¿Ud sabe lo qᵉ. tenemos **por** el sud?
–No! ¿que es lo qᵉ. hai?

---

115   La "señal" que escribe el autor es como el numeral, pero sin la inclinación que
      caracteriza a este signo moderno.

–Nada menos qᵉ. cuatro mil godos, españoles, ~~amigo~~ {señor} mio, y no chilotes como los de Pareja y Gainza; cuatro mil godos, aguerridos en las batallas de Europa, mandados pʳ [p]**b**uenos oficiales, y bajo las ordenes de Osório, que, á creer lo qᵉ. dicen, es un hombre de mérito distinguido como militar.

–Caspita!.... eso es sério!

–Toma! si es sério!.... y por eso le decia á Ud qᵉ. era mas sério qᵉ. las elocuentes y tétricas pinturas qᵉ. Ud me hacia ahora poco. Figurese Ud qᵉ. á todo eso no puede oponer O'Higgins......

–A eso, hombre, O'Higgins no puede oponer nada!!! ¿que ha de oponer?.. ¿que ha de hacer? ¿quien mejor qᵉ. nosotros sabe el estado de aniquilamiento en qᵉ. estamos aquí?

–Pues con todo eso, calcule Ud cuanto no se //

144

han empeorado las cosas ~~en las pocas horas qᵉ. van corridas desde que~~ {desde} anoche. En la capital va á reinar la anarquia y la disolucion. Mañana no mas, verá Ud qᵉ. ya no hai cosa con cosa. Hai en el egército una porcion de gefes <u>Carrerinos</u>, qᵉ. desertarán y se vendrán á enrolar con las tropas qᵉ. estos levantarán {aquí} contra O'Higgins. Estoi tan cierto, como si lo estubiera viendo, de qᵉ. O'Higgins levanta su campo á la primera noticia qᵉ. reciba de la revolucion y marcha sobre estos. Estos lo esperaran, sin duda alguna, ó saldrán á encontrarlo[;]. [p]**P**or consiguiente la confusion y el desorden van á envolver el pais entero. Los godos se vendrán sobre la marcha á la capital, desprenderan sus divisiones sobre Valparaiso, amenazado ya por los buques de guerra qᵉ. recorren toda la costa; y, amigo mio, se salvará el que pueda.

–Si, eh?.... [p]**P**ues, Comandante; eso requiere de ntra parte medidas sérias, y definitivas!

–Medidas, Señor, muy dificiles de concertar en las circunstancias actuales. Yo, por lo menos, no alcanzo á distinguir

ninguna satisfactoria ¿Que papel haremos en la guerra civil q^e. ~~se~~ ha ~~sido~~ inicia**do** ~~por~~ el movim^to de anoche?
~~–Ninguno! ... la mas completa prescindencia~~ {Segun mi modo de ver, no tenemos otro} que el q^e. nos aconseja el honor y la dignidad de ntra bandera –prescindir completamente de ~~su~~ {tan} escándalosa contienda. Pero, yo quiero q^e. Ud me diga, á donde vamos á llegar obrando así?.... Uno de estos partidos destruirá al otro, y no podrá evitar q^e. los godos, tomandolo debilitado y desmoralizado por el influjo de la guerra civil misma, lo destruyan á él ¿Esperaremos nosotros {los de} la division argentina, ese momento p^a. obrar y envolvernos de**lib**eradam^te en la ruina general? Hablando como militar, y según los principios de mi carrera, creo que sí.
–Pues yo digo q^e. nó, Señor Comandante! yo digo que nuestra patria es primero q^e. la agena; y q^e. no hemos venido á este pais para entregarnos al sacrificio, ni hacernos voluntariam^te victimas de las infamias y errores age-//

145

n**os**. Nuestro pais está muy mal amigo. Desde q^e. ntro egercito del Norte fué derrotado en Vilcapugio y Ayouma ha quedado en un estado completo de desorganizacion y de indisciplina. Eso q^e. hai en Tucuman no es egército ni cosa q^e. se parezca. En la Banda Oriental nada tene**mos**, sino desorden, anarquia y ## desconcierto. Artigas por un lado, el gaucho A por el otro, el gaucho B mas allá, y un infierno en fin q^e. Dios sabe en lo q^e. vendrá á parar. Por ~~consiguiente~~ consecuencia, no es objeto futil ni indiferente salvar y llevar á ntro pais un batallon de cuatrocientas plazas, aguerrido, disciplinado y moral como este. Oh! no, Señor comand^te, es cosa séria, es cosa importante!... Decidase Ud y obremos. Mañana marchemos acia la cordillera, nos acantonaremos ~~allí y esp~~ en la villa de <u>los Andes</u> y espera**rem**os q^e. la estacion permita el paso.

–Yo no puedo proceder así, señor Doctor! Mas, creo al mismo tiempo que es de la mayor importancia q^e. Ud regrese á ntr[o]a pais {tierra} y q^e. informe de viva voz a ntro go[p] bierno sobre la posicion en q^e. se halla este pais. Por lo q^e. á mi toca, debo quedarme y esperar órdenes, ya sea del gob^no Supremo, ya del gen^l. San Martin, que como gobernador de Cuyo, es mi gefe inmediato. A lo q^e. nadie me podrá reducir es á tomar parte en la guerra g civil. Estoi cierto q^e. O'Higgins respetará mis d_ros y mi indep^a; no puedo decir igual cosa de Carrera. Pero, si este me quisiera obligar á ello, se estrellará contra mi resolucion de no hacerlo; y si emplease la violencia, tendrá q^e. matar, á mucha costa, desde el gefe hasta el último soldado del batallon; si [me] **nos** echa del pais, si nos separa, si nos acantona ú otra cosa así, le obedezco; ~~tam~~ y le obedezco tambien, si me ~~señala un frente~~ llama á pelear contra los godos. Mas todo esto no puede ser sino interino; las ordenes de ntro gobierno son las q^e deben arreglar de un modo definitivo ntra conducta. Hé aquí por lo q^e. urge, en mi concepto, q^e. Ud regrese pronto á Buenos Aires. //

146.

–Todo eso es muy bien pensado, Comand^te; pero no nos es cosa indiferente q^e. se pierda ó se salve un batallon. Y en mi concepto, Uds se pierden quedándose en Chile, sea que los **envuelva**n en la guerra civil, sea q^e. los manden al frente **de** los realistas. ¿Se figura Ud ni por un momento que es dudosa la victória de estos? No, amigo, no es dudosa; van á venir y todo lo van á aniquilar. Agregue Ud á eso q^e. este no es un pueblo, como el nuestro, vi~~y~~vaz y vigoroso, constante y tenaz para las empresas. Desde q^e.[116] los godos venzan pasarán por todo el pais, y este se someterá con mansedumbre y humildad. Aquí, pues, no hai nada q^e. esperar del espíritu popular. Esperar la victoria de los generales **y**

---

116   **desde q^e.**: "Conjunción temporal que significa 'a partir del tiempo en que'" [Seco].

de las tropas seria un absurdo.... Oh, un absurdo! agregó el D<u>or</u> Passo con un aire visible de completa convi**c**cion. Inmensa es la diferencia q^e. hai entre ese petulante descabellado {de Jose Miguel} alborotador de plazas, fabricante de motines, y hombres como Belgrano, Balcarce, ~~Alvear~~ San Martin, y aún ~~de lo~~ Alvear tambien, á pesar de sus defectos y de su juventud. ¿Que ha hecho este botarate {dijo el D^r. bajando la voz} en todo el tiempo q^e. ha tenido el mando y la direccion de la guerra? Vengan aquí sus afiliados, sus amigos, sus faccionários, y demuéstrenme los hechos militares ó políticos de este revoltoso insigne, desnudo de toda **vir**tud, que mas q^e. hombre parece una máquina de frenética ambicion. Por subir al poder y darse el deleite de dirigir palizas, rompeduras de vidrios, y asonadas, es capaz de vender su pais y los agenos á cualquiera, aunq^e. sea á las tribus ~~de la~~ bárbar**as** ~~(1)~~ de la Pampa.(1)[117] ¿Ud cree q^e. el toma interés por la nacion, por su prosperidad, por sus progresos? ¡Mentira! Si defiende la independ^a es por q^e. sin esta él no puede dominar ni hacer **su** antojo y {su} capricho. Yo apuesto mi cabeza, á que se muere sin haber tenido una sola vez la generosidad noble de renunciar sus mezquinas y sediciosas ambiciones, sacrificándolas á la tranquilidad y la dicha de ntos paises. Este hombre, mi amigo, es semilla de la maleza destinada {á brotar de entre los escombros coloniales y} á cubrir el pobre suelo de ntra tierra ¡No sabe Ud ~~a~~cuantos ~~in~~# discípulos de Artigas, de Francia y de Carrera abriga{rá} este **suelo** sud-americano! A estos hom{bres} //

---

[117]   (1) Cuando el caudillo Jose Miguel Carrera {proscripto p^r. el ilustre Genl. San Martin} vió perdidas {en 1821} sus esperanzas de trastornar el orden en Chile ó de asolar con **M**ontoneros las prov^s. argentinas, se **U**nió [sic] a las Tribus bárbaras de la Pampa, y se contrajo á dirijir sus crueles y vandálicas incursiones. Las matanzas, incéndios, depredaciones, y violencias de todo genero q^e cometio {entonces} en las prov^s. arg^s. ha hecho imperecedero su **n**ombre infausto. [N. del A.].

147

les está reservado el podério; y durará en sus manos ¡creá-
melo Ud! largos años. Ud y yo, y todos los qᵉ. sean como
nosotros, seremos sus victimas! ~~Asi~~ Observe Ud la petulancia, las pretensiones, y las miras de este truan ¿Cree Ud
qᵉ. hai algun hombre en este pais qᵉ. no esté embaucado
y qe. no lo crea un general de la talla de Napoleon y de
Alejandro?......

El Comandante se sonrió con un aire singular de apro-
bacion y ~~des~~{menos}précio.

Crealo Ud, amigo! continuó diciendo el D{or} Passo;
nuestros pueblos son estúpidos, cualquier charlatan osado
los fascina y los utiliza. Junto con la revolucion han empezado las farzas; y las representamos maravillosamente. Es
preciso decirlo: tenemos talentos brillantes pª. el teatro. Yó,
si señor, yó, si tubiera fuerza pª. hacer creer á los demas qᵉ.
sabia dar sablazos, si tubiera desvergüenza pª. ponerme á
mandar egércitos sin saber siquiera como se hace mover
una compañia, estaria ahora mandándolo á Ud; y en vez
~~del este~~ {de mi} frac negro tan insignificante, vestiria en-
torchados, ~~y~~ llevaria sobre mis hombros las charreteras de
general, y hablaria, como este botarate, de sitios y de proezas
admirables. ¿Conoce Ud aquí alguno qᵉ. dude de qᵉ. José
Miguel es un gran general?.... Pregúnteles Ud qᵉ. es lo qᵉ. ha
hecho?... El no ha organizado jamas egército que merezca,
ni remotamente, el nombre de tal; ha sacado cuando mas,
grupos de hombres qᵉ. se lanzaban {á seguirlo} vociferando
detras de él, y qᵉ. se iban á hacer matar valientemente, al
frente de un enemigo del todo despreciable, como eran los
chilotes de Pareja; ~~que #~~ El no ha dado jamas una batalla
donde hayan lucido sus combinaciones estratégicas, donde
haya dado resultados la táctica introducida ó propagada
por él... ¿que tiene entonces de general, Señor? ¿Que esperanza séria puede depositarse en él? que confianza debe
prestarle el pais, las tropas y los oficiales subalternos, que,

como Ud, han de ir á pelear á sus ordenes?.... Todo lo q^e. se puede decir de él es, q^e. es un buen agitador //

148.

un buen caudillo, q^e. en ntro idioma vale lo mismo,...... Por desgracia del pais y de él, esto es mas q^e. cierto! Y vendrá dia en q^e. la America pagará, con su dicha y su sangre, su fecundidad en este ramo, y maldecirá de haber tenido mil otros mas grandes, mas diestros y m[as]il veces mas notables q^e. José Miguel, por sus obras y por su inteligencia. [¡]Digame Ud! eso q^e. él llama batalla de <u>San Carlos</u> y <u>Sítio de Chillan</u>, {únicas proezas de su carrera} no prueb**an** de la manera mas evidente, la ignoráncia completa, la falta de recursos profesionales, la nulidad del gefe q^e. mandaba esas balientes y heroicas tropas, que este pais dejó ~~perder~~ diezmar en manos de Jose Miguel?..... Pues esto basta p^a. q^e. vea Ud lo q^e. son estos pueblos: Ud sabe, como yó, q^e. son muy pocos, los q^e miran estas cosas en su verdadero punto de vista; los q^e. comprenden esos hechos, q^e. están ahí de bulto p^a. q^e los perciba y juzgue todo el mundo. O'Higgins, amigo, es otra cosa: es un hombre sério, sensato, lleno de sinceridad y de buena fé, modesto, q^e. conoce q^e. no está dotado de altas calidades, y q^e se presta, por esto, á **la** direccion de aquellos en quienes distingue superioridad; y mucho se habria podido esperar de él y de las combinacion^s q^e. hubieran producido las circunstancias, si este fatuo, cráneo de ardilla, no hubiera introducido, con su motin de anoche, el espíritu de desorden y de la confusion. ~~Mala~~ Mas, despues de esto, yo lo veo todo perdido!

–Sinembargo; no creo q^e debamos desesperar; yo espero q^e. podremos pasar á los godos, y tomarnos tiempo p^a concertar grandes médios de defensa.

–No, amigo! esa es una ilusion, una ilusion!

–Tal vez, no lo es! paisano!

–Los godos se apoderan sin remédio de este pais!

–Pero, Señor; nosotros también hemos tenido momentos muy fatales, y nos hemos salvado. Recuerde Ud q^e. las animosidades de Saavedra contra Moreno y Castellí originaron la derrota funesta del <u>Desaguadero</u> q^e. nos puso á dos dedos del abismo. El egército español se apo-//

149.

deró detodo [sic] el norte hasta Tucuman, las tropas {<u>europeas</u>} de Montevideo {en número de 4.000 homb^s.} dominaban hasta el Uruguay, y la marina española {con una fuerte escuadra} dominaba y recorria el P[~~arana~~]**lata** y el Parana sin oposicion alguna.......

–Pero, paisano y amigo mio, muy pronto limpiamos el Rio de la Plata, el Paraná y el Uruguay. San Martin empezó escarmentando á los Marinos en San Lorenzo, Brown ~~hizó~~ izó en las popas de los buques españoles nuestra joven bandera, q^e. trepó sobre ellas á cañonazos, y Alvear les dió el golpe mortal metiendo ntros soldados á las murallas de Montevideo. Mucho antes, Belgrano habia acabado en ~~Salta y~~ Tucuman {y Salta} con el egercito orgulloso que se daba el título de <u>Grande</u>(1)[118]

–Bien! muy bien señor!... tal vez, hagamos cosas parecidas aquí.

–No, señor!.... no se harán! Ud verá como los godos triunfan definitivam^{te} y se ensañerean[119] de todo este pais. Antes habia remédio; despues de anoche, yá no l**o** hai. ~~Sepa Ud. q^e. estabamos en negociaciones, q^e.~~ #################
##
###

118 (1) Vease la nota oficial q^e. el Genl. Tristan pasó al general Belgrano el dia 19 de **Setiemb**^{e}. de 1812 – Gaceta Ministerial del de – / – Setbre de 1812. [N. del A.]. El autor ha dejado en blanco la fecha precisa, sin duda, porque no recuerda bien el dato. La nota de Tristán está fechada el 15 de setiembre y es citada por el periodista, quien también transcribe un parte de Belgrano. Todo esto se publica en el N° 27 (pp. 107-109) de la *Gaceta Ministerial del Gobierno de Buenos Aires*, que aparece con fecha 9 de octubre de 1812 [*Gaceta...*: 297-9].

119 **ensañerean**: ¿errata por "ensañan" o por "enseñorean"?

############# ############# ############# ##########
Mientras O'Higgins estaba á la cabeza de los destinos del
pais, y dirigia las [con] operaciones con el virtuoso y recto
Mackena las operaciones militares nos podriamos haber-
nos lisongeado con # {la esperanza,} y aún la certeza, de
superar todas las dificultades y de salvar todos los peligros;
por qᵉ. tanto el uno como el otro son dignos, pʳ. su pureza
de intenciones y acendrado patriotismo, del alto puesto qᵉ.
ocupan en el pais. Estos dos hombres, y sus amigos, son
los verdaderos Com# Cincinatos[120] y padres de este pueblo:
la posteridad repetirá sus nombres con gratitud y respeto,
y cuando haya pasado el calm humo denigrante de las
pasiones de par faccion, verá Ud como sus reputaciones
se purifican, y como el pueblo chileno, patriota y sensato,
se disputa el honor de empezar con **estos** {dos} hombres
el catálogo de //

<u>150</u>

sus glorias nacionales, que, estoi cierto, por su estension
y su brillantez, no cederia á otro alguno si este otro caudillo revoltoso no estubiera llamado {hubiera venido} tan
fatalmente á interrumpirlo en su momento mas decisivo.
–Sinembargo de todo eso, Señor Doctor, tengo grandes
esperanzas en el império mismo de las circunstancias.
Ellas son tan criticas, qᵉ. no dudo de que producirán el
remédio, por médio de una crisis indispensable. Yo espero
una reconciliacion sincera qᵉ. fortifique nuestra causa y
restablezca el entusiasmo y el espíritu público.
–Yo no la espero: y, si viene, ha de ser cuando se haya perdido yá el tiempo mas precioso, cuando no sea posible ya
obtener ningun resultado ventajoso. Y no crea Ud qᵉ. este
desaliento procede de despecho: no señor!... procede de
qᵉ. este funesto motin ha desconcertado una negociacion

---

120   Alusión a Lucio Quincio Cincinato (519 a. C.-439 a. C.), patricio romano, arquetipo
de rectitud, honradez e integridad.

importantisima ~~en~~ q^e. habiamos ~~enta~~ entablado # con el
Director Lastra y **los** gefes militares. El Gob^no de Buenos
Air^s. habia aprobado un plan vasto y profundam^te pensado,
q. {le} habia presentado el Genl. San Martin, y q^e., sin duda,
iba á decidir el triun**fo** **d**efinitivo y completo de la gran
causa de ntra Independ^a. Este habil compatriota proponia,
q^e. ntro gobierno enviase á este pais seis ó siete batallones,
un tren competente de artilleria y dos regimientos de caballeria; q^e. todas estas fuerzas se pusiesen bajo sus órdenes,
y q^e. el Gob^no de Chile, nombrandolo tambien general en
gefe de sus fuerzas nacionales, lo facultase p^a. levantar un
egercito chileno igual en fuerza y organizacion al enviado
por las Provincias Unidas. Hecho esto deberia levantarse
un empréstito bajo la responsabilidad de ambas repúblicas, hacerse venir marinos fieles y decididos de Europa~~, y~~
~~po~~ mover el entusiasmo y la ambicion de la juventud p^a.
q^e. se enrolase en la marina y ~~poner~~###{###} {poner **a**qui
en el Pacifico} {una} escuadra fuerte, que no solo hiciera
imposible toda agresion contra estas costas, sino q^e. nos
habilitase p^a. llevar el Egército Unido de las dos Repúblicas
al centro mismo del Virreynato del Perú, y ~~empezar~~ dar
muerte al poder español hiriendo su seno. //

151

–Es posible, Señor?!!!..... Oh! eso habria sido magnífico! nos
habriamos colmado de gloria y de grandeza si **ese** plan se
hubiese realizado!
–Ese solo plan basta p^a. concebir q^e. el gen^l. San Martin es un
génio; y, a mi concepto, el hombre mas alto y eminente q^e.
tenemos de~~s~~de el Cabo hasta la línea ~~equinoxial~~ ecuatorial.
Ud puede concebir ya la importancia decisiva de semejante
operacion. Esas tropas realistas, q^e. tan confiadam^te nos
invade p^r. las provincias del Alto Perú, y q^e. dificilm^te podrán
superar la resistencia popular de ntros bravos gauchos de
Salta, capitaneados por Güemes, al sentir herido el centro
de q^e. dependen, al sentirlo amenazado, no mas, tendrian

qᵉ. hacer una retirada desatroza mil veces mas eficaz pᵃ. nosotros qᵉ. los resultados de la mas completa victoria obtenida sobre ellas. Con un solo golpe poníamos la guerra en las costas del [p]Peru, á ochocientos leguas de ntro pais, restablecíamos el comercio interior, levantábamos {y fomentábamos} la insurreccion peruana, creábamos y ratificábamos la confianza y seguridad ~~interior~~ pública, nos ganabamos el respeto, el crédito y el apoyo de las Nacionˢ. extrangeras, y, en una palabra, amigo mio, –acabábamos, sin remédio, la guerra de la Indepᵃ. Ahora bien! ¿cree Ud qᵉ. sea posible, despues del motin de anoche, qᵉ. ha pasado el poder á manos de Jose Miguel, cree Ud qᵉ. sea posible llevar adelante el plan qᵉ. habiamos empezado á concertar con Lastra y con O'Higgins? ¿Cree Ud qᵉ. José Miguel, que es todo fatuidad, orgullo y sobérbia, se preste á poner en manos de San Martin los elementos de la empresa y se reduzca al modesto, pero precioso, rol, de coadyuvador é instrumento de los proyectos grandiosos de ~~San Martin?~~ nuestro [g]General?

–Me parece difícil, Señor, pero no imposible.

–Pues yo no veo ya como pudiera esto realizarse. Una reconciliacion franca y leal entre estos dos partidos me parece una quimera; si la hai durará un dia. Sin ella es imposible, impracticable el vasto //

152

proyecto de San Martín..... Jose Miguel es aspirante, revoltoso, sobérbio, está persuadido qᵉ. no tiene igual sobre la tierra ¿que médio me ofrece Ud de aunar caracteres y voluntades, miras y dotes tan opuestas y repulsivas, tan diversas, tan enemigas como las del caudillo y el general?.... Nada, amigo; no hai qᵉ. alucinarse!.... No queda médio de llevar adelante la bella empresa!

[=]El Comandante y el Enviado se quedaron en siléncio durante un largo rato: uno y otro meditaban: el primero, al fin, alzó la voz, y haciendo un ~~eger~~ enérgico **a**deman de insistencia, dijo:

–No importa, Señor Doctor! no importa, paisano!......... El proyecto es tan grande, tan glorioso, tan realizable, y bien concebido, qᵉ. no debe abandonarse! No debemos dejarnos ven**c**er por dificultades, qᵉ., tal vez, **n**o son sino aparentes. Es preciso insistir. Yo creo qᵉ D. José Miguel, lo apreciará en lo qᵉ. vale, qᵉ. lo aceptará y lo apoyará con todas sus influencias, asi qᵉ. Ud se lo detalle y le dé los prestigios de su elocuencia. Paisano! vaya Ud hoi mismo á verlo! inste Ud, luche y venza!..... El primer punto es qᵉ. consienta en qᵉ. el genˡ. San Martin pase á <u>este lado</u> (1)¹²¹ con las tropas mencionadas; ~~quizá se preste tambien {á} qᵉ~~. consentirá tambien en qᵉ. {el mismo general} tome el mando [~~de las~~] **del** <u>Egército Unido</u> como médio de conciliacion **entre** él y O'Higgins; y despues, el genˡ. San Martin y nosotros provee-remos y haremos qᵉ. las cosas vayan en orden y marchen al fin debido, sin qᵉ. sea dado á los revoltosos trastornarlas.

Mientras qᵉ. el comandante Las-Heras hablaba, el Dʳ. Passo habia clavado sus ojos en él con un mirar vago que indicaba meditacion y distraccion al mismo tiempo. El comandᵗᵉ. habia acabado de hablar, y el D<u>or</u> seguia sumi-do en su extraña {y silenciosa} preocupacion de ánimo. Despues de un rato, dijo, como si hubiese hallado una idea en qᵉ. fijarse:

–Tiene Ud razon: es preciso insistir, y vencer ó desenga-//
153
ñarse.............. Pero.... no señor! agregó con desaliento el diplomático....... no hai que alucinarse!........ José Migˡ. es demasiado perspicaz, demasiado inteligente y habil pᵃ. caer en ningun lazo.... Es demasiado aspirante, ~~y~~ fátuo y sobér-bio, para ceder la primer gloria y el primer puesto á otro.

---

121   (1) Esta palabra, popular en Chile, quiere decir –"al lado occidental de la cordillera." y diferencia el <u>lado oriental</u>, qᵉ. es del território argentino. [N. del A.].

–No importa, Señor! tiente Ud primero, antes de desamparar la obra; tiente Ud, Señor!

–Si!... tentaré!.... es bueno hacerlo! Hoi mismo lo iré á ver. Y si nada consigo **pediré** mi pasaporte, y me despid[o] i{ré}; por qᵉ. es preciso pensar en ntro pais y trabajar por él; precaverlo de los riesgos en qᵉ. lo va á poner la ruina de los Independientes de aquí, que yo miro como **cie**rta.........
Volviendo á otra cosa, Comandante: [–]¿Que hacemos con **e** ese Capitan qᵉ. recogimos anoche, y con la bellisima muchacha qᵉ. lo acompaña?

–Precisamente, era ese uno de los obgetos con qᵉ. he venido á ver á Ud. Esta noche los pondré en salvo: voy ahora mismo á hablarles sobre su partida.

–Si, pues; es preciso qᵉ. salgan de la ciudad; por qᵉ...... al cuartel de Ud no deben ir. Un cuartel es un lugar qᵉ. está á la entera disposicion de todo gobⁿᵒ; y desde el momento qᵉ. Jose Miguel gobierna no tenemos d<u>ro</u> para negarnos á la extradicion del Capitan, si entra al cuartel y nos la exigen.

–Oh, Si señor! ya lo he pensado. Mi obgeto es qᵉ. ganen el cuartel general de O'Higgins; y me he ocupado de procurarles médios de conseguir**los**. Esta misma noche marcharán.

–Muy bueno, muy bueno!... yo los tendré hasta la noche.

–Bien, señor Doctor! le doi á Ud las gracias, y me retiro[.]

–Adios, Comandante! dentro de pocas horas nos hemos de ver.

–Si, señor; volveré.

El Comandante salió, y se dirigió al cuarto de Vargas, siguiendo al negro António. El capitan lo esperaba ya en la puerta; y, así qᵉ. vió, se **a**delantó al patio con ligereza, y tomándole la ma**no** con un aire lleno de gratitud y de respeto, le dijo: –¡Cuanto le debo á Ud, Señor!

–Eh! amigo, déjese Ud de eso!.. ¿Que **gran cosa es l**a qᵉ /
~~he~~ {he} //

154 ~~137~~[122] ¿~~19?~~[123]

hecho yó p^r. Ud, hombre? –Eso lo habria hecho p^r. un diablo cualquiera, no digo –p^r. un **ofi**cial á quien quiero, como [~~es~~]á Ud.

–Gracias, Señor!

–Ahora, bien! ¿como se ha pasado la noche? se ha descansado **niña**?

–#**Hemos** estado tan seguros, Señor[?]!

–Vaya, me alegro! –Pues, Señor; yo me he ocupado de Uds. Los Carreras son dueños del gob^{no} y Ud señor Capitan, debe pensar en irse al Campo de O'higgins....

Teresa dirigió aquí una mirada de inteligéncia á Vargas.

[¿?] [e]El campo de O'higgins, (~~decsiguio~~ diciendo el ~~Capitan~~ {comandante}) es la única parte en q^e. {Ud} puede estar ~~Ud~~ seguro. Mi Cuartel e**s** mal lugar, por q^e lo sabrian al momento, y yo no podria, con d<ins>ro</ins>, oponerme á q^e lo prendieran á Ud. Anoche, cu**an**do me retiraba con mis tropas al cuartel, se me presentó un soldado, q^e. me dijo q^e se llamaba Salas, y q^e. era ordenanza de Ud; me pidió asilo, y ahí lo tengo...

–Que suerte, Señor! Salas es el hombre de toda mi confianza, es mi brazo d<ins>ro</ins>!

–Exelente! pues bien; con él, ya puede Ud salir de algunos apuros.

–Oh! si Señor; es valiente como un tigre.

–No hai **q**^{e} pedir entonces. Mire Ud, tengo preparados cuatro caballos <ins>de primera</ins>, vivos, ligeros y de empuge formidable en el pecho. Mi asistente, el mismo **On**tivero, vendrá á la oracion trayendo á Uds vestidos de guazo, y dirigiendo á Salas. Los caballos esta**rán** en una casa del otro lado de la

---

122 Este número testado genera dudas acerca de si la página tenía esa ubicación en el primer manuscrito y, por ende, este capítulo era uno de los doce iniciales, o si solo responde a vacilaciones del autor respecto de la secuencia narrativa.

123 Esta paginación no corresponde al cap. XIII tal como ha quedado, pues hasta aquí abarca veintrés páginas, incluidas las dos insertadas después.

cañada q^e. Ontivero conoce. Así q^e. Uds lleguen, montan
sin perder un minuto y se **e**chan en brazos del destino.
~~Supongo~~ {Espero}, añadió el Comand^te sonriéndose y mirando á Teresa, q^e. el **D**estino lo tra-//

155 ~~138~~

tará bien á Ud desde ~~lo~~ q^e. {lo} vea acompañado y protegido
p^r. la Fortuna[.]
–Gracias Señor! mil grácias[;]! ~~dijo~~ {respondió} Vargas sonriendose[;] **ta**mbien; mientras q^e. Teresa, ~~poniendo~~ {son-
rosada, y de pié} delante ~~de~~ del catre, ~~se sonreia~~ hacia lo
mismo, escondiendo la barba entre el seno, y t[~~an~~]apándose
la boca con la mano.
–Con q^e, señor Capitan! estamos de acuerdo?
–Oh! si señor! y cuente Ud con mi eterna gratitud[.]
–Y con la mia; **añ**adió Teresa en voz muy baja y como si [~~p~~]
quisiese advertir á Vargas de q^e. la habia olvidado.
–Eh, bien! [~~am~~]**ca**marada; buena dicha y buen viage[;].
[~~p~~]**P**or si acaso ya {no} nos vemos hoi {Adios!} dijo el
Comandante, sacuidendo la mano del capitan con una
franqueza y amistad enteramente militar. Señorita! lo mismo digo á Ud.

Teresa se acercó corriendo al S_or Las-Heras, y **to**mán-
dole la mano, {sin decir una palabra,} le dió en ella un beso
lleno de pasion **y** de gratitud.

El Comandante era joven, vivo de génio, alegre de ojo;
y nos séria di**fic**il ~~decl~~ decir cual fué la impresion q^e. hizo
en su seño aquella ~~espresion~~ {manifestacion} filial de la
gratitud {de} Teresa. Es este **un** secreto sobre el q^e. nunca
lo hemos oido esplicarse.

Al atravesar el pátio para salir á la calle, [~~Manuel~~]
Antonio lo seguia lleno de jovialidad; se [~~n~~]conocia q^e.
él negro aspiraba á fijar p^r. **un** momento la atencion del
Comandante[;]. Mas, viéndo q^e. este salia distraido, [~~Manuel~~]
António no pudo contenerse y le dijo:
–Que lo pase bien Su merced!

El comandante dió vuelta y repárando en el leal negro le dijo con ~~mucha~~ **solt**ura:

–Holá! buena pieza ¿como estás?

–Para servir a su merced! contestó {el} negro, lleno de satis-faccion[;] y caminando p[r]. el pátio al lado del Comandante. //

                                                            156.

–Y el viejo ¿como te trata?

–Oh! muy bien, Señor! es muy bueno! Pero tengo muchas ganas de volver al cuartel, y de salir á campaña con su merced.

–Bueno!..... me gusta!.... ¿Como se asustaria el viejo anoche con la revolucion, éh?

–Oh, si señor! estaba muy asustado; el pobre! respondió el negro.

El Comandante habia llegado al umbral de la puerta de calle y sonriendose de lo q[e]. el negro le decia, agregó:

–Vaya, pues; adios!

–Adios, mi amo!

António se retiró cerrando la puerta.

- - - - - - - - - - - - - -//

                                                        ǂ157 #

XIV
Fabricacion de un gobierno popular

Despues q[e]. los revolucionários consiguieron derro-car el gob[no] directorial del coron[l] Lastra pasaron la noche aglomerando médios p[a]. crear un nuevo poder digno de la grandeza y de la gloria inmortal del virtuoso y heroico pueblo q[e]. habia recobrado sus sagrados dros y q[e]. iba á gozar de la libertad {ellos} desde q[e]. asomase su faz el hermoso sol de libertad del nuevo dia.

~~Aunq[e]. yo tengo una hora muy # y ## consigo # se~~ ~~##############ǂ~~

Apenas **rayó** la Aurora **aques**ta de Libertad y de gloria, segun repetian los amigos de Carrera, se repicó {en} las campanas del Cabildo y de la Catedral pᵃ. convocar los vecinos á la plaza; cosa qᵉ. se hacia tambien con tambores repartidos pʳ. las calles, y por médio de agentes especiales, qᵉ, entrando á las casas, invitaban personalmᵗᵉ á sus dueños, á nombre de Dⁿ. Jose Miguel, pᵃ. qᵉ. fuesen á espresar su voto contra la administracion anterior, y en favor del caudillo revolucionário. La libertad de este voto estaba garanti̲za̲da pʳ. ~~todos los amigos~~ este caudillo, qᵉ, dueño de la ~~plaza~~ {ciudad}, desde la noche anterior, como ya lo sabemos, habia armado á todos sus amigos y traido a la plaza el piquete de artilleria qᵉ. mandaba su hermano Dⁿ. Juan José. La única aspiracion de Carrera ~~era, #~~ {se cifraba} # **en** gobernar pʳ. el voto popular.

Era este precisamᵗᵉ el dia qᵉ. la administracion del Coronˡ Lastra habia señalado, pʳ. edictos, pᵃ //

158 ~~2~~[124]

qᵉ. compareciese Dⁿ. José Migˡ. ante las autoridades nacionales, á fin de ser juzgado en la acusacion de maquinar secretas conspiracionˢ. contra el Gobⁿᵒ, qᵉ se le habia hecho. Así, pues; Cuando Carrera tubo <u>reunido el pueblo</u> hizo abrir las [e]Casas [e]Consistoriales, y mandó qᵉ. {los ciudadanos} fuesen introducidos á ellas. ~~Un ciudadano~~ Se presentó entonces ante la reunion, y ~~se~~ fué saludado con estrepitosos <u>vivas</u> y aplauso**s**; cuando volvió el **si**léncio, Carrera, siempre de pié, alzó la voz y di[g]**j**o:

"Virtuosos hijos del suelo chileno! He sido a-/"cusado ante el mundo de trabajar en la destru-/"ccion de la pátria. Vosotros, que conoceis los sa-/"crificios qᵉ he hecho pʳ. su indepᵃ y su libertad/ "juzgareis de mi conducta, y me vereis siempre/ "sumiso á las voluntades soberanas del pueblo. Per-/"seguido pʳ. un gobierno despótico y arbitrário, ul-/

---

124   El número tachado corresponde a la paginación del capítulo XIV.

"trajados los d<u>ros</u> q^e. tengo como ciudadano, y no/ "solo los mios, sino los de la mayoria de mis/ "compatriotas, me he **c**reido autorizado p^a. a-/"pelar al pueblo ~~á fin~~ {sobera-no,} despues de haber ata-/"do las manos á los déspotas q^e. [~~me~~]**nos** ~~p~~# {oprimian.}/ "¡Pueblo heroico de Santiago! ¿Que juzgais/ "de mi patriotismo? ¿he delinquido ante la/ "Pátria? ¿Soi yo el criminal, ó lo son mis/ "enemigos?

Aún no habia acabado de hablar el gen^l. Carrera, cuan-do ~~el~~ {un} estrépito de ~~intrépidas~~ voces sacudia las paredes de las casas consistoriales aclamándolo el hijo predilecto de la República. Habia en reunion un hombre q^e. se deses-peraba pidiendo siléncio p^a. hablar y q^e. cuando lo obtubo, despues [de] innumerables esfuerzos, dijo:

"¡Ilustre Carrera! Angel tutelar de nuestr[~~a~~]**o** [~~na~~]**Ch**ile! Vos, q^e. teneis la chispa **del** aq^l. génio//

159 [<u>159</u>]

q^e. brilló en los Alejandros, en los Cesares y en los Bonapartes (a)[125], ## {y que os habeis hecho} grande, como ellos, ~~y~~ **an**tes de pasar {de} los primeros años de vuestra juventud, **es**tá tan lejos el pueblo de ~~que~~ creeros reo, q^e se apronta ya p^a. ac**la**maros el mas grande y benemérito de sus gefes ¡Decid ciudadanos! ¿es mi voz la voz del pueblo?

–Si! si! si! respondio el gentio ¡Viva D^n José Mig^l Carrera! Viva la patria!

~~"Pues, bien! Ayax de la Independ^a. Americana~~

"Pues, bien! primógenito de la familia de/ "los Ayax y de los Aquiles chilenos ¿Por q^e. va-/"cilais? ¿No teneis aqui

---

125 /{(a) advierto q^e. no me creo tan libre en mi calidad de romancista como p^a. atre-verme á poner rasgos de este género sin copiarlos textualm^te de buenos docum^tos históricos. Vease la pag. 29 de la <u>Memoria sobre las primeras campañas de la Indep^a. en Chile presentada á la Universidad de Chile</u> en el segundo aniversário de su instalacion p^r. D. J. Benavente; <u>Miembro de la Facultad de Leyes y ciencias políticas. Santiago</u> -1845- <u>Imprenta de la Opinion.</u>}/ [N. del A.]. Benavente, comentando que José Miguel Carrera mantenía informados a todos los pueblos mediante cartas que escribía en cualquier lugar y a toda hora, afirma: "Por fortuna el jeneral era jóven; no le faltaba una chispa del jenio de los Alejandros, Césares y Bonapartes, y podia trabajar con tanto teson, casi sin descansar un momento" [29].

un pueblo entero q^e. im-/"plora el honor de ser dirigido p^r. vos á los cam-/"pos de batalla, como en los dias anterior^s. en/ "q^e. llenasteis el mundo con la fama de vuestros/ "hechos? ¿Por q^e. vacilais? ¿Temeis la calúm-/"nia? ¿temeis la infernal depravacion de vues-/"tros malvados enemigos? Oh! Dejad nímios/ "temores! Teneis en Chile un millon de pechos/ "de bronce p^a. defenderos, y pronto quedarán/ "aniquilados esos enemigos p^r. la justa indigna-/"cion q^e. han suscitado en nuestros pechos. Propo-/"ned una ley, una medida p^a. salvar la pa-/tria del abismo de peligros á q^e. la han ~~elevado~~ {arrastrado las traiciones de} los Catilinas y los Lépidos."

~~"¡Señores! (dijo Carrera) Es una ignomínia q^e. como sugiere á ######~~

"¡Señores! (dijo Carrera) No sé hallar en este/ "momento palabras capaces de espresar la profun-/"da gratitud las ardientes emocion^s. q^e. me causa/ "la adhesion del pueblo.### Eso prueba/ "ante el mundo sus virtudes y su heroismo, su saga-/"cidad y su buen sentido. Aprecio mas esta victoria/ "sobre las calumnias de mis detractores q^e. todas/ "las q^e. he conseguido derramando mi sangre en los //

160 4

"campos de batalla; por q^e. estas no prueban sino mí/ "decision p^r. la causa de ntro Chile, mientras q^e la/ "otra me prueba la adhesion de un pueblo entero/ "enérgico p^a. sostener sus d$\underline{ros}$ y habil p^a. distinguir/ "á sus verdaderos amigos.

"¡Señores! Es una ignomínia q^e. llena de vergüenza á todo chileno verdadero y neto, el q^e., en este pais, lleno de hombres eminentes p^r. sus luces y p^r. sus talentos, estemos copiando servilm^{te}, y con sus mismas deformidades, las administracion^s politicas de los Porteños (b)[126], como si

---

126 /{(b) Vease la misma Memoria, citada antes, pag- 10}/ [N. del A.]. Benavente cuenta que el 2 de mayo de 1811 varios diputados piden ser incorporados a la

{ntro} Chile no fuera sino un ~~pobre~~ espejo {inerte} de **las** monadas de <u>los del otro lado</u> (c)[127].....

Mientras D[n]. José Mig[l]. seguia diciendo lo q[e] mas abajo escribiremos, un **chusco** de los muchos q[e]. asisten á estas reunion[s], p[r]. divertirse, llenos de escepticismo y de desengaño, {al oir esta parte del discurso} dijo despácio [á]**y** {riéndose á} un amigo q[e]. lo acompañaba:

–¿Y q[e]. diablos hemos de hacer, si no sabemos otra cosa?

–Atiende! atiende! veamos en lo q[e]. para la farza.

Le contestó el amigo.

"Sí, conciudadanos! (continuaba diciendo Carrera) Es/ "preciso q[e]. limpiemos ~~a~~ nuestra **bri**llante historia de/ "una mancha tan ignomíniosa, como esta; mancha/ "de q[e]. se ha de avergonzar nuestra posteridad: yó os/ "lo juro! Por consiguiente ¡no mas **D**irectório Su-/"premo! no mas organización[s] monstruosas co-/"mo esta q[e]. echan un manto **bo**rdado ~~sobre~~/ "sobre el despotismo.....

–Caspita! decia el **chu**sco; pues si no es mas q[e]. por eso, entiendo q[e]. poco ~~importan~~ importa el cámbio de la forma porteña.

"En un gob[no] libre la voluntad del pueblo/ "debe ser soberana y presidir en los consejos del/ "Estado. Organizemos **pues** una Junta p[a]. q[e]. desa-/"parezca # del Gobierno todo despotismo personal.

El chusco no pudo contenerse, y soltó una carcajada de risa q[e]. llamó la atencion de muchos y q[e]. hubiera salido cara al atrevido, si no hu-//

Junta de Gobierno, "a imitacion de lo que acababa de hacerse en Buenos-Aires, espejo entónces de nuestros hombres de estado, y modelo que pretendian copiar aun con sus mismas deformidades. Aquí como allí se formó, pues, un gobierno multipersonal, débil por falta de unidad, e incapaz de dictar resoluciones prontas y acertadas; pero mui apropósito para enjendrar y desenvolver un fómes de discordia [...]" [9-10].

127 /{(c) frase nacional, p[a] designar á los Argentinos, habitantes del lado oriental de los Andes.}/ [N. del A.].

161 5

biese hecho esfuerzos de todo género pª. fingir otro motivo que el qᵉ. se la había arrancado[.]

Carrera entretanto seguia su discurso asi:

–"Si! [H]**h**eroico pueblo! instalemos una Junta com-/"puesta de verdaderos patriotas, de patriotas netos, in-/"tachables.

–Hola! decia el chusco: con qᵉ. vamos á copiar [á los]**lo que** {los} porteños hacian el año 11, para no copiar lo qᵉ. hacen ahora? Bueno! siempre es un paso pª. adelante!

–Pero, hombre[!], todo es lo mismo! {respondia el amigo)} los porteños copian á l**os** franceses de 93 y de 98; nosotros copiamos á los copistas. Es lástima qᵉ no estén emancipados los peruanos; tal vez tendriamos **q**uienˢ nos copiar**an** á nosotros.

–Eso es pʳ. qᵉ. los peruanos son mas hábiles qᵉ. nosotros. Convencidos de las deformidades francesas y porteñas, están esperando qᵉ. desaparezcan pª {levantarse contra los godos y} criar un gobⁿᵒ modelo. ¡Que sandeces! **q**ue sandeces, dios mio!

Durante este dialogo, Carrera habia seguido hablando y concluia así:

"Os ~~propongo~~ {ruego} pues, ~~concucdadanos;~~ {conciudadanos;} qᵉ. procedais/ "con plena libertad á la eleccion de vuestros/ "Mandatários ¿Ap**o**yais la derogacion del Direc-/"tório?

Numerosas voces **resona**ron en la sala, diciendo:

–Si! si! Abajo el Directorio! Abajo las formas del Despotismo.

–Aprobais [la]**el** restablecimᵗᵒ de las Juntas Gubernativas[.]

–Si! si! Juntas Gubernativas! viva la libertad! viva la patria!

–"Pues bien, pueblo soberano! He llevado mi/ "deber y mi puesto. Abandono el lugar en qᵉ. me/ "coloqué pʳ. las circunstancias imperiosas qᵉ. nos ro-/"deaban; lo abandono lleno de gozo al **s**aber de/ "vuestro mismo lábio qᵉ. he llenado vuestros deseos, qᵉ. he //

162 6
"interpretado vuestra suprema voluntad. Desciendo/ "á
vuestro seno á ocupar el lugar q^e me compete/ "el lugar
de simple sufragante. Nada temais!/ "Una fuerza **mili**tar
incontrastable os sostiene/ "bajo el mando de mis ilustres
~~y~~ amigos y her-/"manos.

    –Oh! exclamó el chusco: y**a** lo sabemos y p^r. eso vamos
todos á votar con plena libertad.

    "Haced uso de vuestros d<u>ros</u>. Proce[~~ded~~]**d**{amos} á
nombrar los dignos ciudadanos q^e. deben reci**b**ir nuestros
votos p^a. la eleccion de los miembros de la J**unta** Chilena.

    Mil voces estallaron:
–Viva el ínclito Carrera! viva la patria! viva la libertad!
Muer**an** los godos! Muera O'higgins! muera Lastra!

    Calmado este alboroto se procedió al nombramiento
de una espécie de mesa electoral y resultó electo Carrera
p^a. presidente sus hermanos ~~p^a. voc~~ **con** otros {cuatro}
de sus amigos mas conocidos p^a. **vocales**. No pasó una
hora sin q^e. el pueblo, en cuerpo y alma, eligiese á Carrera
<u>Presidente de la Junta Gubernativa</u>, agregándole, p^r. vocales,
dos individuos q^e. por su adhesion {conocida} al presidente
eran los indicados p^a. el puesto. Quedó asi destruida la
influencia personal en el Estado y aniquilado el despotismo escandaloso q^e se ocultaba bajo la <u>forma porteña</u> del
Directório (c)[128]

~~Disuelta despues de esto la reunion,~~ [em]**Inst**alado este
gobierno eminentem^te popular, hijo legítimo de la voluntad
suprema de la nacion, quedó disuelta la asamblea.

---

128 /{(c) V. la pag. 142 de la citada Memória./} [N. del A.]. No hallamos este episodio
    en la fuente citada. Benavente solo dice: "Efectivamente, el 23 de julio, [...] se
    presenta en la plaza mayor de Santiago y algunos amigos suyos en los cuarteles
    de las tropas, y la revolución queda hecha" [173]. Páginas más arriba, Benaven-
    te –defensor de los Carrera– muestra su descontento por la decisión política de
    cambiar la Junta de Gobierno por un Director, "copiando siempre y servilmente
    los acontecimientos de Buenos Aires" [137].

Los gobernantes se consagraron entonces al desempeño de sus {altas} obligaciones. El gen^i. Carrera visitó {los cuarteles} á caballo, ~~todos y~~ rodeado de doscientos amigos y de no sé cuantos edecanes. Se presentó en todas las calles plazas y paseos de //

163 ~~7~~

ciudad, seguido de una inmensa multitud q^e. lo vitoreaba y q^e. no dejab[~~ar~~]**a** dudar á nadie de q^e. efectivam^{te} habia subido al gob^{no} p^r. el sufrágio popular. Despues de este # brillante excursion, volvió al palácio y se encerró en su gabinete para trabajar.

Estaba rodeado de papeles escritos, de cartas y oficios, cuando # abrieron la puerta {de improviso;} alzó la vista y vió á D^n. Luis q^e volviendo a cerrarla y echándole llave p^r. dentro, sin decir una palabra, tomó una silla y la puso junto á la mesa frente á ~~Ð~~ su hermano.

D^n Jose Mig^l. lo miró, y, sin manifestar la mas pequeña inquietud, le dijo:

–Tenemos alguna novedad, Luis?

–Ninguna q^e. yo sepa ¿Estás muy ocupado?

–Bastante!

–Sinembargo; quiero q^e. hablemos largam^{te} ¡míra q^e. estamos en una situacion muy critica!

–Tal vez! Pero, supongo q^e. te has convencido bien de q^e. el pueblo me apoya con una plena unanimidad?

–Hombre! dejemos eso! ~~Para #~~ lo q^e. yo he visto es q^e. la multitud te ha seguido p^r la calle gritándote <u>vivas</u> á millones.

–¡Y bien! ¿que significa eso?

–Todo lo q^e. tú quieras. Suponte q^e. O'higgins y Mackena desconocen tu autoridad y marchan sobre Santiago ¿Que hacemos?

–Vencerlos y ahorcarlos si los tomamos[.]

–Como?

–Vaya! Cuando O'higgins y el [e]Escoces (d)[129] se muevan tendré yá mas de seis mil hombres. Si lo dudas es por q[e]. no me conoces todavia.

–Bien! que sea así! Y si los españoles mar-//

164 8

chan detrás de O'higgins y nos atacan despues?

–Y q[e]. ¿por q[e] nos ataquen estamos perdidos? Es la primera vez q[e] nos batimos, y q[e] les quitamos banderas? Nunca los hemos hecho huir? ¡Luis! te estoi desconociendo. (Dijo D[n]. Jose Mig[l]. con un **ademan** de desprécio).

–Dejemonos de **sons**eras José Miguel! La petulancia y la botarateria [está]**es** muy buena p[a]. las proclamas de la plaza; p[a]. hacer abrir la boca á los pueblos; pero aquí, entre nosotros dos, es ridículo q[e]. me dés semejantes salidas. Vengamos á los hechos! descendamos al terreno del buen sentido! Tienes algun cuerpo de infanteria q[e]. pueda pararse **del**ante de los Talaveras?

–**Te** diria q[e]. sí; pero son cuyanos*[130] los q[e]. manda Las-Heras y no quiero contar con ellos; por q[e]. el refran dice –"cuando andes con el cuyano, teme siempre la patada! (o)[131]

–Que disparate! El cuerpo de Las-Heras no es capaz de detener un minuto á los Talaveras. ¿Tienes algo q[e]. oponer al ~~regim~~[to] Real de Lima? Tienes algo p[a]. los escuadron[s]. del regimiento Abarcal, q[e]. manda Quintanilla? ¿Que cuerpo me presentas, capaz de mantenerse firme si lo cargan los Húzares del porteño Barañao (p)[132]? Dejemonos de niñerias

---

129 /{(d) Mackena era escoces criado en Chile desde muy niño.}/ [N. del A.].

130 /{* [~~Argentinos h~~]**H**abitantes {de las Prov[s]. de Cuyo –} ~~de~~ Mendoza, San Juan, Córdoba; y, por estension, cuyano significa en Chile, argentino, de cualquier prov[a] q[e]. sea.}/ [N. del A.].

131 /{(o) Refran popular en Chile}/ [N. del A.].

132 (p) El coron[l] Barañao, hijo del pueblito de las Conchas, prov[ia] de B. A., habia tomado parte con los realistas. Se hizo c**elebre** en el ejército español p[r]. su arrojo, y, mas q[e]. todo, p[r] **una** serenidad q[e]. rayaba en crueldad. Hoi es general español, reside en Santiago, olvidado de todos, con una pierna menos perdida en el campo de batalla y dirigiendo una casa de baños. [N. del A.]. **Las Conchas**: hoy partido de Tigre, a orillas del actual río Reconquista.

Jose Mig^l, y confesemos q^e. ntra situacion es terriblemente apurada. Con el egército de O'higgins no podemos contar nosotros; y ademas de eso es un egército sin disciplina, sin escuela. Era bueno **p^a**. batirnos con los <u>zambos peruanos</u> de Gainza ó con los <u>chilotes</u> de Pareja. Pero los <u>gallegos</u> q^e. ahora nos amenazan son otra cosa; son soldados, se han batido con Napoleon y han triunfado; tie-//

165 9

nen disciplina, escuela, espíritu de cuerpo; están aguerri- dos; la oficialidad está toda formada con estúdios sérios del arte militar. Ech**a** tú la vista á nosotros y dime ¿que te**nem**os? hoy vas [~~necia~~]á empezar á formar tu egército; y, dentro de seis dias, ya **se** pondrán á marchar sobre nosotros O'higgins y los Godos. ### Si O'higgins nos aniquila, no p^r. eso se librará de ser aniquilado p^r. los godos; y la **misma suerte** correremos nosotros si ~~lo vencieramos~~ logramos vencer á O'higgins.

–Pues, con mil diablos! apelaremos á la diosa de los deses- perados – la Fortuna. Yo cuento con ella. Ya estas contestado

–No! Jose Mig^l.! Apelemos al patriotismo.

–Bien! eso mismo digo yó! Apelemos al patriotismo!

–Empieza p^r. sacrificar tus personalidades

–No renuncio el gob^no! ~~q^e {q^e}me lo han~~ Me lo ha confiado el pueblo!

–No renuncies el gob^no; pero sacrifica tus personalidades, si tratas de salvar á la patria.

–Si no tengo q^e. renunciar al mando q^e. me ha confiado la voz del pueblo, sacrifico mis personalidades, como tu dices.

–Me dás tu palabra **c**omo hombre de honor, como hijo de Chile?

–Dame tú primero la tuya de q^e. vas á obrar como hermano mio sin sacrificar mi dignidad, ni mi orgullo.

–Te la doi.

–Pues te autorizo, [~~con~~]**bajo** mi palabra de honor; p^a. q^e. **sa**crifiques mis personalidades; y me ayudes á salvar el pais.

Dⁿ. Luis se levantó lleno de gozo y abrazó á su hermano ¡Viva Chile! esclamó.//

166 ~~10~~

–Viva Chile! le contestó el hermano, abrazandolo con entusiasmo –Habla ahora.

–Vargas está en Santiago.

–{Anoche} [S]se me escapó milagrosamᵗᵉ. Pero he hecho guardar bien los puentes del <u>Maipu</u>; y Juan José tiene autorizacion pª. fusilarlo donde lo encuentre.

–Reclamo tu palabra pª qᵉ. retires esas órdenes; me has prometido sacrificar tus personalidades.

–~~Pero~~ Las mias; pero nó las de Juan José.

–Se pierde Chile entonces! y sobretodo Juan Jose no tiene nada qᵉ. hacer entre nosotros dos.

–[M̶]**Ll**amemoslo, pª ver si consiente.

–No quiero. Si no me con[~~de~~]**ced**es lo qᵉ. te pido, me retiro, y obra {tu} contando con esa Fortuna qᵉ. tanto te promete. Pero yo mé iré[,] acúsandote de ser traidor á los sagrados deberes de gefe y de Chileno.

–¿Y que sacaremos, Luis, con per**do**nar á Vargas.

–Todo, quizá!

–Pues bien lo perdonaremos condicionalmᵗᵉ qᵉ. dé Vargas su palabra de honor de **po**nerse bajo nuestra juris**diccio**n si no se obtiene lo qᵉ. tú esperas.

–Hasta el proponer**le** semejante cosa seria ridícul**o**. Vargas está bien oculto, bien seguro de tí y de Juan **Jos**é. Es bien <u>gaucho y vaqueano</u>[133] pª. qᵉ. no sepa como llegar al campo de sus amigos burlándose de tus partidas.

–Segun eso tu lo protejes[.]

---

133 Curiosa adjetivación en boca de un chileno. Recuerda la caracterización de los habitantes de la pampa argentina, que hace Sarmiento –el amigo de López– en *Facundo* (1845).

–Si fuese así, te lo habria dicho desde el princípio. Desde q^e. nos acometió anoche en el Tajamar no lo he visto. Sobreto{do,} //

167 ~~H~~

no divaguemos. No se trata de perdonar á Vargas; p^r. q^e. no está ~~bajo~~ {en} nuestro poder si él tiene motivo alguno p^a. aceptar perdones ¿Quieres salvar el pais, y permanecer en el gob^no?

–Con toda mi alma!

–Pues bien! te repito q^e. retires las ordenes q^e. has dado á Juan José respecto de Vargas. Si lo haces, **cuent**a conmigo hasta la muerte.

–Esta hecho, Luis.

–Bueno! Hermano querido! tienes un alma noble! firma una orden p^a. q^e. Juan Jose desista de toda [~~pers~~]**pes**quisa, retírale toda autorizacion. ~~Yo mismo me~~

D^n. José Mig^l. tomó la pluma, escribió, y entregó {á} D^n. Luis la orden q^e. exigia. D^n. Luis la tomó, diciendo:

–Yo mismo me encargo de hacerla egecutar. Libre Vargas, agregó, tenemos yá un magnifico Agente p^a. reducir á O'higgins á q^e. reconozca tu autoridad, y consienta en unir sus tropas á las q^e. aquí levantemos. Trabajaremos p^a. q^e. te reconozca tambien p^r. generalísimo. Tú eres ahora el dueño de Santiago, eres el mas fuerte, acreditaras nobleza y generosidad si das el paso q^e. te voi á proponer.

–Veamos!

–Escribamos todos á O'higgins p^a q^e sacrifique, como lo hacemos nosotros, las animosidades de partido. Yo haré q^e. le escriba Passo, Las-Heras, Lastra, todos en fin; p^r. q^e. lo q^e. todos debemos querer hoi, es salvar á Chile, p^r. el momento; de la # {desgracia} horrible de caer bajo los sables de los godos. Examina ese borrador (dijo D^n. Luis sacando una carta prolijam^te escri{ta,} //

168 ~~12~~

y doblada, q^e. no carecia, p^a. poder ser dirigida, sino de firma y de sello)

Dⁿ. Jose Miguel tomó la carta, leyó lo q^e. sigue:

Exmo Señor Brigadier Dⁿ. Bernardo O'higgins
Santiago 24 de Julio de 1814.

"Mi amigo:

"No sé si puedo aún hablar á Ud en/ "este lenguage: lo fuí verdadero i no disto de ~~se~~/ "serlo apesar de los pesares. No sé si será Ud ó/ "si [y]soi yo el loco y desnaturalizado chileno que/ "quiere envolver á la Patria en ruinas: lo cier-/"to es q^e. no procederé y q^e. Ud no debe proceder,/ "sin q^e. antes nos estrechemos é indaguemos/ "la verdad. En manos de Ud y mias está la/ "salvacion ó destruccion de un millon de ha-/"bitantes q^e. tanto han trabajado p^r. su liber-/"tad. Maldecido sea de Dios y de los hom-/"bres el q^e. quiera acer infructuosos tantos sacri-/"ficios. Salvemos á Chile ó seamos odiados/ "eternamente" (r)[134]

"Juntemos nuestros esfuerzos, seamos unos,/ "**ah**ondemos el espiritu de partido y pensemos/ "#{solo en sal} var el pais de los Realistas. Espero/ "con una ansiedad indecible la contesta-/"cion de Ud, y puedo asegurarle q^e. soi sin re-/"serva alguna"

Su sincero amigo y compatriota
.... ~~José Mig^l Carrera~~

–Dⁿ. Jose Mig^l. acabo de leer la carta y quedo sumido en una profunda meditacion[;] despues de un rato, dijo:

–Me cuesta mucho firmar esto, Luis!

–Cuanto mas grande sea tu sacríficio, será tanto mas noble. Piensa en la patria y firma.//

169 ~~13~~

Dⁿ. José Mig^l. tomó la pluma y firmó.

---

134   {(r) Auténtico.}/ [N. del A.]. López compone esta carta a partir de la nota de Carrera que transcribe Benavente [174-5].

–Fírmame ahora de tu propia ~~pluma~~ mano un pasaporte absoluto pª. el conductor de todos estos pliegos rotulados al Brigadier O'higgins; pª. una muger qᵉ. lo acompaña, y pª. un soldado.

–Como sabes qᵉ. Vargas tiene consigo todo eso?

–Acabo de hablar en este momento con Las-Heras. Sabiendo qᵉ. yo no habia de delatar á Vargas pʳ. qᵉ. Las-Heras, como todos, saben qᵉ. soi hombre de honor, ~~el Co~~ se empenó [sic] conmigo pª qᵉ. salvase ~~Vargas~~ {al capitan,} asilado en una casa segura qᵉ no {se} me ha designado.......

–Ha de ser la del viejo Passo.

–No lo sé; pᵉ. si lo fuese, ya ves qᵉ. no te engañé al decirte qᵉ. {Vargas} estaba perfectamᵗᵉ seguro de Juan Jose y de tí. El empeño de Las-Heras me sugirió la idea de salvar el pais pʳ. este médio. Yo mismo voi á hablar con Vargas; pª qᵉ. obligue en lo qᵉ. pueda á O'higgins á ligarse á nosotros reconociendo tu autoridad suprema. Las cartas de los demas amigos qᵉ. voy á reunir y nuestros esfuerzos le abrirán los ojos; y tal vez logremos salvar la patria.

–Ojala, Luis! yo voi á centuplicarme pª levantar fuerzas respetables. Despacha ~~pronto~~ {cuanto antes} á ese pícaro de Vargas; que se vaya ligero; y ven pronto, pʳ. qᵉ. cuento contigo pª trabajar # y realizar prodígios.

Dⁿ. Luis salió mostrando en su rostro una profunda alegria; y se dirigió al Cuartel de Las-Heras; mientras su hermano emprendia[;] trabajos dificilisimos, ~~{realmᵗᵉ}~~ y numerosos con una actitud verdaderamᵗᵉ prodigiosa. Dice una obra histórica qᵉ. tengo á mano –"La Capital (Santiago) se //

170 ~~14~~

convirtio en una maestranza general. Por todas partes se aprestaban armas, municiones y vestuários – se recogian desertores, se hacian y se disciplinaban reclutas"[135]– y sigue

---

135   López cita fielmente otro pasaje de la *Memoria de las primeras campañas...*, de Diego Benavente [174], su principal fuente de información respecto de los Carrera.

asi ponderando la eficacia y grandeza de los esfuerzos del caudillo.

Cuando D[n]. Luis entró al Cuartel de los Argentinos {era como las 11 del dia y} encontró al Comandante muy ocupado en escribir.

–Está Ud muy ocupado, amigo?

–Oh! señor **coro**nel! como está Ud? Ad**el**ante! tome Ud asie**n**to. Estoi **es**cribiendo al gen[l] San Martin: Passo despachaba hoi mismo un <u>própi</u>**o** p[a]. Mendoza.

–Pues[,] entonces, le quitaré á Ud el menor tiempo posible. Le diré á Ud de paso q[e]. sentiria q[e]. Uds indispusiesen al gob[r] de Mendoza contra el nuevo Gob[no].

–[Ami]**Cama**rada! [nuestro]**mi** deber es referirle lo q[e]. ha sucedido, y exponer con toda la verdad la situacion general del pais. Esto solo es lo q[e]. le escribo.

–Bueno; pero yo le traigo á Ud algunas nuevas q[e]. dejan campo p[a]. formar grandes esperanzas

–Tanto mejor! cuales son?

D[n] Luis refirió al Comandante todo lo q[e]. habia arreglado con su hermano y la necesidad de influir con O'higgins p[a] q[e]. sacrificase á los intereses generales de la Nacion los intereses de partido.

–Bien! esclamó Las-Heras. Iremos ahora mismo á ver á Passo y á Vargas. Será preciso q[e]. el <u>chasque</u> se demore hasta la noche. Yo no creo valer cosa alg[a] p en el ánimo del gen[l]. O'higgins pero basta q[e]. Ud pida mi cooperacion á un fin tan util, p[a]. q[e]. la dé; le escribiré tamb[n] al Genl Mackena. Y digame Ud ¿Vargas puede ir seguro, bien seguro, sin temor alguno?//

171 # 15

–Le voy á dar yo mismo una partida de veinte hombres y un oficial de mi entera confianza p[a]. q[e]. se hagan valer á todo trance las órdenes q[e]. Ud vé. La partida lo acompañará hasta el puente de Maipu.

–Así, ya no hai q^e. temer. Vamos pues! Le doy á Ud las mas vivas gracias p^r el buen # ~~desempeño~~ {resultado} q^e. ha dado Ud á mis empeños.

–He cumplido con mi deber, comandante. Y seré el más feliz de los hombres si consigo los fines q^e. me propongo.

D^n. Luis y Las-Heras se dirigieron á la casa del Diputado de Buen^s. Air^s. Este habia salido ~~tambien {ido} al jardín á ## conferencia con el mismo Gob~~^{no}. Las-Heras entró á ver á Vargas p^a hacerlo consentir en la entrevista q^e. D^n. Luis exigia. Vargas, cuyo ánimo estaba profundamente irritado contra los Carreras rehusaba fuertem^{te} esta entrevista y se negaba tambien a recibir ~~el salvo conducto q^e. se les~~ la salvaguardia q^e. se le brindaba; p^r q^e. no queria, decia él, deber á los Carreras, ni la sombra de un favor. Pero como Las-Heras inst{**ase**}, interponiendo sus respetos y su influencia, el Cap^n consintió, ~~D^n. Luis ## donde el estaba / S~~^{136} ~~y siguió a Las Heras~~{y se dejó llevar} á la sala del Diputado, donde D^n. Luis los esperaba.

–Señor Capitan! dijo D^n. Luis así q^e. lo vió entrar: antes de todo debo declarar á Ud, q^e. no tiene por obgeto esta entrevista deponer resentimientos y antipatias, q^e. juzgo demasiado arraiga[da]s y firmes entre Ud y nosotros, p^a pretender q^e. se suavizen en lo mas mínimo. Se trata solo de pensar en ntra patria comun antes q^e. en nuestras personalidades.//

172 ~~16~~

–Agradezco ~~á Ud infinita~~, Señor Coron^l, que haya puesto Ud la discusion sobre ese terreno; p^r. q^e. no la habria admitido sobre otro[;]. [a]Ahora, me toca mi vez[;] de declarar al S$_{or}$ Coron^l, q^e. deseo no me sea propuesta cosa alguna q^e. pueda dejar en el ánimo de los q^e. me **la** proponen ni la mas remota idea de haberme hecho un favor. No estoi en

---

136   Con el agregado siguiente, el autor une dos oraciones que inicialmente estaban separadas por un punto y aparte.

el caso de decir q^e. no ~~los~~ necesito favores; y el S<u>or</u> Coron^l.
lo vé bien; trato solam^{te} de dar á entender, q^e. no quiero,
ni que se me propongan[,] de parte de las personas q^e.
gobiernan hoi en Santiago.

–No se trata aquí de favores, Señor Capitan! ni se los hacen
gratuitam^{te} personas q^e. se aborrecen con franqueza. Yo
vengo á proponer á Ud q^e. coopere á salvar la patria del ~~un~~
abismo á q^e. la llevaran las pasiones de partido.

–Acepto señor la invitacion. Servir á mi pais es la primera
de mis pasiones.

El **coron**^{l} espu**so** aquí detalladam^{te} al capitan sus
intenciones y sus fines. Vargas observó q^e. no se podia
comprometer á lograr q^e. el gen^l. O'higgins asintiese á las
propuestas; p^o q^e prometia hacer cuanto dependiese de
él[,]. **D**ijo q^e. esperaba poco; p^r. q^e. poca era la influencia
q^e. tenia sobre su protector: q^e. no ofrecia tampoco no
ocupar su puesto en el Egército de O'higgins, si este desoia
los ardientes esfuerzos {con} que {él} apoyaría el plan del
coron^l, y marchaba sobre el nuevo gob^{no} de Santiago p^a.
restablecer el **an**tíguo. Lo ~~único~~ q^e. fué imposible hac**er**
~~lo #~~ aceptar {por el cap^n.} fué la partida cuya compañia se
le ofreci[á]a: protestó q^e. confiaba en el honor de los q^e. lo
empleaban como médio de conciliacion; y q^e., si esto no
era bastante, confiaba en su valor y en su espada; que no
necesitaba {de} otra cosa q^e {de} la <u>salvaguardia</u> y {de} los
<u>pliegos</u>.//

173 ~~17~~

La conferencia se concluyó quedando todo arregla-
do[,]: y Vargas [~~cuando~~]**dijo** á Teresa, cuando volvió al
cuarto:

–Se han desvanecido ya todos los peligros q^e nos amenaza-
ban á los dos. A las siete de la noche saldremos p^a. el sud.

–¿Como ha sido eso Vargas? cuéntamelo, mi vida!

~~Mient~~ Dejaremos á Vargas refiriéndoselo p^a [p]
adelant[~~ar~~]**a**{**rnos**} ~~nosotros~~ á **co**sas nuevas.

XII
La Batalla de {las} frases, ó sea – conferéncia diplomatica

1[137]   174
Capítulo XV
———

Hacia como média hora q^e. el Coron^l. D. Luis Carrera se habia separado de su hermano D. Jose Miguel, cuando un [e]Edecan entró en el gabinete en q^e. este trabajaba, y viéndolo ocupado se quedó de pié delante de la mesa. D. Jose Miguel siguió escribiendo, sin hacer caso del Edecan, hasta q^e. concluyó un párrafo muy largo del manuscrito q^e. lo ocupaba. Fatigado entonces de la presencia automática de aquel hombre levantó la vista con un ademan de fastídio, y le dijo:

–¿Que quiere Ud, hombre?

–El Señor Diputado de las Provincias Unidas del Rio de la Plata solicita de V. E el honor de una entrevista reservada, y está en la antesala aguardando la respuesta de V. E. {*intercálese aquí lo q^e. está al margen con la señal (a))}[138] /{(a) -¿Y por q^e. no me ha dicho Ud eso, así q^e. entro?̶.̶.̶.̶ ̶¿̶S̶a̶b̶i̶a̶ ̶U̶d̶ ̶s̶i̶ ̶y̶o̶ ̶q̶u̶e̶r̶i̶a̶ ̶q̶$̶^̶e̶$̶.̶ ̶h̶i̶c̶i̶e̶s̶e̶ ̶e̶n̶t̶r̶a̶r̶ ̶e̶l̶ ̶S̶o̶r̶ ̶D̶i̶p̶u̶t̶a̶d̶o̶}/

–Como V. E... estaba escribiendo!.... yo..... por respeto....

–¡Maldito sea su respeto de Ud! ó, por mejor decir, su torpeza! ¿Sabia Ud si yo queria que hiciese antesala el S̲o̲r Diputado de las Provincias Unidas?.... ó era preciso q^e. yo me pusiese de pié, q^e lo saludase á Ud, que lo hiciese sentar, para oir lo q^e. Ud tenia q^e. decirme?.... Haga Ud entrar inmediatam^{te} al S̲o̲r Diputado, y esplíquele Ud el

---

137   Paginación del capítulo XV.
138   Indicación para el editor.

motivo de la demora poniéndolo en el aturdimiento de Ud, y nada mas!

El Edecan hizo un saludo respetuoso, y se volvió para salir; pero D. Jose Miguel, tomando un oficio puesto en límpio q^e. tenia entre otros muchos papeles, le dijo

–Aguárdese Ud!

Y mientras doblaba y sellaba el pliego siguió diciéndole:

–Oculte Ud este ofício para q^e. {no} lo vea el S̲o̲r̲ Passo, y asi q^e. él entre aquí, haga Ud q^e. el Mayor Silva lo lleve inmediatamente á la casa del Diputado, de parte del Gobierno. Pronto, eh!... Hágalo Ud entrar ahora!

El Edecan salió llevándose el oficio. Carreras entonces abrió l[o]as ~~cajones~~ gabetas del escritório en q^e. tra[ba]jaba, tomó varios puñados de papeles, y los desparra[mó] //

2   175

desordenadamente sobre la mesa, dejando caer un gran número desparramado, por el suelo para mostrar sin duda que estaba envuelto en un # {crecido} cúmulo de negócios. Volvió á tomar la plúma y continuó escribiendo.

Un momento despues, el Edecan abria la puerta de par en par y decia con tono respetuoso y alto:

–El Ex̲m̲o̲[139] Señor Diputado del Gobierno de las Provincias Unidas del Rio de la Plata!

...... y haciendo un saludo se apartó un poco para dar paso al viejito v̲o̲l̲t̲a̲r̲i̲a̲n̲o̲ q^e. ya conocemos.

Este, entró al gabinete con una espresion placentera y llena de cortesia, pero q^e. tenia {al mismo tiempo} un no-sé-qué, cierto aire indefinible de fria ironia, oculto bajo los rasgos convencionales de una urbanidad intachable. Estaba **ve**stido de negro; la corbata era blanca y sus puntas, bordadas con esmero, se abrian en el médio del cuello como las hojas de una rosa ó los lazos de un moño de cinta. Como el frac era en extremo agudo de faldas,

---

139 López abrevia esta palabra colocando una línea ondulada sobre la sílaba "mo".

dejaba en trasparencia la exigüidad de los miembros del personage. Los pantalones, estrechos segun la moda de entonces, descubrian la delicada finura de las piernas, y venian á caer sobre unos piés finísimos tambien, perfectamente calzados con medias de seda negra y con zapatos de terciopelo del mismo color adornados con moños de cinta sobre el ~~empeine~~ tarso.

Asi que Carrera oyó anunciar al D̲o̲r̲ Passo se [#]levantó con ligereza, y tirando la pluma con un ademán lleno de grácia y de buen-tono, se dirigió á él y le presentó la mano con una corte**s**ania esquisita. El Diputado correspondió con igual galanteria á estas demostraciones, y a**m**bos se sentaron.

–Su**p**ongo, dijo Carrera, q^e. V. E ha recibido el ofício q^e. le ha dirijido el Gobierno con fha de hoi?

–No, Señor!.... ¿Se me ha dirijido algun ofício?

–Sin du**d**a, Señor Diputado!.... Lo primero q^e. se ha hecho es comunicar á V E los acontecimientos q^e. han tenido lugar en la Capital[.]

–Pues, Señor Genl..... es muy estraño! ¡nada he recibido yó!.... y es tanto mas estraño cuanto q^e. vengo directamente de casa, y no hace mucho q^e. me he levantado de la cama.

–Oh! entonces es culpa del conductor; y lo voi á averiguar //

3   176

~~por~~ ahora mismo, por q^e. esta es una falta q^e. merece repension.

–Oh, Señor General! no se incomode V. E, dijo el D̲o̲r̲ Passo; y agregó con una espresion **in**definible de refinada malicia, sentiria muchisimo presenciar la averiguacion de un hecho tan insignificante, y la confusion del pobre subalterno. Tal vez en este momento está entregando en mi casa el pliego q^e me anuncia V. E. Por otra parte, ya me hallo con V. E y supongo mejor q^e. nos entendamos por médio de una conferéncia q^e. por médio de notas.

–Efectivamente Señor Diputado; así és; contestó Carrera
algo desconcertado, y fijando su vista, con un aire marcado
de desconfianza y de curiosidad, sobre el astuto diplomático, que no dejaba ver otra cosa en su semblante qᵉ. las
apariencias engañosas de un candor y de una credulidad,
qᵉ., á la vez qᵉ. nada significaban, parecian significar mucho,
y tenian todo el color de una ironia. Carrera tosió, se acomodó en su **sillon**, dirijió tres ó cuatro miradas furtivas al
Diputado Argentino, y tomando un tono decidido de orgullo
y de dignidad se pasó varias veces la mano por la barba y
las patillas ~~y repitió –S̲o̲r Pa–~~ –Si, señor, asi és, {repitió,} la
comunicacion no tenia, en verdad, otro obgeto qᵉ. participar
á V. E lo ocurrido: cosas, qᵉ., aunqᵉ. ya debe saber V. E por
la voz pública; ~~el gob~~ⁿᵒ {se le} debi**an** comuni**c**[arle]{**ar** de
ofício;} pª. qᵉ. supiese V. E qᵉ. las simpatias del nuevo Gobⁿᵒ
de Chile **por el** de Buenos Aires son tan ardientes como las
qᵉ. tenia el Directório qᵉ. ha sido derrocado.
–Efectivamᵗᵉ., Señor General {dijo el D̲o̲r despues de momento de meditacion:} que, si he de espresar francamente
mi parecer, debo confesar, protestando mi mas profundo
respeto á V. E y á los actos publicos consumados, debo
confesar, decia, que encuentro algo en lo qᵉ {me} participa
V. E suma**m**ente estraño y nuevo pª. mí.
–¿Lo de las simpatias, Señor Diputado? preguntó con pre-
cipi**tacion** el General.
–Oh! no señor! no señor!.... Las creo veracisimas, veracisimas! respondió el D̲o̲r, cerrando los ojos y exagerando
la espresion ambigüa y candorosa [~~de~~]**qu**e habia dado á
su fisono**m**ia ~~inteligente y #~~ tan llena de inteligencia y de
penetracion. ~~Lo qᵉ. me # de sorprender, Señor Genˡ su~~ //
4   177
Lo qᵉ. me sorprende, Señor General, en lo qᵉ. no puedo
convenir, pʳ. razones qᵉ. mas tarde expondré á V. E, es, en qᵉ
haya ya en Chile una nueva autoridad á quien corresponda
el título y la representacion de Gobierno. He venido á ver

á V. E sin creer {que podia ó debia} encontrar otra cosa qᵉ. el Gefe ó director de una revolucion que recien empieza; es verdad, qᵉ., ~~segun las miras y los deseos de V. E, ha~~ es preciso convenir en qᵉ. ha empezado felizmente[:], {segun las miras y los deseos de V. E.}

–V. E está completamente equivocado: anoche he tenido ciertamente ese único caracter, contestó D. José Miguel algo confuso, pero hoy ya no es así: estoi puesto á la cabeza del Gobierno direct~~am~~ y libremente por el pueblo.

–Protesto sinceramente á V. E qᵉ. quisiera creerlo; mas, á pesar de mi buena voluntad no puedo concebirlo: ese seria un milagro ó un imposible, lo qᵉ., á mi modo de ver, es perfectamente igual[.]

–Y por qué razon, Señor? preguntó Carrera como ofendido.

–Por qᵉ. me parece, Señor, qᵉ. no hai en este pais médios tan espeditos de recoger la voluntad general, como los qᵉ. V. E me ~~quiera~~ quiere hacer sospechar al decirme qᵉ. de anoche á hoi ha provisto su autoridad de un título de legitimidad tan irrecusable como lo seria el del asentimiento nacional.

Carrera se mordió los lábios y dijo con un ademan espontáneo de fastídio:

–Claro es qᵉ. no hablo sino de Santiago, Señor Diputado!

–Aunqᵉ. así sea, Señor General! persisto en mi observacion, y en creer qᵉ la provincia de Santiago es muy estensa pª. qᵉ. de anoche á hoi........

–Esas son sutilezas de aula, Señor Diputado, dijo Carrera interrumpiendo á Passo y afectando un tono de voz suave y amablemente irónico. Yo hubiera creido, á no estar viendo lo contrário, que un político de Buenos Airˢ., un revolucionário tan distinguido y antiguo, como V. E, debia no ser tan escrupuloso en ~~cuanto al~~ punto á la legalidad de los Gobiernos, y ser mas hombre de su tiempo {y de su pais} qᵉ. lo qᵉ. V. E se está mostrando. Suponga V. E qᵉ. hasta ahora no sea sino la ciudad de Santiago, la capital,

la q^e. haya podido espresar su voto de confianza en favor
mi persona ¿**q**ue //
5^140   178
consecuencia pretende sacar [~~de~~]**V.E.** de esto en contra de
la autoridad q^e. estoy egerciendo[?]
–V. E, Señor General, adelanta mucho sus conjeturas, y
me presta intenciones q^e. en manera ninguna abrigo. Yo
no pretendo sacar ninguna consecuencia. Es verdad, q^e.
no desconozco tampoco, q^e., ~~viendo de hecho tal co~~ si
la revolucion q^e. ha encabezado V. E tiene legalidad tan
dudosa, como la q^e. V. E mismo acaba de suponer con
sus {últimas} mismas palabras, los enemigos de V. E, ~~ar-
mados~~ sus rivales, armados y poseedores de la autoridad
en las demas provincias del [~~e~~]Estado, sacarán mu[~~y~~]chas
consecuencias contra la autoridad nacional de q^e V. E se
pretende investido, y que, por fortuna, no pertenece á los
deberes de mi puesto el disputar.
–Si las sacaren, Señor Diputado, habrá cuestion entre ellos
y nosotros. Yo me lisongeo pensando q^e. V. E, q^e. tiene
acreditada tanta lealtad é inteligencia en el desempeño
de los altos destinos políticos con q^e. lo ha distinguido
siempre y justam^te su patria, q^e. V. E, digo, comprenderá el
rol de **neu**tralidad y de buenos oficios q^e. debe observar, si
funestamente sobrevinieran las consecuencias q^e. prevee
la sagacidad de V. E.
–He ahí, Señor General, una reflexion hecha por V. E misma
q^e. nos pone en el terreno preciso de la discusion, ó conferencia, q^e. me propongo tener con V. E. Los deberes, q^e
tengo q^e. desempeñar respecto de mi pais, son tan sagrados,
q^e. me darán valor aún p^a. aquello q^e. mas me costaria en
otro caso q^e. este, que seria incurrir en el desagrado de
V. E ó causarle mortificaciones de ánimo. Ruego {pues}

---

140   A partir de este folio, la numeración se indica cada dos páginas, como si fueran
      hojas a doble faz (lo que no son).

profundamente á V. E que se persuada **d**el alto aprécio q^e. hago de su persona, y de la sinceridad de los votos q^e. abrigo por su glória y celebridad; nada me seria mas grato que verlo al frente de los destinos de Chile, haciéndole todos aquellos servicios q^e son de esperar de las alas prendas políticas y militares, con q^e. una reputacion universal, y que personalm^{te} puedo garanti**zar** como justísima, adorna á V. E. El poco tiempo q^e. he residido en Chile me ha **r**atificado en lo q^e. ya sabia de antemano, á saber: q^e. V. E era uno de sus mas beneméritos y eminentes ciudadanos //

179

~~y tengo un placer especial en poder hacer á V. E este favor~~ ~~y # {sincera y} leal espresion de mis opiniones en mo mo-~~ ~~mentos de empezar una conferencia en q^e.~~ **temo**, ~~lo diré~~ ~~señor con la franqueza q^e. me caracteriza, en q^e. temo,~~ ~~repito, repulsas... y, tal vez, hasta inte...... tal vez....... hasta~~ ~~cierto punto............. en resultado final contradiccion de~~ ~~miras y de exigencias~~

–Señor Diputado!...... Dijo Carrera interrumpiendo al D$\underline{or}$ Passo {con una afectadísima cortesania}: es tal el elevado y respetuoso concepto q^e. tengo de [~~V.E~~]**los** talentos y de la importancia de V. E, q^e. recibo esos sinceros elógios # {##}, olvidando confiadamente el caracter de diplomático q^e. tiene ~~V.E, y prof~~ {el que me los dá,} con mi profundo reconocimiento, y proponiéndome recordarlos siempre como un título h**onr**osisimo p^a. mi persona.

–Yo tengo un placer especial, continuó diciendo el D$\underline{or}$ Passo sin abandonar la espresion {~~de fisonomia y de ade-~~ ~~man~~} equívoca y sospechosa de fi**sono**mia y de ademan con que habia hablado desde el principio: Yo tengo un placer especial, repitió, en hacer á V. E esta sincera y leal espresion de mis opiniones, en momentos de empezar una conferencia en q^e. temo~~,~~ (lo diré, Señor, con [~~una~~]**la** plena franqueza[~~}~~]**q**^{e} me caracteriza) en q^e. temo, repito, repulsas...... tal vez:.... hasta cierto punto.... en resultado final –contradiccion de miras y de exigencias.

–Si funestam^te sucediere asi, Señor Diputado; nádie lo lamentaria mas q^e. yó. No alcanzo á congeturar en q^e. podrán contradecirse y oponerse las miras de V. E y las mias: Yo protesto no tener otro fin, que el bien del pais en q^e. he nacido[,] su realzamiento, su honor, su dignidad; proponiéndome emplear todos mis esfuerzos p^a. q^e. sea repuesto á la altura q^e le compete y nunca sometido á influencias estrañas.

–Comprendo perfectamente, Señor Genl., las **mi**ras y el patriotismo de V. E, y debo apresurarme á pedir á V. E q^e. se persuada q^e. iguales sentimientos y miras consagro yo á las Provincias Unidas del Rio de la Plata. Por consiguiente, puesto al lado de V. E como representante de la soberania de mi patria y depositário de sus altos encargos, me permito coloca**r**me en esa elevada posicion y pedir á V. E q^e. hablemos de igual {á igual,} puesto q^e. asi lo requieren las circunstancias; {q^e. hablemos} con una plena franqueza y sin disimularnos, en punto alguno, las verdaderas exi-//

6   180

gencias y el verdadero sentido de [~~las~~]**esas** circunstancias en q^e. nos hallamos

–Convengo completamente en ello, Señor Diputado!

–Asi es de justicia, Señor General!... Hace poco q^e. el S<u>or</u> General.....

–General, Presidente de la Suprema Junta Gubernativa del Estado; me lo permitiré recordar á V. E.

–Lo sabia Señor General; pero, p^a. no alargar las frases y ahorrar tiempo[;] (dijo el D<u>or</u> Passo con # u**na** espresion ~~fuerte y~~ **llena**[#] de energia) continuaré dando á V. E solo el primer título, y permitiéndome rogarle q^e. no hagamos puntos de controvérsia, {de} pequeños accesórios; por q^e. tenemos q^e. ocuparnos de cosas importantisimas y vitales p^a. una gran parte del Continente Sud-Americano[.]

–Impuesto yá del espiritu de V. E, y del sentido qᵉ tienen los accesórios qᵉ V. E dice menospreciar, no insistiré; puede V. E continuar, seguro de qᵉ. ~~es~~ me es totalmᵗᵉ indiferente el título qᵉ. plazca á V. E de darme y tambien la autoridad de qᵉ. me suponga revestido.

–Muy bien, Señor!... Decia yó: qᵉ. hacia poco qᵉ. V. E mismo habia convenido conmigo en qᵉ. los rivales y ene**mi**gos del S<u>or</u> General, dueños de las tropas veteranas y de la mayor parte de las provincias, se decidirian, muy probablemᵗᵉ, á repeler la autoridad qᵉ. V. E ha ganado pʳ. el suceso de anoche, y tentarian, sin duda alguna, el restablecimiento de las <u>autoridades directoriales</u> derrocadas por V. E.

–Es cierto, Señor Diputado; mas, ## tambien indiqué á V. E, que yo estaba dispuesto á someterlos por las armas. Y no dúde V. E {de} qᵉ lo haré, si esos hombres ilusos fueren tan obstinados contra la voluntad del pueblo chileno, que, renunciando á los consejos del patriotismo, y desconocien-do cuan necesario es qᵉ. me obedezcan en circunstancias tan criticas, intentáren, al frente de [~~una~~]**la** invasion realista qᵉ. nos ~~ag~~ **a**comete, oponerse {por la <u>fza</u> de las armas} á los actos y votos del pueblo qᵉ. ha querido depositar en mi persona toda su confianza.//

181

Las facciones del D<u>or</u> Passo dejaron percibir una son-risa llena de sarcasmo y de desprécio; pero, tomando al momento su aire tranquilo y ambigüo, dijo, **m**irando {á Carrera} con # **una** espresion inde**fi**ni**b**le, ~~y~~ llena de grácia, y pasando repetidas veces el dedo índice y el pulgar de la mano izquierda por l**as** dos extre**m**idades de los lábios:

–Oh! persuádase V. E de qᵉ. lo harán!... V. E saber mejor qᵉ. nádie, si señor, <u>mejor qᵉ. nadie</u>, qᵉ la lógica de los partidos y facciones es infatigable y vigilante: á todo sabe responder ella, Señor Genⁱ.! halla argumentos y réplicas ~~á la~~ contra lo mas racional y lo mas justo! No dude V. E de qᵉ sus ri-vales, y sus enemigos, se decidirán á marchar y {vendrán} á **at**acarlo, **de**jándose perseguir {de los realistas} por la espalda! por q^e. <u>nadie sabe mejor q^e. V. E</u>, si señor, nadie mejor que V. E[;] (cuya esperiencia política y conocimiento del corazon humano **son** consumados y corresp**ondiente**s á sus vastos talentos,) que las pasiones de los partidos y de las facciones son brutales y ciegas; **qu**e renuncian á todo, á la patria y á la dignidad, por tal de conseguir {su} obje**to**; y {q^e} sacrifican **los** [~~naciones~~]**pueblos** á la sed de mando y á las ambiciones mas vulgares y mezquinas. Asi es la lógica y el proceder de los partidos, Señor General; no se alucine ~~Ud~~ {V. E}! no se figure ~~Ud~~ {V. E} q^e. los demas poseen las virtudes, ni el patriotismo, ni la generosidad q^e. V. E posée! No señor! no señor!

Mientras el D$\underline{or}$ Passo decia esto agachado, y m[~~iraba~~] **enea**ba la cabeza mirando el suelo, Carrera sentia subir á su cabeza borbollones de sangre; tenia los ojos inflamados; miraba al encorbado viejito con una espresion de tigre; {su alma} necesitaba estallar y no sabia como hacerlo; no podia ~~ya~~ contenerse ya; volvia la vista á todas partes, y por todas partes se veia maniatado p^r. el astuto é hipócrita raciocínio del Doctor. ~~A~~ Al fin exclamó, haciendo un movimiento de despecho[:]

–Que lástima q^e. V. E no sea militar!

El Doctor Passo, fing**iend**ose sorprendido profundam^{te} de semejante esclamacion, levantó la cabeza con ~~el~~ {las apariencias} //

182

del candor mas infantil ~~al parecer~~ y dijo:

–Que lástima qe. no sea yo militar, dice V. E, señor General?

–Si señor, dijo Carrera dominándose yá, y preparándose con calma á no cometer ningun extrávio.

–Pero, Señor gen^l.! si yo hubiese sido militar alguna ve**z** y**a** estaria muerto. ¿S**e** figura [~~Ud~~]**V. E** q^e. con estas dotes físicas q^e. tengo, habria podido evitar ~~el p~~ q^e. me matara cualquiera de esos espadachines q^e. recorren el mundo, ~~y~~

qᵉ. rara vez hacen un buen uso de [un]**su** espada, y qᵉ. la emplean las mas veces en asesinar á su pátria y á sus mejores servidorˢ? ¿Este es el sentido del deseo de [Ud]**V. E**? –Oh! no señor Diputado! lo decía solamente; por qᵉ. no figuraba descubrir en la lógica artificiosa de V. E una disimulacion y doble sentido, qᵉ. hago mal en confesar qᵉ. he descubierto. Lastimado de preveer, qᵉ. por ese camino no arribariamos á conclusion alguna importante ó vital para nuestros p**ai**ses recíprocos, espresé mi dolor de qᵉ. V. E no fuese militar, creyendo qᵉ si lo hubiese sido, habria sido mas franca y noble n<u>tra</u> confe**re**ncia.

–Aunqᵉ. no debo agradecer mucho la urbanidad de V. E, rectifico mi juicio y **des**echo la idea qᵉ se me ocurrió al oir á # aquella graciosa esclamacion á V. E. dijo el D<u>or</u> con un tono picante y burlon, pero frio y bien {disimulado.}

Carrera, entretanto, estaba colorado, profundamᵗᵉ conmovido y confuso; se acomodó de nuevo en el sillon, se metió los dedos de la mano entre el pelo y haciendolo caer, revuelto y desordenado, acia atras, descubrió una frente bastante bella, y predispuesta á los hechos y pensamientos extraordinarios. Su mirar, aunqᵉ. desconcertado y vacilante en aquel momento, tenia cierta altaneria espontánea cierto impulso de accion que habria bastado á sojuzgar el alma de cualqᵃ otro ~~hombre~~ qᵉ. no estubiese [tan]**com**o el d<u>or</u> Passo, {acostumbrado} á los sucesos revolucionarios y al trato de los caracteres **e**nérgicos qᵉ. despierta y fecundiza una época de agitaciones públicas. El astuto y en-//

183

tendido politico no echaba mano de otra arma qᵉ. de una calma fria y escéptica mezclada de l**as** mas puzante [sic] ironia pero llena al[m] mismo tiempo de disímulo y de una intachable urbanidad. Fingiendo qᵉ. no percibia **el** desconcierto y disgusto del caudillo, y qᵉ. ni sospechaba siquiera qᵉ. hubiese en sus palabras una silaba qᵉ. pudi**e**re desagradarle, empezó á reirse, sin levantar la vista del suelo, en un tono hueco, lleno de moderacion y de malicia q^e. manifestaba bien q^e. aquella risa no era espontánea, sino un nuevo artifício; y al mismo tiempo decía:

–Que, Señor General, este! sentir q^e. no fuese yo militar! yo q^e. apenas puedo con mi baston, q^e. soi corto de vista, enfermo, &. &.! ¿que habria parecido yo con espada y con# charreteras? ha! ha, ha, ha, ha!..... Para ser militar, Señor, se requieren dotes y calidades como las de V.E, intrepidez, energia, presencia bella y arrogante; en una palabra: Ser como V. E, # repito, como Las-Heras, como San Martin, Alvear y tantos otros Señor Genl.! Pero, [~~como~~]**yo**! yo apenas sirvo p^a el gabinete, para consejero, para las secretarias, y, en fin, para tareas subalternas como la q^e. desempeño ahora ~~aquí~~ en este pais. [~~Ah~~]**Ha**, ha, ha, ha, ha! ¿que pareceria yo á caballo recorriendo una fila ó mandando una carga. [~~Va~~] **Ha**, ha, ha, ha, ha!(*)^{141} ~~Vaya! vaya!~~....

╫[182, reverso]^{142} (*)intercálese lo q^e. sigue – "Y sin embargo no seria cosa nueva q^e. hombres como yo lucieren títulos y sarandajas militares ¿Cuántos títulos de Coroneles ha dado V. E á personas q^e. sabian tanto de milicia como yo? ¿Cuántos han dado los otros gobernantes del resto de América?... Un sinnúmero! A unos se les dá p^a. q^e. vayan á Londres á desempeñar con algun lucimiento tal ó cual comision diplomática; á otros p^a. q^e. reciban sueldo; y á otros, en fin, por otro motivo cualquiera. Pues, bien, Señor General! Si alguno de esos coron^{ls}. pasa un año mandando algun cuerpo, aunq^e. una sola vez no haya salido de su cuartel ni visto al enemigo, ya es preciso hacerlo general; Si despues de ser general, pierde alguna batalla, #ó una espedicion cualquiera, aunq^e. no sea mas q^e. un auxílio de

---

141 /{(*) Vease la pagina blanca del frente y tengase presente p^a. la copia}/
142 Transcribimos el agregado, escrito en el reverso del folio 182, donde indica el autor para facilitar la lectura.

caballos, ya es preciso hacerlo ~~general~~ brigadier ¿Es esto cierto ó nó, Señor Genl.?

--La profunda esperiencia q^e. demuestra V. E á este respecto, prueba, por lo menos, el gran número de casos de ese género q^e. ha tenido lugar en las Provincias Argentinas.

--Muchos, señor Genl., muchos!... pero tambien es justo q^e. V. E no olvide el pais en q^e. he ratificado mi esperiencia.

~~(Sigue~~

~~(Sígase copiando ahora lo q^e. sigue {á la señal} á la (*))~~ ~~que está al frente~~

Sigase copiando lo qe. sigue á la señal de la intercalacion)

\------------------------------- ╫

Volvamos en fin á nuestro asunto; casi me ha hecho olvidar V. E de la gravedad y de la importancia de la materia q^e. tratabamos. Decia yó q^e. V. E debe suponer, debe tener por cierto (p^a. hablar con mas propriedad) que sus enemigos políticos pospondrán todo á sus pasiones y á su ambicion; ~~y que~~ asi es que, en mi concepto, salvo lo q^e. V. E pueda pensar en contrário, la guerra civil es inevitable..... no se si me equivoco; pero la creo inevitable ¿que piensa V. E?

–Será de corta duracion Señor Diputado; dijo con arrogancia Carrera; por q^e. yo sabré apagarla á tiempo. No lo dude V. E!

–Corta ó larga, Señor General, será guerra civil siempre; ~~y acabara~~ y supuesto q^e. V. E conviene en q^e. es inevitable y no puede dejar de {convenir que ella} aca**bará** por la destruccion [~~p~~]**d**e un partido de patriotas y de defensores de la Indep^a. Y, por lo q^e. á mí hace, **no** puedo dejar de mirar este resultado como una desgrácia # sumamente lamentable[.]

–Acabará Señor p^r. anular á una docena de cabecillas inep-//

8   184

tos q^e. pretendian oprimir al pueblo y anular un partido lleno de vigor y de médios p^a. la defensa del pais. Ya Ud ve, señor Diputado q^e, cuando mas, resultará un cámbio, y ese cambio será inmensam^{te} mas ventajoso p^a. la causa de la Indep^a. y para el pais.

–Sea, Señor General! sea!... pero es indisputable q^e sobrevendrán batallas[,] desorden interior y anarquia, y q^e. entretanto el enemigo comun de la gran causa de América se lanzara con sus garras abiertas sobre los unos y los otros. Dígame Ud, señor General! no seria posible hallar un médio de conciliarlo todo, de robustecer ntra causa comun, de conjurar en fin la tormenta q^e. **a**menaza descargar sobre nosotros? ~~asilados~~

–V. E debe suponer, q^e. cuando he aceptado el dificil y terrible cargo del mando supremo de mis compatriotas lo he hecho contando con médios de corresponder á su confianza y al distinguido honor q^e. me han hecho. Sinembargo, diré francam^{te} á V. E q^e. aunq^e. desconozco **en** V. E todo caracter p^a. pedirme la manifestacion de mis médios de gob^{no}, no rechazo sus consejos y estoi dispuesto á oir las proposicion^s q^e. tenga á bien hacerme con la mira de servir al pais en las críticas circunstáncias en q^e. se halla. Sé muy bien {agregó Carrera con un tono digno y noble} q^e. V. E es un diestro y habil político; y q^e. las vistas de su talento sagaz y experimentado están muy lejos de serme indiferente.

–Mil gracias, Señor General!.... Efectivam^{te}, pre**o**cupado con los riesgos de este pais, q^e tantisima influencia pueden tener sobre la suerte del mio, he cavilado mucho, Señor General sobre la combinacion de médios q^e. pudieran salvarlo. Creo q^e. hai uno; y este consiste en continuar y rematar una negociacion entablada con el Director Lastra

–Que fué Director, Señor Diputado! dijo Carrera con una espresion especial de fisonomia.

–Sea, Señor Genl.... El hecho es q^e. teniamos entablada con él una negociacion de inmensas trascendencias, q^e muy bien pudieramos continuar con V. E, haciéndole aquellas modificaciones q^e. exigen las nuevas circunstancias y los hechos //

185

consumados.

Mientras el D<u>or</u> Passo decia esto, el Genl. Carrera oia con el aire de un hombre q^e. sabe ya lo q^e. el otro le va á decir; pero q^e. quiere dejarlo concluir para responder. El Doctor siguió diciendo:

–Pocas personas de Chile me parecen mejor dotadas q^e. V. E para comprender la grandeza de la mencionada negociacion y sus inmensos resultados; y asi es q^e. me complazco en pensar q^e. ~~nadie~~ V. E la aceptará y fomentará con mayor calor y recursos q^e. otro alguno.

Carrera est**aba** callado {y se} entretenia en romper una pluma.

–Figurese V. E, continuó diciendo el D<u>or</u>, q^e. se trata de vencer á la España con un solo golpe, y q^e. esto es facil, realizable en muy pocos meses.

–Es posible, señor? # Entonces le juro á V. E q^e. nádie tendrá mas parte q^e. yo en llevar á cabo tan gloriosa ~~y~~ {como} brillante empresa.

El d<u>or</u> Passo dirigió al Genl. una mirada inquisidora, y bajando los ojos al momento, le dijo:

–Yo me complazco tanto de ello, que no quiero dudar, ni por un momento, de q^e. en esta ocasion sabrá manifestar V. E las eminentes virtudes y desprendim^{to} que deben distinguir á su gran ciudadano Chileno.

–Si señor!! ese, precisam^{te} ese, **es** el q^e. mas aprécio entre mis títulos.

–Pues, Señor, debo suponer entonces q^e. nos será facil entendernos y comentarnos.

–Sin duda, Señor Diputado; sin duda alguna, si esa negociacion ~~tiene~~ no se opone á la dignidad y gloria de pueblo q^e. presido.

–Yo creo q^e. nó, Señor Genl.; la cre**o uti**lisima y honrosa en alto grado p^a. esta República. Repetiré pues q^e. habiamos empezado á concertar con el Gobierno Directorial una alianza sólida **s**incera y de inmensos resultados p^a. la gran causa americana. Esta alianza y las miras q^e. nos proponiamos han sido derribadas por el suceso de anoche; nó, porq^e. yo no espere de V. E igual patriotismo y decision por los intereses comunes de nuestros respectivos paises, sino por q^e. creo inevitable la guerra civil; y por q^e. con esta es imposible {é inutil} la alianza proyectada. El partido contrário á V. E opondrá la legalidad ~~del~~ //

9   186

de las autoridades Directoriales á la popularidad en q^e. V. E pretender [sic] apoyarse: estas dos palabras encenderan la hoguera, y me horrorizo al pensar q^e. serán los godos los q^e la apagaran imponiendo ~~á todos~~ unos y otros el yugo destructor y pesado de su dominacion. El gen^l. O'Higgins no ha de entregar su egército, **ni** lo ha de poner bajo las órdenes de V. E. Esto solo basta para q^e. un hombre impar-cial, y á quien no animan otros deseos q^e los **de** triunfar sobre los realistas, sostenga, como lo hago yo, q^e. V. E no es el hombre llamado á salvar al pais de los peligros q^e. tiene encima ya.

Carrera miraba con asombro al D^or Passo; quizá era la primera vez q^e. oia dirigirsel**e** palabras tan claras é indepen-dientes. El Diputado hablaba con una perfecta tranquilidad y calma; agachado siempre y sin mirar al Genl. **a**parentaba estar persuadido de q^e. serian cosas evidentes, {cosas} que ni su interlocutor mismo tenia d^ro p^a. cuestionarle; y en este mismo tono continuó diciendo:
–Esto es indudable Señor General: basta q^e. no pueda re-caer en V. E la direccion general de los negócios del Estado, sin guerra y luchas desastrozas de faccion, para q^e todo hombre imparcial y patriota, incluso V. E, ~~debo confesar~~ (yo debiera decir: V E mas q^e. nádie; por q^e lo tengo por {el} mas patriota y generoso de todos) confiese q^e. V. E no es el hombre llamado á salvarnos. Yo sé bien, Señor Genl., lo q^e. puede el amor própio sobre el corazon humano, y lo q^e. puede, sob**re**todo, en los hombres eminentes y extraor-dinários como V. E...

Carrera hizo un ademan de fastidio; pero q^e. revelaba satisfaccion y asentimiento. Passo, aparentando siempre q^e. nada notaba continuó así: –Pero yo apelo ahora al patriotismo y á la sagaz inteligencia de V. E, y estoi seguro de q^e me hallará razon.

Carrera tomó un pedazo de papel, estiró los labios, y se puso á doblarlo en mil diversas formas, sin responder una palabra.

–Si V. E, continuó el D$\underline{or}$, no es el hombre a propósito y oportuno para las circunstancias, debemos apresurarnos á declarar q^e. mucho menos lo es el Genl. O'Higgins, el gen^l. Mackenna, el coron^l. Lastra, u otro cualquiera de sus ami-//

187

gos........

–Por qué razon, Señor Diputado?... Ellos son muy amigos de V. E, y partidários celosos de las influencias argentinas[.]

–Señor Genl.; dijo el Diputado con viveza y altaneria y dirigiendo una mirada rápida é imponente al Genl.: cuando yo me ocupo de los grandes intereses de la América del Sud sé sacrificar de un modo completo y elevado mis amistades y las afecciones mas caras de mi corazon. Suponga el S$\underline{or}$ Genl., q^e. me ha si gusta, q^e. me hallo en uno de esos casos; pero permita continuar con gravedad. Pienso yá con dolor, Señor, el término q^e. V. E dará á esta conferencia, pero, mi deber es proseguirla hasta llegar á él.

–Bien Señor Diputado! continúe V. E; decia V. E q^e. los gefes y partidários del gobierno directorial eran ineptos....

–Decia, Señor Genl., lo q^e. dije de V. E[; que eran]...... nada mas, sino q^e. no era própios en las circunstancias anormales en q^e. se halla este pais. Si hubiera querido decir otra cosa, la habria dicho, dijo el D$\underline{or}$ Passo con doble sentido; no es el valor lo q^e. me habria faltado p^a. hacerlo; espero q^e. V. E, mejor q^e. nádie, me hará esta justicia á mi caracter. Dije q^e. creia impropios á esos hombres, tanto como á V. E, lo repito, cuyas altas y extraordinárias capacidades no he pretendido negar; por q^e. para q^e. ellos continuasen en los puestos q^e. ocupa**ban** ayer, seria tambien preciso dar [p]ausa á la guerra y á la **a**narquia. ¿Que hacer pues?... no creo q^e. haya otro remédio eficaz y completo que el de una transaccion, ~~q^e.~~ basada en tal modo, q^e. deje en el ánimo de cada una de las dos facciones la seguridad de no ser oprimida ni dominada p^r. la otra; en una palabra: q^e. ambas se desprendan de la fuerza militar, depositándola en el hombre capaz de hacerla obrar con ventajas sobre el enemigo comun. Si se hace esto, y si este gen^l. tiene las altas prendas q^e. se requieren p^a. el puesto, mi gobierno se compromete á enviar cuatro mil y mas hombres veteranos, perfectam^{te} dotados y pertrechados, de las tres armas; y yo protesto á V. E de q^e. si se acepta mi plan, antes de dos meses estarán en [e]Chile esas tropas: y entonces, agregó //

10   188

el D$_{\underline{or}}$ Passo con entusiasmo y calor, que venga Osorio y sus soldados á combatirnos.

–Yá! señor Diputado! dijo Carrera con ironia ~~por~~ y disimulo á la vez; con soldados argentinos ¿que no haremos?!! El diablo es q^e. pudieran los **G**odos darnos uno ó dos chascos como lo q^e. desgraciadam^{te} tubieron Uds en Vilcapújio y Ayouma.

El D$_{\underline{or}}$ Passo se quedó completamente desconcertado

–Ya, ya! dijo, pudiera ser! mas, no por eso debe negarme el S$_{\underline{or}}$ Genl. q^e. las probabilidades estarian por nosotros. Estoi cierto q^e. si San Martin hubiera estado en Vilcapújio o Ayouma habrian mascado acibar los godos.

–Y bien! Señor Diputado; permít[á]ame V. E preguntarle, dijo {Carrera} con malicia, ~~el Genl.~~ ¿Cual será ese gefe modelo q^e. vendrá á ponernos en paz, haciendonos gracias á todos, por al ~~importancia~~ {exelencia} de sus dotes?

–Para que mi gobierno enviara los cinco mil hombres q^e. promete, **s**eria preciso q^e. ese Genl. fuese el Genl. San Martin.

No bien oyó Carrera esta proposicion, cuando, sin poderse contener hizo un ademan de indignacion y dijo con altaneria:

–¿Un general argentino, Señor Diputado?

–No se altere, ni se indigne el S<u>or</u> Genl.! no veo razon p[a]. q[e]. V. E lo estrañe; puede haber alguno, mas capaz q[e]. otro cualquiera, dijo Passo con energia, de tomar á su cargo los destinos de este pais y de salvarlo, cuando....

–¡Piense V. E bien lo q[e]. me dice Señor Diputado! Piense V. E q[e]. soi el primer magistrado del pueblo chileno; y q[e]. pereceré mil veces antes q[e]. consentir en q[e]. sea humillado á otro ninguno!

–Por la misma razon, Señor General, es q[e]. he venido á proponer á V. E un médio seguro de salvar á ese pobre y digno pueblo, dilacerado p[r]. las facciones de la humillacion de la esclavitud colonial q[e]. amenaza reconquistarlo[.]

–No, Señor Diputado! no lo amenaza!

–Si, Señor Genl.; yo digo lo q[e]. pienso, y pienso q[e]. lo ame-//

189

naza! seria mucha ~~pretension~~ {presuncion} de parte de V. E pretender corregir {con imperio} mis juicios en materia de eventualidades y de congeturas.

–Sea enhorabuena, Señor Diputado! Si me {he} indignado es por q[e]. á pretexto de proponerme un médio de salvacion p[a]. la patria, me ha propuesto V. E su postracion y su abatimiento á los piés del Gob[no] Argentino ó de uno cualquiera de esos caudillos q[e]. ese gobierno quisiera mandar p[a]. regirnos. **Yu**go por yugo, prefiero, con toda mi alma, el q[e]. nos imponga una derrota; por q[e]. este quedaria honrado con millones de cadáveres caidos por la patria, mientras q[e]. el q[e]. me ofrece V. E es una transaccion, muy própia del caracter {público} de V. E y de la posicion q[e]. ocupa; pero inicua e infamante p[a]. **q**uien la aceptára por parte del pueblo chileno. V. E me ha hecho saber q[e]. el Gob[no] anterior habia acc**e**dido á las exigéncias de esa negociacion, y yo hago saber á V. E, q^e. este es un nuevo crimen, por el cual serán arrastrados esos hombres degradados á la barra de los acusados, el dia q^e. mi patria logre conjurar los peligros q^e. la cercan. Eso era muy própio de ellos q^e. se sentian odiados y reconvenidos por el pueblo. Mas, yo tengo su apoyo, Señor Ministro! ~~y no temo~~ y con él someteré á los facciosos y libraré á la nacion de los realistas!

–Señor Genl. tengo aquí un caracter tan alto y tan digno como la soberania de mi pais; la creeria ajada si no pidiese {con} instáncia á V. E q^e. me ahorre el disgusto de oir [é]el desahogo de sus animosidades personales.

–Es, Señor Diputado, dijo Carrera volviendo á tomar un aire moderado y tranquilo, q^e. hai ciertas cosas q^e. rajan el corazon de un hombre y hacen salir á luz su fondo. Hace tiempo, señor, debo decirlo con franqueza, q^e. la politica de Buenos Aires es tortuosa y falsa p^a. nosotros; por q^e. escoge precisam^te aquellas de ntras facciones q^e. ó partidos q^e. el pais repele con mayor fuerza p^a. fomentarlas y subirlas: y la propuesta de V. E no tiene otro obgeto q^e. dar el golpe maestro de esta política serpentina y astuta.//

11   190

–Señor Genl.! Señor Genl.!... dejémonos de eso ¡por Dios!... contestar á V. E seria entrar en una disputa vácia, interminable y ridicula.

–Pues bien, Señor Diputado! la propuesta q^e. me ha hecho V. E me ha escandalizado, y la rechazo! {V. E puede pen-}[143]

~~=Sinembargo, Señor Genl.! dijo el D^or Passo con una ma-quiavélica amabilidad; insisto! permitame V. E continuar; estoi cierto {de} q^e. va á variar de opinion~~

sar lo q^e. guste de la suerte q^e. espera á este pais: yó, q^e. soi el q^e. tengo en mis manos sus destinos, tengo un placer en poder asegurar, con plena confianza, á V. E, ~~de~~ que seremos

---

143   Agregado puesto después de tachar la frase siguiente.

capaces de hacer triunfar n<u>tra</u> independencia, sin necesidad de un solo cabo argentino[.]

–Tal vez asi sea Señor Genl.! Nosotros ganariamos tanto como Uds. Mas, si sucediere lo contrário, como **me** lo dice cierto tenaz presentimiento de q[e] no puedo prescindir, vendriamos á parar infaliblemente, en que se realizaria mañana, con mayores dificultades, lo q[e]. V. E rehusa y repele hoy.

–No será mientras yo viva Señor Diputado!

–Eso..... permitámelo decir V. E (contestó Passo con prontitud) no quiere decir otra cosa, sino q[e]. pudiera realizarse á despecho de V. E. Por q[e]., al fin ¿Si los ~~godos~~ Españoles triunfan en esta campaña, quienes los arrojarán de este pais, si nosotros no enviamos tropas al efecto?

–Nosotros mismos, Señor Diputado! si, nosotros mismos!

–Ojala! Señor Gen[l].!..... Mas, volvamos á lo importante, Señor Gen[l].! dijo el D<u>or</u> Passo con una maquiabélica amabilidad: insisto en mi idea, é insisto por q[e]. ~~de~~ {creo} q[e]. V. E ha desechado el proyecto, tan solo por q[e]. no me lo ha oido todo: la primera parte lo ha [f]**h**echo formar ideas erróneas: permítam**e** V. E continuar.......

–Lo creo inutil Señor Diputado: conozco el proyecto en todas sus ramificaciones; sé lo del empréstito, lo del armamento de la escuadra, lo [~~demas~~]**de** la espedicion al Perú. &. &; y nada veo en todo eso q[e]. pueda hacer cambiar mis opiniones, que son muy fijas y a**bs**olu**ta**s en todo aquello q[e]. se rela-//

191

ciona con la dignidad y exaltacion de mi patria. Mas, recuerdo ahora {q[e]. V. E} me dijo, al empezar, q[e]. estaba dispuesto á reatar la negociacion con aquellas modificaciones necesarias y própias de las nuevas circunstancias en q[e]. **nos** hallamos.

–Si, Señor Genl.! lo he dicho y se lo repito á V. E!

–Bien! con esa condicion yo convengo tambien en q^e. tratemos de convenirnos. Acepto desde luego el poder**ro**so {y} decisivo auxilio de las ~~semejantes~~ {brillantes y bravas} tropas argentinas. Sé, q^e. con ellas y las chilenas, nádie nos ~~resiste~~ {conquista}. Pero las acepto como auxiliares, como puestas bajo mi mando, con su gefe {general} y oficialidad, no como V. E quiere, ~~es decir~~ {que es–}, q^e ese gefe nos mande á todos aquí; por q^e. eso seria deshonroso y humillante p^a. la Soberania de este pais.

–Oh!, no, Señor Genl. eso es segun lo tome V. E! Si V. E mismo nombra al gen^l. San Martin General en Gefe del egército chileno ¿que ofensa se hace á la soberania nacional? ¿no puede un argentino, un ingles, un polaco, ser general en gefe de su egercito Chileno? ¿El gen^l. Miranda, hijo de Colombia, no ha sido ~~gefe~~ general en gefe ~~del Eg~~ del egército frances destinado á invadir los ~~paises~~ Paises Bajos? ¿Y se ha creido ajada por esto la Soberania de la República Francesa?

–No, Señor Diputado! sobre otra base no tratamos. Ademas de eso ¿Qué dificultad puede tener el Gob^no Argentino, p^a. encargarme el mando de sus tropas y poner bajo mis ordenes un egército auxiliar? ¿No soy yó, por ventura, un gefe mucho mas caracterizado y conocido q^e. San Martin? ¿No tengo ya campañas y hechos señalados q^e. han resonado por el mundo? El S_or San Martin, es un oficial, q^e. tendrá mérito quizá, p^o q^e. apenas cuenta por todo hecho honroso el haber triunfado con esa guerrilla q^e Uds llaman batalla de <u>San Lorenzo</u>. Hablando pues justa y equitativam^te: no se puede poner en duda mi superioridad ¿Por q^e. razon, pues, digamelo Ud S_or Diputado, si el gob^no de Buenos Air^s. esta animado de sentimientos tan generosos y franco [sic] p^r. la indep^a. general de Sud America, por q^e. razon, digo, no me encargaria á mí las tropas q^e. iba á confiar á San Martin.

–Pero V. E empezaria p^r. emplear esas tropas en la gue-//

12   192

rra civil –primer obstaculo, Señor Genl.

–No! realizaria antes una reconciliacion y pacificacion de la Republica. El auxilio de Uds me seria eficaz p^a. esto.

–Despues de eso; á pesar de todas las superioridades q^e. V. E se atribuye sobre el gen^l. San Martin, quiza, mi Gobierno piensa lo contrário y no tiene tan alta idea de V. E.

–Hace un momento q^e. V. E me dijo, hasta q^e. yo era un génio, dijo Carrera con orgullo.

–Esa es mi opinión particular, señor Genl.! ~~dij~~ contestó Passo con malicia refinada; lo creo á V. E el personage eminente de la América del Sud. Pero ya ve V. E q^e. no negócio á mi nombre sino á nombre de mi Gobierno, y este deposita sus confianzas en quien bien le parece, y, en este concepto, me pasa sus órdenes.

–En tal caso; como ~~el Gob^{no} de Buenos Aires~~ V. E no puede saber lo q^e. piensa su gob^{no} de mi persona ni de lo ocurrido anoche, pudieramos hacer un arreglo pre**lim**inar, bajo ~~de~~ las bases q^e. he mencionado; y q^e, por {ahora} podria empezar á tener efecto por los auxiliares q^e. manda Comandante Las-Heras.

–Oh! imposible, señor Genl.!

–Por qué, Señor Diputado?

–Por que hablando á V. E con franqueza le declararé q^e. mi gob^{no} **me** ha ordenado de un modo positivo y terminante no depositar tropa ni confianza alguna en manos de V. E ni de su partido. Mi deber, señor gen^l. es cumplir literalmente las órdenes de mi Gobierno.

Carrera entonces, afectando una voz hueca, impregnada de orgullo y de dignidad, contestó:

–En tal caso, Señor Diputado, está completam^{te} concluida ntra conferencia[.]

–Asi es Señor General! y no me resta otra cosa q^e. pedir ~~al Sor Genl~~. {á V. E}, con mucho sentimiento, mi pasaporte y sus órdenes p^a. mi pátria.

–¡Como, Señor D̲o̲r! ¿[U̶d̶]**V.** E nos deja? Esta resolucion me sorprende! ¿que motivo ha tenido V. E pª. to**mar**la? Espero qᵉ. V. E me hará la justicia de creerme sinceramente afecto á su per**sona** y muy satisfecho de qᵉ. V. E sea quien represente en **mi** pais al gabinete e̶n̶ B̶u̶e̶n̶o̶s̶ argentino.//

193

–Estoi firmemente persuadido de ello Señor Genˡ.!.... pero.... la nececesidad de informar á mi gobierno de un modo pleno y completo de lo qᵉ. he visto y **de** lo que pienso; el deber de ocurrir á donde sea necesária mi voz pª. aconsejar medidas que y̶o̶ miro hoy como vitales pª. mi pais; me han fijado en **la** resolucion de separarme de C̶h̶i̶l̶e̶ {Santiago} y de dirigirme á Buenˢ. Aires inmediatamente.

–Señor Diputado: aunque semejante nueva me llena de sentimᵗᵒ no puedo dejar de aprobar, bajo cierto aspecto la resolucion de V. E. V. E me ha in**dic**ado antes, qᵉ. prevee grandes riesgos y desgracias pª. la causa de **la** indepª de este pais, y quizá estos temores qᵉ dominan su a̶m̶i̶g̶o̶ {ánimo} tengan una gran parte en la resolucion.

–Hasta cierto punto, Señor general, eso es algo cierto. Tengo tantísimas razones pª. huir de caer en manos de los realistas.....

–Pero este temor es muy anticipado y quimérico Señor Diputado.

–No creo qᵉ. lo fuese, si lo tu**biera**, Señor Genˡ.! V. E ve muy bien, qᵉ. yo soi {un} hombre incapaz de hacer correrias á caballo, ó, como vulgarmente dicen –g̲a̲u̲c̲h̲a̲d̲a̲s̲; me seria imposible, mortal, andar profugo entre montes, buscando cerros, cuestas y breñas, donde ocultarme pª. [a̶c̶e̶p̶]**esca**-**p**ar al b̲a̲n̲q̲u̲i̲l̲l̲o̲ q̶ᵉ̶.̶ {en qᵉ} los godos me sent**a**rian con tan profundo y entusiástico placer, como lo debe suponer V. E. Faltándome pues, como me falta tan completamᵗᵉ, toda confianza en los médios de defensa y salvacion con qᵉ. cuenta este pais, n̶o̶ s̶e̶r̶i̶a̶ e̶s̶t̶r̶a̶ r̶e̶p̶i̶t̶o̶ y teniendo, por otra parte, deberes sagrados qᵉ llenar al lado de mi gobierno, no seria estraño, repito, que instase con doble exigencia p^a. q^e. V. E me aceptase y mi [sic] despedida otorgándome el pasaporte correspondiente q^e. exijo.

–Siendo tales y tan premiosas las razones q^e. tiene V. E, ~~no puedo hacer~~ contestó el gen^l. Carrera con cierto tono de sequedad y de resentimiento; no me atreveré á hacer la mas debil resistencia á la voluntad de V. E; y en pocos momentos daré una cumplida obediencia á sus deseos.

–Espero q^e. así sea, Señor General; y tambien, q^e. V. E no cese de considerarme como uno de los mas ardientes amigos de la felicidad y salvacion de la República Chilena.

–Señor!........

–Antes de dejar á V. E, quisiera hacer algo p^r. la dicha de //
13   194
esta República: me parece q^e. la pacificacion y avenimiento de los partidos es la necesidad vital y el único médio de salvarla ¿no es así Señor Genl.?

–Sin disputa, Señor Diputado!

–Yo, pues, me apresuro á ofrecer á V. E mis esfuerzos, los del Comandante Las-Heras, y demas amigos mios; p^a. ver si es posible atraer al gen^l. O'Higgins á una reconciliacion con V. E. Si el Señor General se digna aceptar este ofrecimiento q^e le hago con las mas puras y francas intenciones, me creeré feliz en haber hallado una nueva ocasion de probar ~~todo~~ el interes ardiente y exaltado q^e. tomo p^r. la Indep^a., y dicha de este pueblo benemérito.

–No puede figurarse V. E todo el agradecimiento q^e. semejante oferta despierta en mi corazon. Ella coincide perfectamente con mis miras, y con el proyecto de q^e. mi hermano Luis se ocupa en este mismo instante. Luis ha querido empezar á ponerlo en planta procurándose el ~~inter~~ conducto de un cierto Capitan Vargas á quien V. E proteje y tiene asilado en su casa.

Una mirada de sorpresa, casi imperceptible brilló en los ojos del D<u>or</u> Passo; pero, serenándose al momento, dijo, con un tono perfecto de indiferéncia:

–Si, Señor; es cierto. Desde anoche está en casa ese joven.

El General siguió informando al Diputado de la negociacion en q^e. D. Luis estaba empeñado, y de todos los pasos q^e. ya presumia dados con la mira de reconciliar los partidos y de evitar la anarquia. El D<u>or</u> protestó q^e. ayudaria con todos sus esfuerzos; que escribiria con el mayor interes y calor al Genl. O'Higgins, y q^e hari**a** q^e le escribiesen Las-Heras, Lastra mismo, y todos cuantos fuesen influyentes entre sus amigos; para que, deponiendo todo resentimiento y queja, ahogando todos los ecos de la voz de las facciones y oyendo solo **los** de la generosidad y del patriotismo, reuniese sus elementos y médios de guerra á los del partido **tr**iunfante en Santiago y obrasen de comun acuerdo contra los realistas.

Convenidos en todo esto, el d<u>or</u> Passo se separó del General D. Jose Miguel Carrera, meditando retirarse despues á las [p]**P**rovincias Unidas del Rio de la Plata.

3.4. Anexo: Documento 5451 (fragmento)

El Dr. D. Jose Gregorio Merlos nació en Tucuman — en el año de 1731.

~~En 177#~~En 176[5]**0** ~~conoció y trató al Conde de Aranda {en Paris qe. volvia de emabajada de Bolonia} # ministro de España, y qe. {######} asistió á la Expulsion de los Jesuitas. Le introdujo ### y se relacionó con el Conde pr. qe. hubiera~~ # fué enviado p^r. el Obispo del Cuzco á España p^a. q^e. pidiera una reforma en la legislacion q^e. oprimia á los indios y á los criollos. Nada pudo conseguir ~~y se~~ animado de un espiritu grande y ambicioso se ~~volvió~~ {fué} á Paris donde conoció al Conde {de Aranda qᵉ. volvia /de su embajada de Polonia y qᵉ.estaba en Paris de paso pᵃ. España donde lo llamaban al Ministerio – se preparaba pᵃ. espulsar en 1765 de [sic] los Jesuitas -- Reflexiones del Dʳ. Merlos–/} – y se relacionó con los filosofos y los moralistas filántropos del tiempo. Se relacionó con M. Robertson y Hume {Diderot &&} – habló ## {de} América y de su porvenir – se entusiasmó – Estos ingleses lo hicieron pasar a Inglaterra donde entró en relaciones con la corte y participó de un vasto plan político pᵃ. hacer pasar la America española al cetro ingles – Grandes ventajas de este plan.

1763 – Se embarcó con esta mira {y en gran sigilo} en la escuadrá qᵉ. atacó la Colonia cuando la defendió D. Pedro Zeballos – # (Vease a Funes tomo 3°. pᵃ. 100)¹⁴⁴ Malograda esta espedicion volvió á Inglaterra – nadie supo qᵉ. el habia andado en esta empresa – Tupac-Amaru le guardó el silencio y lo mismo sus otros amigos– Tenia entonces treinta y dos años.

1775 – Vivia en Paris – se hizo perdonar pʳ. ## {Aranda} y con la mira en volver á América – # se hizo recomendar á la corte – entró en España, y de allí vino al Río de la Plata desde donde tomó el curato de la doctrina de Machu teniendo entonces cuarenta y cuatro años.

|||||
En 1780 apoyó a Tupac Amaru en la gran revolucion qᵉ. este inició – pero aterrado al ver el giro barbaro y puramente indio qᵉ. esta tomó – vaciló y fué preso encarcelado (Vease á Angelis paj. 12. Relacion historica de los sucesos de Tupac Amaru)¹⁴⁵ – tenia entonces cuarenta y nueve años

---

144   Se refiere al tomo III del *Ensayo sobre la historia civil del Paraguay, Buenos-Ayres y Tucuman*, del deán Gregorio Funes. En el capítulo VII del Libro V, este historiador narra el ataque a Colonia que el 6 de enero de 1763 realiza una escuadra anglo-lusitana, al mando del inglés M. de Macdenara; intento de conquista que Zeballos logra frenar [99-101]. En este pasaje no se menciona a Merlos.

145   Véase, efectivamente, la página 12 de esta *Relacion*... compendiada por Pedro de Angelis.

~~estaba~~ {vino} preso a Buenos Aires con grillos –

~~Cuando la espedicion inglesa~~ – El Marques de Loreto,
Melo, Sobre Monte, lo maltraron y estubo preso hasta la
espedicion inglesa /{de 1805 – tenia 74 años]/ – temiendo
q[e]. el gob[no] español lo hiciese victima de sus sospechas
varios amigo lo hicieron escapar de la carcel – eran estos
D. Saturnino Rodriguez Peña &&. Cuando Liniers triunfó
de Beresford Merlos se ocultó y logró transportarse á Chile
– recomendado sigilosam[te] á personas de influencia – ocultandose bajo otro nombre – ~~fué recogido pr. co~~ apareciendo
como un viejo clerigo, enfermo, y misántropo, se retiró á
la hacienda de los Carreras, cuyo padre le arrendó una
pequeña area de terreno, q[e]. el anciano hacia labrar p[r]. un
cholo robusto de 40 años q[e]. lo amaba entrañablem[te] y q[e].
era hijo de las victimas del tiempo de Tupac Amaru – Era
el patriarca de la Hacienda – hacia una vida retiradisima
sola la familia de Vargas lo trataba
En 1810 – tenia setenta y nueve años – y apenas supo la
Revolucion Argentina se lanzó á su patria – Cuando llegó
á Cordoba la espedicion de Castelli estaba entrando ya al
Perú – él se lanzó {á} allá – huyó con los derrotados del
<u>Desaguadero</u> – En la batalla de ~~Salta~~ Tucuman {1812},
cuando los Españoles envistieron la ciudad – el anciano
presvitero, cargado de años se presentó en una boca-calle
arengando á los soldados con una bandera celeste y blanca
en {una} mano y un crucifijo en la otra – recibió allí un
balazo á los 81 de edad y lo retiraron en una camilla, se
hizo cubrir con la bandera nacional – poco antes de espirar
recibió la noticia del triunfo completo de la Patria – y murió
lleno de un sublime gozo, de un santo entusiasmo – (a)

——

(a) A este personaje es preciso ponerle una nota p[a]. esplicar
q[e]. {no} es un personage ~~historico~~ historico estrictamente
hablando – su nombre es tomado de la historia – pero sus

hechos han sido agrandados – y idealizados, aumentados
pᵃ. representar en él el espiritu tradicional de la Revolucion
Americana – indio primero, filosofico despues; Este espiritu
antiguo de la # America – pereció en los primeros años de
la Revolucion pᵃ. hacer lugar al espiritu de la guerra y de la
politica, qᵉ. vino a anular á los hombres viejos entronizan-
do hombres nuevos, y qᵉ. puso en el primer plan á la raza
hispano-americana, dejando relegada en el olvido y en la
inercia de la mente y de la decadencia, á la raza inca – qᵉ.
moria de vegez y de nulidad – aunqᵉ siempre interesante y
bendecida pʳ. los nuevos patriotas – Por esto, el Dʳ. Merlos,
es el personaje ideal, el espiritu de la antigua Revolucion,
de los primeros dias – qᵉ. muere en ellos.

BIBLIOGRAFÍA

1. Fuentes inéditas

Colección de los López. Archivo General
de la Nación, Buenos Aires.

Doc. 2324. Carta de Vicente López a Vicente Fidel López.
Buenos Aires, 1 mar. 1847.

Doc. 2325. Carta de Vicente López a Vicente Fidel López.
Buenos Aires, 23 abr. 1847.

Doc. 2339. Carta de Vicente López a Vicente Fidel López.
Buenos Aires, 18 oct. 1847.

Doc. 2340. Carta de Vicente López a Vicente Fidel López.
Buenos Aires, 25 oct. 1847.

Doc. 2344. Carta de Vicente López a Vicente Fidel López.
Buenos Aires, 16 ago. 1848.

Doc. 3983. Carta de Vicente Fidel López a Vicente López.
Montevideo, 3 dic. 1846.

Doc. 5271. Cuaderno de apuntes de Vicente Fidel López.

Doc. 5274. "Fisica. cuad. 12°. /Tratado del Galvanismo //
Año 1833. / A mi amigo Dn. Diego P. Arana / Vicente
F. Lopez".

Doc. 5275. "Fisica.. cuad.° 11°": "Electricidad acumulada.....
Botella de Leider, Electroforo y Condensador- Efectos
mecanicos, quimicos, y fisiologicos – Electricidad at-
mosferica – Diferentes modos de ecsitar la electricidad.

Se concluye el tratado de la electricidad." // "Año 1833
/ A mi amigo Dⁿ. Diego P. Arana / Vicente F. Lopez".
Doc. 5253. López, Vicente Fidel. ["El capitán Vargas"].
Doc. 5451. Cuaderno grande de apuntes de Vicente Fidel
    López.
Doc. 6884. López, Vicente Fidel. "Capitán Vargas".

2. Fuentes editadas y bibliografía mínima

Barbier, A. 1853. "Lazare: Poème.- 1837". Œuvres. Éd. rev.
    Bruxelles: H. Tarlier Libr.-Éditeur. 128-97.
Benavente, Diego José. 1856. *Memoria sobre las primeras
    campañas en la guerra de independencia de Chile;
    Presentada a la Universidad en el segundo aniversario
    de su instalacion*. 3° ed. Santiago: Imprenta Chilena.
    Digitalizado en <books.google.com>
Bragoni, Beatriz. 2012. *José Miguel Carrera: Un revoluciona-
    rio chileno en el Río de la Plata*. Biografías Argentinas.
    Buenos Aires: Edhasa.
Botana, Natalio R. 1991. *La libertad política y su historia*.
    Buenos Aires: Editorial Sudamericana.
Caballero, Ramón. 1947. *Diccionario de modismos de la
    lengua castellana*. Pról. Eduardo Benot. Avelino Herrero
    Mayor, ed. 2° ed. Buenos Aires: El Ateneo.
Chibán, Alicia. 2004. "José de San Martín: las ficciones del
    héroe". *El archivo de la independencia y la ficción con-
    temporánea*. Alicia Chibán, coord. Salta: Universidad
    Nacional de Salta-Consejo de Investigación. 45-79.
Diccionario de la lengua española [*DRAE.*]. Madrid: Real
    Academia Española. [Se han consultado distintas edi-
    ciones impresas y digitales].
Foresti, Carlos; Löfquist, Eva; Foresti, Álvaro. 1999. *La na-
    rrativa chilena: Desde la Independencia hasta la Guerra
    del Pacífico*. Santiago de Chile: Andrés Bello.

Funes, Gregorio. 1817. *Ensayo de la historia civil del Paraguay, Buenos-Ayres y Tucuman*. Buenos Aires: Imprenta de Benavente y Compañía.

Gaceta de Buenos Aires (1810-1821). 1911. Reimpr. facsimilar. Junta de Historia y Numismática Americana, dir. Buenos Aires: Compañía Sud-americana de Billetes de Banco. III, "Año 1811 á 1813".

Halperín Donghi, Tulio. 1956. "Vicente Fidel López, historiador". *Revista de la Universidad de Buenos Aires*, 5° época, I, III, Buenos Aires, jul.-set.: 365-74.

Hualde de Pérez Guilhou, Margarita. 1966-1967. "Vicente Fidel López – Político e historiador (1815-1903)". *Revista de Historia Americana y Argentina*, VI, 11-12, Mendoza: 85-149.

"Jeneral O'Higgins". 1842. *El Progreso*, 10, Santiago, 21 nov.: 3.

Kohan, Martín. 2005. *Narrar a San Martín*. Buenos Aires: Adriana Hidalgo.

Lettieri, Alberto Rodolfo. 1995. *Vicente Fidel López: La construcción histórico-política de un liberalismo conservador*. Cuadernos Simón Rodríguez, 29. Buenos Aires: Biblos – Fundación Simón Rodríguez.

López, Vicente Fidel. 1845a. *Curso de Bellas Letras*. Santiago de Chile: Imprenta del Siglo.

——. 1845b. *Manual de la istoria de Chile, dedicado a las escuelas*. Santiago de Chile: s.e.

——. 1854. "La novia del hereje, o la Inquisicion de Lima". *El Plata Científico y Literario*, Buenos Aires, II, set.: 147-97; III, nov.: 89-162; IV, ene. 1855: 98-155; V, mar.: 101-25; VII, jul.: 21-127.

——. 1882. "La loca de la Guardia; Leyenda". *El Nacional*, Buenos Aires, 19 jun.-8 ago.: 1, "Folletín".

——. s.f. *La loca de la Guardia: Cuento histórico*. Pról. Carlos Casavalle. Buenos Aires, A.V. López Editor.

——. 1926. *Historia de la República Argentina: Su origen, su revolución, su desarrollo político hasta 1852.* 4° ed. Buenos Aires, La Facultad.

Madero, Roberto. 2005. *La historiografía entre la república y la nación: El caso de Vicente Fidel López.* Buenos Aires: Catálogos.

Micale, Adriana. 1997. "Javiera Carrera: La mujer que dividió a un país". *Todo es Historia,* 360, Buenos Aires, jul.: 8-32,

Molina, Hebe Beatriz. 2008a. "Política e historia sudamericana en dos novelas de Vicente Fidel López". *VIII Jornadas Andinas de Literatura Latinoamericana (JALLA 2008): "Latinoamericanismo y globalización".* CD ROM. [Santiago]: U. de Chile, Centro de Estudios Culturales Latinoamericanos.

——. 2008b. "Una poética argentina de la novela: Vicente Fidel López (1845)". *Hofstra Hispanic Review,* 8/9, New York, Summer/verano, Fall/otoño: 18-32.

——. 2011. *Como crecen los hongos: La novela argentina entre 1838 y 1872.* Buenos Aires: Teseo.

——. 2012. "La gesta sanmartiniana en las novelas escondidas de Vicente Fidel López". *Actas del IX Congreso Argentino de Hispanistas: "El Hispanismo ante el Bicentenario"; La Plata, 27-30 de abril de 2010.* La Plata: Asociación Argentina de Hispanistas-U. N. La Plata. En línea: <http://ixcah.fahce.unlp.edu.ar/actas>

——. 2015a. "Inéditos para una edición genética de *Capitán Vargas".* Romanelli, Sergio, ed. *Compêndio de Crítica Genética na América do Sul.* Vinhedo, SP (Brasil): Horizonte, en prensa.

——. 2015b. *Vicente Fidel López: exilio y novela histórica; Edición crítica y anotada de textos ignorados.* Lorena Ángela Ivars, colab. Ediciones Críticas. Buenos Aires: Teseo.

Montesinos, José F. 1966. *Introducción a una historia de la novela en España en el siglo XIX: Seguida del esbozo de una bibliografía española de traducciones de novelas (1800-1850)*. 2° ed. Madrid: Castalia.

Narvaja de Arnoux, Elvira. 2008. *Los discursos sobre la nación y el lenguaje en la formación del Estado (Chile, 1842-1862): Estudio glotopolítico*. Buenos Aires: Santiago Arcos Editor.

Nascimbene, Mario. 2002. *San Martín en el olimpo nacional: Nacimiento y apogeo de los mitos argentinos*. Buenos Aires: Biblos.

Orgaz, Raúl A. 1950. "Vicente F. López y la filosofía de la historia". *Obras completas; II. Sociología argentina*. Semblanza prel. Arturo Capdevila. Córdoba: Assandri. 213-64.

Piccirilli, Ricardo. 1972. *Los López: Una dinastía intelectual; Ensayo histórico literario, 1810-1852*. Buenos Aires: Estrada.

Rípodas Ardanaz, Daisy. 1962-1963. "Vicente Fidel López y la novela histórica: Un ensayo inicial desconocido". *Revista de Historia Americana y Argentina*, IV, 7-8, Mendoza: 133-75.

Relacion histórica de la rebelion de José Gabriel Tupac-Amaru en las Provincias del Perú, el año de 1780. 1836. Colección de Obras y Documentos relativos á la Historia Antigua y Modernas de las Provincias del Rio de la Plata; Ilustrados con notas y disertaciones por Pedro de Angelis, t. V, vol. III. Buenos Aires: Imprenta del Estado.

Shakespeare, William. 1868. *Othello: The moor of Venice*. From the Text of the Rev. Alexander Dyce's Second Édition. The Plays of William Shakespeare in 37 Parts, 31. Leipzig: Bernhard Tauchnitz.

Seco, Manuel. 1982. *Diccionario de dudas y dificultades de la lengua española*. Pról. Salvador Fernández Ramírez. 8° ed., 3° reimpr. Madrid: Aguilar.

Swiderski, Graciela, dir. 1999. *Archivo y colección "Los López"*. Buenos Aires: Archivo General de la Nación.

Vidal, Virginia. 2010. *Javiera Carrera: Madre de la patria*. 2° ed. Santiago de Chile: RIL Editores.

Esta tirada de 100 ejemplares se terminó de imprimir en agosto de 2015 en Imprenta Dorrego, Dorrego 1102, CABA